记忆的尽头

何大草　·著

Jiyi de Jintou

四川人民出版社

图书在版编目（CIP）数据

记忆的尽头 / 何大草著. —— 成都：四川人民出版
社，2025.1. —— ISBN 978-7-220-13969-7

Ⅰ. I267

中国国家版本馆 CIP 数据核字第 202451UZ64 号

JIYI DE JINTOU

记忆的尽头

何大草 著

责任编辑	王其进
封面设计	张 妮
版式设计	戴雨虹
责任校对	韩 华　舒晓利
责任印制	祝 健
出版发行	四川人民出版社（成都三色路 238 号）
网　　址	http://www.scpph.com
E-mail	scrmcbs@sina.com
新浪微博	@四川人民出版社
微信公众号	四川人民出版社
发行部业务电话	(028) 86361653　86361656
防盗版举报电话	(028) 86361653
照　　排	四川胜翔数码印务设计有限公司
印　　刷	成都蜀通印务有限责任公司
成品尺寸	145mm×210mm
印　　张	9.5
字　　数	182 千
版　　次	2025 年 1 月第 1 版
印　　次	2025 年 1 月第 1 次印刷
书　　号	ISBN 978-7-220-13969-7
定　　价	58.00 元

目录

第二辑　别处和此处

第三辑　灯下草虫鸣

第四辑　五味的乡愁

第一辑

七武士

海明威的硬币

读海明威

一

在我初次撰写本文的那些天，我在校园散步时读到一则讣告，本校一位退休工人在家中去世，享年 104 岁。讣告特别提到，他生前是一位淡泊、俭朴的老人。我在对他油然生起敬意的同时，也产生一丝惊讶。我从讣告中得知，他与我同居一幢宿舍，而我却对他一无所知，甚至素未谋面。我由此想到另一条死讯：2002 年 1 月 15 号，全世界的重要媒体都竞相报道了一条来自古巴东哈瓦拉的消息：一个叫格雷戈里奥·富恩特斯的渔民病逝，享年也是 104 岁。同时配发的，还有他的照片，棒球帽下，一张苍老而快活的脸。一夜之间，这个死去的老渔民成了继菲德尔·卡斯特罗和切·格瓦拉之后，最广为人知的"古巴人"。他曾创下何种丰功伟绩而能享有如此的哀荣呢？没有，他仅仅是一介普通的渔民，就像我那位 104 岁的老邻居一样平凡，或者说，就像海明威《老人与海》中的老人圣地亚哥一样普通。但关键之处也正在这里：

富恩特斯恰好就是圣地亚哥的原型。

《老人与海》也许是整个欧美文学中迄今为止最伟大的一部中篇小说，当它为海明威赢得 1954 年诺贝尔文学奖之后，富恩特斯就和圣地亚哥一起名垂不朽了。

事情的经过是这样的：20 世纪 20 年代末，海明威在海上邂逅富恩特斯，后者向他讲述了自己 21 岁时捕获一条 1000 磅重的大鱼的经历。这段经历成为一颗种子，植入海明威的体内，在二十多年之后，他写出了《老人与海》。如果富恩特斯真是圣地亚哥原型的话，那么，这二十多年的光阴已经把他变成了一个小说中"枯瘦干瘪""颧骨上有些皮癌黄斑"的老头子。这会使人有些怀疑，《老人与海》的真正主角真就是富恩特斯吗？

1961 年海明威吞枪自尽之后，富恩特斯由于过度悲哀而无法出海。从此，在家中接待来自全球各地的游客，讲述自己捕获大鱼以及和海明威交往的故事——这是一项收费服务。2004 年暑假我曾去泸沽湖旅游，听摩梭末代王妃讲述往事，明码实价是一人二十元钱，富恩特斯的收费想来也应该不低。反正，他以此积累了财富，过上了锦衣玉食的生活，靠抽哈瓦拉雪茄、喝朗姆酒和看漂亮的姑娘，又乐陶陶地生活了近半个世纪，最后大概是含笑而卒吧。从他的身上，我们可以找到一个关键词，这就是——"不朽"。

是什么东西让这样一个老渔民得享不朽的呢？是文学。在这颗有人类居住的星球上，文字是最不朽的，比石头都还要永恒。一块石头通过文字的描述，可以成为在山崖上展览千年的神女峰、望夫石，即便在风化、坍塌之后，人们也会借助文字重新塑造或者重新指认。在古代的建筑中，幽州台、黄鹤楼、岳阳楼、滕王阁也许是最为著名的，不过我们可以设想，沿着中国的长江、大湖，不晓得曾兴修过多少这样的建筑，它们在时间的风雨和兵燹中沦为了废墟，而唯有幽州台、黄鹤楼、岳阳楼、滕王阁这样的建筑才得以代代重建，因为陈子昂、李白、崔颢、范仲淹、毛泽东……的诗词文章赋予了它们死而复生的神性，换一句话说，它们已经不是登高览胜的土木之身，而成为某种唤醒民族记忆的道具，和与天下同悲同喜的情怀、故人远去的背影、秋水长天的景色，融汇为了不可分离的整体。一个有趣的事情是，今年冬天我回了一次阆中老家。阆中是一座地道的古城，嘉陵江三面环绕，北边的玉台山腰，也矗立着一座滕王阁，和南昌的滕王阁一样，都出自唐高祖李渊第22子、滕王李元婴之手。据记载，当时南昌滕王阁规模甚小，而阆中滕王阁巍然宏丽，但所不同的是，前者流芳千古，而后者声名不出蜀中，原因很简单，王勃才华横溢的《滕王阁序》写的是南昌。这真是没有办法的事情。

　　大概在曹丕说出"盖文章，经国之大业，不朽之盛事。年寿有时而尽，荣乐止乎其身，二者必至之常期，未若文章之无穷"之后，追求不朽就成了中国文人的一个理想和一种焦虑。面对河山的兴废沧桑，以治国平天下为己任的文人看到了"吴宫花草埋幽径，晋代衣冠成土丘"，也体会到能够超越时间而存在的，只有他们为此而吟咏的诗行。"淮水东边旧时月，夜深还过女墙来"，诗歌、文学，就是映照历史废墟和人们心灵的月光。公元1172年，喝醉酒的陆游于细雨中骑驴入蜀，在剑门关口他有过短暂的驻足，阴沉的天空和嵯峨的群山让他有了眩晕和怅惘，这个一生都在牵挂家国和功名的中年知识分子发出了一个疑问："此身合是诗人未?"他没有找到答案，而这句诗、这个疑问却从此流传下来，成了后世文人怅惘和把玩的一个源头。

我们为什么而写作呢? 文学的价值何在呢? 就实用性而言，纯文学就跟月光一样，根本就没什么价值。阳光带给我们光明和温暖，万物因此而生长。没有月光，生命照样生生不息。但我们可以设想，没有月光的夜晚，是漆黑的，没有梦想的，也许肉体依旧存在，却没有了心灵的位置。文学是为安置心灵而存在的，又仿佛是《红楼梦》中那块女娲补天剩下的石头，它是无用的，却正好用来铭刻虚无的东西：人类短暂的幸福和永久的哀愁。

法国《解放报》曾经向全世界的300个作家提出同一个问题："你为什么而写作?"回答却不尽相同，说得大点，是为了改造社会，说得小点，是为了讨朋友喜欢。这都没有切入最本质的部分，因为是言说的困难，也许是有意地回避——真正的作家，仅仅是为了个人的记忆而写作的。记忆是对往事的追怀，它可以浓缩为一首伤感、含蓄的小诗："岐王宅里寻常见，崔九堂前几度闻。正是江南好风景，落花时节又逢君。"也可以具有天堂般的长度，比如《红楼梦》《追忆逝水年华》。在记忆的撩拨下，想象力可以恣意蔓生，无穷无尽，比如福克纳丛林般的南方小说，加西亚·马尔克斯天马行空的《百年孤独》……文学家总是背对未来、面向过去写作的，这一点恰好与自然科学家背道而驰，当新时代到来的时候，文学家都是心怀疑惧，而为记忆中的生活吟唱挽歌。

让我们回到海明威的《老人与海》。这部小说其实只讲述了一个简单的故事：一个老渔民在持续四十天的不走运之后，捕获了一条前所未有的大鱼，但后来成群的鲨鱼赶来把鱼肉啃噬一空，老头子运回岸的，只是一具巨大的鱼骨。就一般的意义上说，这是别人的故事和别人的记忆。但这个认识是粗浅的，是皮相，是我们能看到的冰山浮出水面的八分之一。那隐藏在水下的部分，才是这个故事的本质所在，它们是海明威卓绝的叙述技巧，只属于他本人的心灵创伤和无法释怀的个人记忆。

二

海明威是20世纪伟大的小说家之一，而他的文学成就和传奇人生结合在一起，使他成了文学史上一个超级的偶像。在大多数文学爱好者的想象中，他成了艺术家最完美的象征：叛逆、出走、漂泊、冒险、英俊、有力，喜欢打猎、拳击、斗牛、酗酒和无休止地追逐女人，而且频频得手。他亲历两次世界大战和西班牙内战，曾身中237片弹片，头上缝过57针，还在非洲经历过两次飞机失事，却写出了五六部长篇、几十个短篇以及影响广泛的游记、回忆录，并把诺贝尔文学奖收入囊中。1961年7月，当他不堪忍受多种病痛的折磨、灵感丧失的绝望和性无能的焦虑时，用猎枪打碎了自己的脑袋。这个一生都对浪漫文学嗤之以鼻的男人，最后却让自己的人生永远笼罩在了浪漫主义的光环下。

据说，著名批评家、哥伦比亚大学教授特里林因自己没有成为一个优秀小说家而到死都忧伤不已。他曾读到海明威酒醉之后草草写下的一封信，为此他在日记中写道：这是一封满口胡言的信，毫无尊严地自我暴露，无法无天，孩子气，但它所代表的生活却比我所有可能过的任何生活都要美好。我读大学时的专业是历史，和中文系的同学同住一条通道，他们经常唱歌、跳舞、喝酒、大笑，这和历史系学生的谨慎、安静形成了鲜明的对比，问他们何以如此欢乐？他们说，海明威不就是这么生活的吗？世界上只有两种人，即便寻欢作乐，也在做着正经的事情，一是侦探，一是作家。我听了，感慨他们的话真是十分的文学。

我第一次接触到海明威，是1978年念高中的时候，在一本《世界文学》上看到了他的照片，以及一篇介绍他的文章：《海明威，这头老狮子》。图文都给我留下了难忘的印象，觉得海明威真是了不起，像他这样去做一个作家，真是大快人心的事情。换句话说，海明威之于我，首先是他的传奇，然后才是他的小说。在我自己增添许多年龄，也陆续写出了一些小说之后，我要说，那些供我们神往和津津乐道的故事，都是外在的海明威。或者说，他展示给我们的，都只是他乐意让我们看到的表象，而真实的海明威，深藏在表象的后面，比我们所能看到的更复杂、更内敛、更勤劳，就像一个卑微、敬业的手艺人。换一种说法，海明威不像一头狮子，而更像是一只虎，虎有猫科动物的凶猛，也有猫的警觉、细腻，甚至是温柔。

　　加西亚·马尔克斯曾经写过一篇纪念海明威的散文，他回忆了自己 28 岁浪迹巴黎时和老年海明威在马路上的惊喜邂逅，也充满敬意地谈到了海明威的文学得失，有两点给我留下深刻的印象：海明威的小说是以掌握严格的技巧为支撑的；他从海明威那里懂得了，"写作始终是艰苦的劳动。"海明威在写作的日子里，总是天一亮就起床，天气虽然凉爽或者寒冷，而一动笔，他就感觉到了暖和。为了"想怎样把字眼儿弄得准确一些"，《永别了，武器》的最后一页他改写了三十九遍，而《老人与海》的原稿他也校阅了两百多次。在荣获诺贝尔文学奖的答谢辞里，他谈到了作家劳动的孤独，"写作，在最成功的时候，是一种孤寂的生涯……一个在稠人广众之中成长起来的作家，自然可以免除孤苦寂寥之虑，但他的作品往往流于平庸。而一个在岑寂中独立工作的作家，假若他确实不同凡响，就必须天天面对永恒的东西，或者面对缺乏永恒的状况。"事实上，一战过后，20 世纪 20 年代，他曾经携第一任妻子哈德莉奔赴欧洲，在巴黎度过了他艰苦、清贫的学徒生涯。关于这一部分生活（1921—1926），他在晚年写成而于死后出版的回忆录《不固定的盛节》中有过极为深情的回忆。那时候，他常在早晨抱着笔记簿出门，去圣米歇尔广场的一家咖啡馆写作，有时饿着肚子回家，却向妻子撒谎说已经吃得又好又饱。就在那儿，他写下了第一篇正式发表的小说《在密执安北部》。写作的经过，他在回忆录中有这样的记述：

秋天将尽，巴黎落着黄叶和雨水，他坐在空荡荡的咖啡馆里写着远在美国密执安北部发生的故事，故事里正是同样的坏天气，他写到那些小伙子在喝酒，自己也感到了口渴，就要了一杯圣詹姆斯朗姆酒喝着。后来进来了一个女孩子，坐在靠窗的座位上等着谁。她的头发黑如乌鸦的翅膀，仪态十分安详。事隔三十多年后，海明威在回忆录中这样写道：

> 她非常俊俏，脸色清新，像一枚刚刚铸就的硬币，如果人们用柔滑的皮肉和被雨水滋润而显得鲜艳的肌肤来铸造硬币的话。

海明威很少使用形容词，也吝于比喻，但他有两个比喻让我格外难忘：

一个就是上述的例子，把一个女孩比作一枚新鲜的硬币。

另一个在《老人与海》中，他写到圣地亚哥用面口袋补缀过的船帆："就像一面老打败仗的旗子。"

这是极为克制的海明威终于动了感情的时候。在那个巴黎的雨天，陌生的女孩让海明威心乱，他一边持续地写着，一边不时地抬头看看她，他把她写进了这个小说。后来，他深深地进入了这个小说，迷失其中，不再观看女孩了。直到他写完小说，读完最后一段，他抬起头来，女孩已经走了。

从这一段记叙中，我们可以发现几个有趣的东西：观察，赋予客观事物（人和事）以主观的想象。以相似的秋风、秋雨、安静的环境，来沟通遥远的两地：在巴黎写密执安北部，会产生一种意外的效果。

《在密执安北部》写一个叫莉芝的女孩同铁匠吉姆恋爱的故事。他们生活在美加边境密执安湖畔的霍顿斯湾小镇，全镇只有五户人家，日子过得清风雅静。莉芝在史密斯家做女仆，而吉姆在史密斯家搭伙。吉姆是打马蹄掌的，又矮又黑，胡子拉碴，沉默寡言，而莉芝文静、秀气，就像那个坐在雨天咖啡馆的女孩，新鲜得如刚铸出的硬币。但她偏偏爱他，巴望着他来爱自己、疼自己。秋天的时候，史密斯先生约了吉姆去山里猎鹿，莉芝就想念他，想得睡不着，就像中国古人说的，寤寐思服。后来他们终于满载而归，史密斯太太跑出去迎接丈夫，而莉芝羞答答地迎接吉姆。晚饭的时候，大家都喝了酒，吉姆在莉芝的房子里拥抱和亲吻了她，她吓坏了，因为她这还是第一次被男人触碰。后来，他们去散步，在一个废弃的码头上，吉姆对她动了粗，他说，我要、我要、我要。而莉芝的反映呢，是以微弱的力量反抗着，颤声道，这不可以，这不可以，这是不可以的啊。但最后，他还是占有了她。接下来，海明威写得更加含蓄和微妙：

码头的铁杉木板又冷又硬，而吉姆重重地压在她身上，他已伤害了她。莉芝推了推他，她被压得这么难受。吉姆睡着了。他老是不动。她从他身下挣扎出来，坐了起来，把裙子和上装拉拉直，并且想把头发弄弄好。吉姆嘴巴有点儿张开，在睡觉。莉芝俯身过去在他脸上吻了吻。他还是睡得很熟。她把他的头抬起一点来，摇了摇。他把脑袋转了过去，吞了吞口水。莉芝哭了起来。她走到码头边上，朝下向水看去。港湾上正有薄雾升起。她又冷又悲，一切都像是完了。她走回吉姆躺着的地方，再一次使劲摇了摇他，看他到底醒不醒。她哭着。

　　"吉姆，"她说，"吉姆。醒醒啊，吉姆。"

　　吉姆动了动，把身子蜷得更紧了。莉芝把上装脱了下来，俯身过去拿上装给他盖上。她把上装小心谨慎、干净利落地在他四周披好。然后她穿过码头，走上陡直的沙土路回去睡觉。冷雾由港湾上穿过树林正升起来呐。

　　海明威行文的特点是简洁，惜墨如金，但他从不吝啬于细节的描写，甚至可以说，他描写之细，就像手艺人拿刀在木头上一丝丝地雕刻。我们常说"刻画人物"，其实就像拿小刀子在木板、蜡版上雕琢细节，细节出来了，人物就让我们触手可摸了。在这篇小说最后的三百多个字里，海明威除了"她又冷又悲，一切都像是完了"这句话，完全不去触及人物的内心，纯用白描，只用莉芝笨拙的动作、吉姆的睡相和升起的冷雾，来曲尽其妙地表达出这个献出或被剥夺贞操的女孩的心乱。如同一幢夜色下的小楼，拉上的窗帘、泄漏的灯光，更唤起我们丰富的猜想。海明威所写到的莉芝的几个动作，只是冰山浮出水面的一小部分，却把莉芝的内心世界做了极为有力的暗示。这是一种相对古典的写法，和后来盛行，并也被他在《老人与海》中运用自如的意识流手法截然不同。但我们却不能说，这种简练的外在刻画在传达微妙的内心感受上，就输于万语千言的内心独白。李白有一首送别的诗："故人西辞黄鹤楼，烟花三月下扬州。孤帆远影碧空尽，唯见长江天际流。"全诗似乎都是客观描写，没有一句主观感受，而那个送别者的背影和他的怅然，却如在目前，他的怅然就如绵绵流水，没有穷尽。这和海明威在这篇小说中使用的手法异曲同工，都是以减法作画，因为有留白，所以更充盈，它们都属于让阅读者共同来完成的作品。

我曾和麦家讨论到通俗小说和纯文学的区别，得出的结论是，前者需要"说"，即把所有的线索、情节、因果都倾尽一空地说出来，唯恐读者不明白。而后者是"不说"，在决定性的情节上，三缄其口，制造含混和暧昧。二者的区别可以金庸小说和《水浒传》为例，金庸小说是通俗小说中的杰作，但它把一切都说尽了，几乎不再给批评家留下阐释的空间和给读者留下猜测的余地。而《水浒传》却处处都是巧妙的留白，不独让金圣叹的点评可以大显身手，而且也让后世的小说家、戏剧家、批评家甚至政治家跃跃欲试、喋喋不休。1975年毛泽东发动全国人民重评《水浒传》，评来评去，到今天我们也没弄清楚，宋江到底是悲剧的英雄，还是狡黠的投降派。还有武松杀嫂、石秀杀嫂，除了最原始的复仇或洗冤动机之外，我们还能隐隐窥见更复杂、更阴暗的心理在作祟。所以试图解密《水浒传》的作品，一直就在文学和舞台上花样翻新，30年代的新感觉派小说家施蛰存写过一部《石秀》，至今还被视为经典；而70年代一部为潘金莲翻案的川剧《潘金莲》，虽然肤浅，却也让那位剧作家一举成名。海明威是"不说"的高手，他的非洲打猎小说《弗朗西斯·麦康伯短促的幸福生活》是其中漂亮的一例：富人麦康伯携妻子去非洲打猎，在狮子袭来时，他表现出丢人的懦弱，全靠陪猎人威尔逊的勇敢、果断才化解了险情。麦康伯太太为此蔑视自己的丈夫，并睡到了威尔逊的帐篷里。麦康伯为了挽回自己的尊严，表现出前所未有的胆量，试图在近距离射杀一头巨大的野牛。麦康伯太太坐在汽车里，眼看野牛的角马上就要冲到丈夫的身上，就操枪向那野牛开了一枪，却刚好打死了自己的丈夫。在瞬息之间，她成了一个寡妇和一笔巨额财产的继承人。威尔逊好像什么都明白，他夸麦康伯太太干得真漂亮，而他可以证明这是一次误杀。但他同时又恶狠狠地说，你干吗不下毒呢？在英国她们就是这么干的。然而麦康伯太太只是哭泣，不辩解，她的回答只是：别说啦，别说啦，别说啦，啊，请，请别说啦。小说就结束了。这一枪的确真漂亮，我至今也不明白，这是误杀还是谋杀？加西亚·马尔克斯说，这一枪是对写作技巧的一个完美的总结。总结什么呢，就是恰到好处的不说。

　　一个作家能否写出伟大的作品，大致取决于两个因素：一个是天才，一个是技巧。说到天才，就很玄奥了，我理解的天才大概有两种，一种是露天煤矿，随便挖一铲起来，都可以燃烧，比如兰波、海子、曹禺、张爱玲……就创作生命而言，他们都是早夭的。而另一种则掩埋在地底的极深处，需要勇气和耐心才能将其发掘出来，比如普鲁斯特、曹雪芹、沈从文……他们一辈子都在写着同一本书或者写着同一个地方，到死也都还没有能写完。这个我们且不去多说它。而技巧呢，常常是最易被人们误会的，行内的人觉得它深不可测，而行外的人则以为写作仅凭灵感就可以了。听到过一个笑话：在英国的一个聚会上，一个不错的脑外科医生和一个不错的小说家相遇了，在必要的寒暄之后，医生说，写小说真好，我退休之后也去写小说。小说家客气道，做脑外科手术也挺好，我写不出小说时也去做脑外科手术吧。旁边的人都笑了，他们笑小说家的不自量力，他怎么可能呢?！但真正应该被笑的人是医生，他不知道写出一部优秀小说所需要的技巧，绝不亚于脑外科技术。而小说家的话，仅仅是文学的幽默，可惜没人能听懂。

　　写作的技巧既然如此复杂，那应该如何去学习和掌握呢？我以为，即便最天马行空的作家，也不可能羚羊挂角：他总得把作品留在文字里。有文字，就是有迹可循的。学习写作的方法，就是对文本的细致入微的研究。加西亚·马尔克斯说，写作的技巧"是在对其他作家的作品的阅读、再阅读中掌握的。"

纳博科夫说得更绝，他强调反复阅读，一直要读到骨骼里边去。我们每个人可能对鲁迅的《祝福》都不陌生，因为在中学的课本上学习过，也都会说它写得好，但要是我问你，它的第一句话是如何写的？恐怕没有一个人能回答得出来。带着掌握技巧的目的去反复阅读，学会敲骨吸髓地攫取，把它们的好处点点滴滴地变成自己的东西。

三

《印第安人营地》是海明威早期短篇小说中最重要的一个，技巧精湛，情节惊栗，而且触及了贯串他日后一切作品的主题，这就是"死亡"。他曾在一部描写斗牛的专著《午后之死》中说过，"一切故事讲到相当长度，都是以死结束的。"在《印第安人营地》中，死亡是以一个儿童的视角来呈现的，这使死亡在恐惧之外，多了一层神秘的色彩。这个儿童的名字叫尼克·亚当斯。尼克的故事海明威共写了二十四个，从儿童一直写到他成长为一个青年。后来，等到海明威自己也成长为一个享有盛名的大作家时，他就把尼克抛开了。

尼克和海明威一样，都有一个当医生的父亲，都随时可能在夜晚去乡下出诊。海明威童年时就有过随父出诊的经历，而《印第安人营地》的故事，正是尼克随父出诊的一次见闻。有人据此认为，尼克的原型就是海明威本人。但更多人似乎不以为然，因为尼克敏感、脆弱，而海明威叛逆、强悍，后来在巴黎，他曾设法告诉斯泰因小姐，他还是个孩子的时候就在男人堆里厮混，而且做好了杀人的准备。但仅仅据此断定海明威和尼克的截然不同，却是十分轻率的。追溯海明威的童年、家庭以及父母的婚姻，我们会略微惊讶地发现，在他内心深处那个真正的自己，的确就是尼克：敏感、脆弱，缺乏安全保障，有着急于被证明的焦虑。

海明威的母亲是一个能干的钢琴教师，她一个人的收入足以养活全家，也许她也因此自负而专断，出于某种奇怪的控制欲，她把海明威和他姐姐打扮成双胞胎，时而装扮成兄弟、时而装扮成姐妹，有两张照片显示，身着女装、坐在母亲怀里的海明威表情异常尴尬和惊恐。母亲的强大让父亲感到很大的压力，也让所有人都压抑，海明威一生都同母亲关系不好，在他父亲于1928年吞枪自杀之后，海明威抱怨是他母亲逼死了父亲。海明威年岁稍长之后，立刻致力于摆脱母亲的影响，并用了一辈子的时间来证明一件事情：

他是一个真正的男子。

他对体力运动和暴力题材的偏嗜，似乎都是围绕着这种证明展开的。当有人怀疑他的胸毛是用胶水粘贴的时候，海明威回敬的方式就是照了一张泡在澡盆中的半裸照片发表在报刊上，展示他的胸毛是货真价实的。很多年前，我读到过一本外国作家关于母亲的访谈录，我很吃惊地发现，几乎所有人同母亲的关系都很疏远或者紧张，感受不到充沛的母爱。有一位老作家已经年过七十，但他说自己仍有一种孤儿的感觉。与此相反，此前我读过的中国作家写母亲的文章，都是饱含着深情和感恩的。我到现在也没想清楚，这种相反是因为文化的差异，还是由于外国作家更加坦率？不过，有一点是无可置疑的，所有艺术家都有过一个相同的摇篮，这就是童年的孤独。

在我读过的几种海明威传记中，也没有证据表明他和父亲的关系是亲密的。但父亲带给他的影响却是决定性的：父亲帮助他走近了死亡。海明威在父亲的诊所和随父出诊的过程中，得以观察死亡，同时以他的敏感，他会发现在对待死亡的态度上，父亲和他截然不同。父亲是个医生，他对肉体的疼痛和消灭，感觉是麻木、迟钝的，也就是说，死亡这种异常的事件，对他而言也是日常和正常。但海明威还小，生与死都不啻是世上惊心动魄的大事件，就像稚嫩的舌头初次接触到辣椒，那种烧灼感是永远难忘的。他总是用神秘而严峻的态度来写到死亡。但是当他多次在战争和捕猎中出生入死后，他对死亡的态度似乎变得松弛了，最后他像父亲一样，用猎枪结束了自己的生命。也许在这个时候，极端也正是平常，没有哪个作家像他一样，经历过那么多死亡、写到过那么多死亡，当死亡到来的时候，不过是对触及死亡的又一次重复，从前用笔，这一次用枪。海明威夫人在回忆那两声打飞丈夫脑袋的枪声时说，就像两只抽屉同时被关上了。

关上抽屉，这是多么日常的一个动作啊。

海明威的短篇小说都写得精悍、结实，《印第安人营地》只写了尼克在一个晚上的见闻，内容压缩得更加紧密，翻译成中文，也就三千三百多字，以我个人的经验，这样做很容易，但要写得出色，则非常之困难。我有一个短篇小说《李将军》，也是写李广一个晚上的经历，但在一夜之间，同时展开了李广的个人记忆，结果写了他的一生，有一万六千多字，差不多是一个中篇了。中国眼下流行小小说，似乎是王安忆说过，小小说都是些刻意经营的"段子"，算不得真正的小说。我同意这个说法。我也认为像欧·亨利那样为了一个出其不意的结尾而写作的短篇，太匠气而经不起反复地阅读。而海明威的短篇小说，每一次细微的阅读，都会有新的发现。

这个关于死亡的故事开始于漆黑的夜晚。事情的由来是一位印第安产妇难产，生了两天也没把孩子生下来。尼克为此跟随父亲去印第安人营地出诊，他们乘船经过有雾的湖水，踏过被露水浸湿的草坪，抵达了村庄。产妇躺在双层床的下铺，正发出一阵阵尖叫。海明威没有直接描写她的痛苦，只提到："营里的老年妇女都来帮助她、照应她。男人们跑到了路上，直跑到再听不见她叫喊的地方，在黑暗中坐下来抽烟。"看似轻描淡写的一笔，你却可以体会这尖叫凄惨得多么让人发怵！而她的丈夫躺在上铺，他不能跑，因为他是丈夫，还因为三天前他的斧头把自己的腿砍伤了。海明威没有说明砍伤的原因，应该是心慌意乱吧。尼克的父亲用职业医生的眼光略一判断，就决定给她施行剖宫产手术。尼克不能忍受她的尖叫，请父亲给她吃点什么，让她镇静下来。但父亲这样回答，"不行，我没有带麻药。不过，让她叫去吧。我听不见，反正她叫不叫没关系。"这时候，那个始终一声不吭的丈夫在上铺转个身靠着墙，他想必是听到了尼克父亲的话。接着，尼克的父亲在没有麻药的情况下，开始了手术：用一把大折刀切开了产妇的肚子。

瑞士作家迪伦马特有一篇叫《嫌疑》的小说，揭露一个纳粹军医在不注射麻醉剂的情况下就给俘虏做腹部手术，是禽兽所为。而侵华日军也曾拿活生生的中国人做实验，在无麻醉的情况下，开膛破肚。这些令人发指的行为，或出于对人类的仇恨，或出于卑鄙的目的。但在《印第安人营地》中，尼克父亲则是在沿着他可以为常的逻辑，在尽到一个医生的职责，他不需要拷问自己的良心，因为他"听不见"产妇的惨叫。这和法西斯的兽行比较起来，显得更加荒谬和残忍。海明威没有渲染产妇的惨状，他冷静得仿佛尼克的父亲，但是他通过尼克的眼睛看到并说出这样的一句话："乔治大叔和三个印第安男人按住了产妇，不让她动。她咬了乔治大叔的手臂……手术做了好长一段时间。"你可以设想，这是怎样的惨痛，才会迫使一个产妇不要命地挣扎，而且就在四个男人按住她的情况下，还咬伤了其中一个人！手术终于结束了，海明威像是漫不经心地补充道：还需要用九尺长的细肠线把伤口缝起来。

婴儿生出来了，尼克的父亲很得意，就像一场足球比赛后球员在更衣室里的那种得意劲。他拍拍上铺的产妇的丈夫，揭开蒙着那印第安男人脑袋的毯子：他已经自杀了。这是整个小说的最高潮，可以说压抑的夜色、产妇的尖叫、无麻醉的手术，都是为了抵达这个高潮而做的铺垫，而当高潮到来的时候，海明威不仅一如既往的冷静，而且表现出新闻记者般的精确，其实这正是一切好作家都具有的严峻的克制：

> 只见那印第安人脸朝墙躺着。他把自己的喉管割断了，刀口子拉得好长，鲜血直冒，流成一大摊，他的尸体使床铺往下陷。他的头枕在左臂上。一把剃刀打开着，锋口朝上，掉在毯子上。

因为这篇小说采用的是尼克的视角，所以这个男人自杀的动机、过程、他在那个瞬间的念头，都被略去了。海明威借此交给读者的，不仅有疑问，更是那具死了但还冒着鲜血的尸体。每一个细心的读者，都不能不在情感和感官上遭受双重的刺激。他的文字看似无情，所以能让读者伤情，他的冷静近于冷酷，所以他那一刀就像割在我们身上。

我以为，好的小说要有精彩的故事、精致的语言和精妙的结构。还要有立场，立场就是价值观、生死观，这是小说的出发点。还要有心灵，心灵就是同情、悲悯。要让立场消失在叙述中，让心灵从字里行间溢出来。还要有感官，这就是"身体"。身体使小说饱满和丰盈。如果结构是脊梁，语言是质地，身体就是血与肉。血肉之躯才会让故事具有暧昧和神秘。海明威成功的短篇小说，都离不开死亡这个主题，而死亡从来不是抽象的，它是身体的消灭，是诉之于感官的刺激，是一刀致命，或者慢慢地腐烂，就像《乞力马扎罗的雪》中患了坏疽等死的男人。

海明威的生死观通过《印第安人营地》的结尾，有过难得的抒情般的流露：在返回的路上，尼克问父亲，"他干吗要自杀呀？"父亲说，"我说不出。他这个人受不了一点什么的，我猜想。"尼克又问，"死，难不难？"父亲说，"不，我想死是很容易的吧。尼克。要看情况。"最后，这个血腥的故事在牧歌般的情景中落幕：

> 他们上了船，坐了下来，尼克在船艄，他父亲划桨。太阳正从山那边升起来。一条鲈鱼跳出水面，河面上画出一个水圈。尼克把手伸进水里，跟船一起滑过去。清早，真是冷飕飕的，水里倒是很温暖。
>
> 清早，在湖面上，尼克坐在船艄，他父亲划着桨，他蛮有把握地相信他永远不会死。

海明威发表这篇小说的时候，大约25岁，对死亡已经抱有既神秘又坚定的态度。他尚不知自己将如何死去，但他一定深信自杀是解决问题的办法。尼克无可置疑地是内在的海明威，一语成谶，他后来的结局和那个一言不发的印第安男人如出一辙。

现在我们再回头读一遍《老人与海》，我们会发现这个老人和原型之间除了捕获并失去一条大鱼之外，其实并没有多少相同之处。那个故事只是一粒种子，植入海明威的体内，在二十年的时间中，和海明威的成长与失败一起变化着，它和他一道亲历了战争、死亡、几次失败的婚姻，和无法抗拒的病痛、衰老。海明威早年的小说都醉心于写硬汉，他的名言"人生来就不是为了被打败的。人能够被毁灭，但是不能够被打败"成了许多模仿者的信条。但当这个捕鱼者最终从他的笔下现身出来时，他已经成了他本人，开始苍老，开始思考人所不能超越的某个极限。福克纳看到了这一点，他说，海明威此前的小说人物"仅仅是为了向自己、向对方证明他们能是何等坚强的硬汉"，但《老人与海》不同，"他找到了上帝，找到了一个造物主"，有了"命定"和"怜悯"，"那个老人——他一定要逮住那条鱼然后又失去它，那条鱼——它命定要被逮住然后又消失，那些鲨鱼——它们命定要把鱼从老人的手里夺走"，而"这一切都归于上帝，是上帝创造出这一切，爱这一切，又怜悯这一切"。海明威素来自大，而对福克纳自然抱有莫名的醋意，但这一回，他对福克纳又褒又贬的评论不置一词，也许他是默认了？回顾他的一生，他早年的小说的确像是少年负气，以逞强的方式证明自己的男性气概。但当成功和失败都一页页翻过去之后，成功和失败达成了和解，它们合而为一，呈现为一枚硬币的两面，这枚硬币并非柔滑、滋润如女孩的肌肤，而是实在的生命之核，一面是放纵溺乐、一面是紧张焦虑，一面是刚烈无畏、一面是敏感虚弱……这是海明威短暂的觉悟，这一次，他离上帝最近，他本人才是他小说真正的、唯一的主人公。

　　海明威是上帝的产物，而他的文学是他记忆的产物，记忆的碎片挤压着他，使他成为一团矛盾着并不断变动着的物质，《印第安人营地》泄露出他困扰终生的焦灼和秘密：在这部小说中，他预约了死亡。而《老人与海》则让他呈现出一种最完美、和谐的姿态，清澈而又舒缓。但这是一个短暂的过程，很快就被别的东西覆盖了，即便是诺贝尔文学奖的光环也没能洗净他晚年莫名的抑郁、沮丧。他的母亲已经去世多年，但记忆让他依然在同她斗争，在回忆录中不依不饶地提到她对他做过的"亲密地伤害"。1961年7月2日，他终于用一支12毫米口径双管英式猎枪把自己的脑袋打飞了，而那位所谓的《老人与海》的原型，却乐陶陶地活过了整个20世纪。

（本文写作中，曾引用或参考以下著作：《万象》2003年第9期，宋明炜文；马尔克斯《与海明威相见》，中国社会科学出版社；《海明威谈创作》，三联书店；海明威《不固定的圣节》，汤永宽译，上海译文出版社；肯尼斯·S.林恩《海明威》，任晓晋等译，中央编译出版社等，特此致谢。）

记忆的尽头

读福克纳

一

福克纳和海明威终生没有见上一面，虽然他们是同胞，并且完全生活在同一个时代里：福克纳生于 1897 年，卒于 1962 年；海明威生于 1899 年，卒于 1961 年。他们的长篇代表作《喧哗与骚动》与《永别了，武器》都发表于 1929 年，两人后来都获得诺贝尔文学奖，时间也非常接近，分别是 1950 年和 1954 年。他们应该有许多机会见面但没有见面，唯一的解释只能是，他们彼此不想见面。据说，乔伊斯和普鲁斯特曾在巴黎的一个晚宴上，有过一面之雅，他们的崇拜者希望两位大师的不期而遇能给文学史留下一段佳话，但留下来的却只是笑话：他们彼此交换了对天气和食物的看法，一个喜欢萝卜，而一个正相反，讨厌萝卜而喜欢茄子。仅此而已，然后礼貌离去。我们不能指望海明威和福克纳能做得更好。

海明威与福克纳的关系略似中国诗人李白和杜甫。海明威貌似李白，年少得享盛名，傲视天下，浪游八方，身边美女如云，出手挥金如土，就连死亡都带有行为艺术的色彩：海明威吞枪，李白在传说中死于下河捞月。而福克纳仿佛杜甫，瘦小、拘谨、内敛，也相对拮据和失意，杜甫穷到待客只能用没有过滤的村酒，而福克纳不得不去好莱坞打工，包括不留姓名地把海明威的小说改编成剧本。福克纳婚姻不幸，却始终没有勇气离婚，而杜甫到了60岁后，才紧巴巴凑钱娶了一个小妾。福克纳早在二三十年代就写出了自己的代表作，但在美国却一直不受重视。而杜甫也是在死后多年，才被谥以和李白同等的殊荣，并称为"李杜"。而他们的死亡非止干巴无味，而且让人心酸：福克纳心绪恶劣、积劳成疾，死于心肌梗死；而杜甫据说是饥饿中狂啖友人馈赠的干牛肉，被活活噎死的。但杜甫和李白的关系却很友好，见过几次面，相聚甚欢，杜甫留下过十几首为李白写的诗，有盛赞，"斗酒诗百篇""白也诗无敌"；有怀念，有扼腕，"佯狂真可哀"。李白也为杜甫写过两三首诗，却平淡无奇，也就鲜为人知。杜甫小李白十一岁，他们能友善相处，大概取决于杜甫在李白面前的谦卑。也许在李白看来，杜甫还是一个新手，小兄弟，是他无数崇拜者中的一份子。但福克纳和海明威的关系却是紧张的，对抗的，从这种对抗中，我们能看到福克纳内在的骄傲，和海明威本质上的脆弱。福克纳为海明威的《老人与海》写过一篇短评，但这不表明他对海明威抱有杜甫对李白的那种仰慕，也许恰好相反，是有着牧师布道般的居高临下。

　　1947年4月，福克纳应密西西比大学学生的请求，列出了

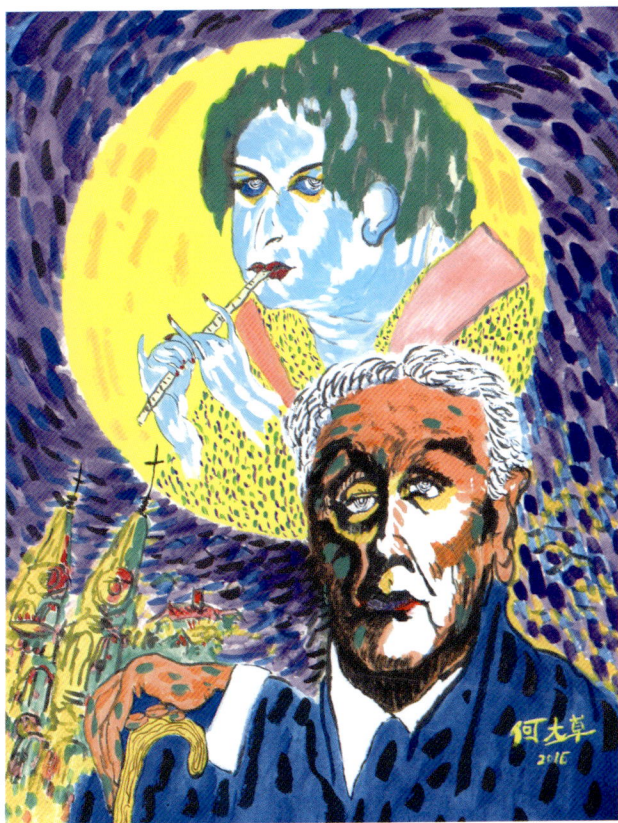

读 · 博 · 尔 · 赫 · 斯

他从不感到幸福

金黄的月亮多么凄清。
夜晚的月亮已不是亚当初次
见到的模样。人们多少世纪的失眠
使她唏嘘幽咽、泪流满面。
看看她吧。她就是你的圆镜。

一个当代最重要的美国作家的名次，排名为：一、托马斯·沃尔夫，二、威廉·福克纳本人，三、多斯·帕索斯，四、海明威，五、斯坦贝克。福克纳称海明威缺乏探索的勇气。在这里，勇气本指写作而言，但海明威大动肝火，请求自己在二战中的朋友兰姆将军给福克纳写信，证明自己在战争中是如何勇敢。海明威的过度反应，近于孩子气，也进一步证实他总是缺乏安全感，有某种程度的受迫害妄想症。李白以狂放闻名天下，杜甫说他其实是"佯狂"；而福克纳在海明威自杀后也对朋友说过，"他所显示的无畏与男子汉气概在某种程度上是一种伪装"。他们都点到了对方的要害，不同的是，杜甫怀着悲悯，而福克纳带着讥诮。

福克纳和海明威的不和，用"文人相轻"来解释似乎流于简单，他们深刻的差异，来自不同的地域、家世、禀性、气质、价值观。他们都曾受惠于舍伍德·安德森，海明威从他那儿领悟到了风格，即语言、结构、怎么写，而福克纳接受了他的忠告，即写什么。安德森建议福克纳以密西西比州的"一小块地方"作起点来写作。后来，这一小块地方被福克纳命名为约克纳帕塔法县，经营出十余部长篇和近百个短篇，并使之成为文学史上传之不朽的邮票般大小的家乡。有一件逸事很能表现福克纳对家的理解，他在好莱坞打工时，曾向老板抱怨办公室闹哄哄的，老板就让他回家去写作。老板所指的家是福克纳在好莱坞的公寓，但几周之后他发现福克纳已经回到了千里之外的密西西比老家。对福克纳来说，家只有一个，就是那块他生于斯、长于斯的土地。他是个南方人，而且如他所说，是乡下人，土生子，乡土、人情的观念影响了他的一生。

相对来讲，出生于芝加哥橡树园的海明威是个北方佬。我发现，一块版图只要能划分南北，那么北方总是偏于单纯、辽阔、强悍，而南方则阴晦、潮湿、诡谲，如果说《楚辞》和《诗经》代表了中国古代文学的南北之分，那么福克纳与海明威也正好凸显了美国小说的南北差异。海明威的小说如高纬度或高海拔的杉树，俊朗、挺拔、笔直、干净的主干顶端，托着巨大的塔形树冠，危险而又美丽。福克纳的小说更像是南方的丛林，在低洼的平原上绵绵生长，不仅有古木，还有灌木、杂草、苔藓，鲜花盛开、雾瘴弥漫，狼虫虎豹、蚊子苍蝇都活跃其间，能听到大树倒塌的隆隆巨响，也能听到枯叶滑落的轻微脆裂。福克纳的世界正是脆裂的记忆，是记忆中消失的南方，记忆产生挽歌，让这个世界更丰富，也更漫长，所谓此恨绵绵无绝期，他到死都没能把约克纳帕塔法县的故事讲述完。

海明威的小说干净、简洁，以减法行文，语言千锤百炼，就像是一个中轻量级的拳击运动员，全身没一块赘肉，穿上西服就成了体面的绅士。据说他的词汇运用在全美作家中是最少的，为了"把字眼儿弄得准确一些"，《永别了，武器》的结尾，他改写了三十九遍才感到满意。这使他作为作家的内在气质，远离了李白而接近杜甫。李白以古风、乐府见长，斗酒诗百篇，而杜甫痴迷格律，字字句句莫不苦心孤诣，所谓"为人性僻耽佳句，语不惊人死不休"。比杜甫走得更远的是贾岛、孟郊，郊寒岛瘦，"吟安一个字，拈断数根须"。平心而论，海明威并没有取得杜甫那样伟大的成就。原因之一，诗歌是文学中最讲究的形式，然后是短篇小说，再次是长篇。虽然海明威以诗人般对形式的苛求写短篇小说尚可成功，但这么来写长篇就显得捉襟见肘了。海明威高度省略的冰峰写作，走到郊寒岛瘦的地步，推进到长篇小说的领域，就如加西亚·马尔克斯所说，他省略掉了神秘和优雅，以至于任何一个缺点在他身上都显得特别引人注目。

海明威追求简单、流畅，唾弃浪漫，反对晦涩难懂，而福克纳恰恰沉溺于复杂、晦涩，批评海明威"从未用过一个得让读者查字典看用法是否正确的词"，他认为海明威是走捷径，包括自杀身亡也是"走捷径回家"。他用加法写作，形式多样，技巧多变，阅读他的作品，就像在丛林中蛛网般的小径上搜寻他的脚印，必须控制呼吸、小心翼翼：他以每一篇小说、每一个人物来为他的约克纳帕塔法丛林增添着神秘与恐怖。海明威的写作也许是为了摆脱痛苦的个人记忆，而福克纳却一直沉溺在记忆中写作，个人记忆、家族记忆交叉、重叠，铺成了一片属于他的神秘领地。进入这片领地的钥匙，只掌握在他一个人手里。

二

福克纳的同乡、女作家尤多拉·韦尔蒂这样写道，小说家的劳动就是"通过回忆把生活变成艺术，使时间把它夺走的一切归还给人"。但是在这里我们可能会发出一个疑问：记忆是取之不尽、用之不竭的吗？或者换句话说，依赖回忆的写作，是不是竭泽而渔呢？

我想到一个似乎不相干的例子。中央电视台曾播出过一则关于"魔鬼卡"的节目，一个山东农民在某市捡到一张医疗卡，抱着侥幸心理插入取款机，试输了一组密码：123456，恰好吻合。卡上还有三百多元余额，他第一次取了一百元。第二次再取，发现卡上竟然多了一百元。于是他不断地取，而卡也像着了魔，取多少，反而增加多少，后来他大概一共取走了六十多万元（或者更多）。事后有关部门查明，是操作系统出了问题，概率几乎是万万分之一，而吞没这笔巨大不义之财的农民最终也蹲了大狱。但我却正好拿这事做个比喻，向记忆挖掘的小说家，如果他持有这么一张"魔鬼卡"，那么他非但不会竭泽而渔，记忆反而会因他的叙述而更加丰盈，这就是虚构和想象。就心灵的愿望而言，虚构和想象同样是一种真实。

这个比喻同时还引出了另一个问题，在有了一张具有魔性或神性的卡片之后，我们显然还不能就此获得源源不断的记忆，我们需要借助一组密码，或者说，一把钥匙，一个媒介。美国汉学家宇文所安写过一本《追忆——中国古典文学中的往事再现》，他在书中分析过杜牧的一首绝句："折戟沉沙铁未销，自将磨洗认前朝。东风不与周郎便，铜雀春深锁二乔。"作为读者，短短二十八个字，唤起了我们对历史的绵绵回想，以及对另一种可能性的生动想象；而作为诗人，撩拨他的想象而写下诗句的，则只是一把被沙土掩埋的、生锈的铁器。这件铁器，就是诗人进入历史和虚构的钥匙。这样的例子，在中国古代的诗歌中，俯拾皆是。杜甫的《江南逢李龟年》，借助的是一次重逢，山河破碎、劫后余生，故人相遇，追怀昔日的荣华，已是白衣苍狗。而苏东坡的《赤壁怀古》借助的仅仅是"赤壁"二字，因为他泛舟的黄州赤壁和作为古战场的嘉鱼赤壁相距遥远，但凭借这两个字他就已经不可阻挡地进入了历史，故国神游，留下"大江东去"的千古怅叹。曾有人考证过曹雪芹不是《红楼梦》的作者，理由是他家道衰落的时候，才仅仅五六岁，对锦衣玉食的生活，不会留下深刻的印象。但这种观点，剥夺了虚构之于小说家的重要性，看不到小说家和历史家的根本不同，前者只需一个机缘，就可以从想象中进入个人或者家族的记忆，正如尤多拉·韦尔蒂所说的，"回忆在血液中形成，它是一种遗产，包容了一个人出生前所发生的事情，就如同他自己曾亲身经历一样。"而后者则讲究字字有来历，所谓"拿证据来"，而且孤证不立。一个有趣的例子是：许多人对《红楼梦》中凤姐向刘姥姥介绍的茄子做法大为感叹，更坚信没有这样的体验，怎么能说得头头是道。但偏有好事者为了亲身验证，竟如法烹调茄子，结果味同嚼泥，难以下咽。我想有一个人倘若能看到这些，会笑得喷饭，这个人就是曹雪芹。他进入回忆的方式，也许借助的真的就是一块玉，或者一块没用的石头，他比普鲁斯特借助玛德莱拉小点心进入逝水年华更加神奇，普鲁斯特写的基本是自己的经历，而曹雪芹讲述的是血液中的记忆。

我从来都没有勇气和耐心，读完福克纳那丛林般丰饶的小说，也就无法从中发现他是持哪一把钥匙，从哪一扇门进入的记忆，就像加西亚·马尔克斯说过的，"把力气花在分析福克纳的书上，则是令人沮丧的，因为他似乎没有一个写作的有机体，而是盲目穿过那圣经的宇宙，宛如一群放在满是水晶玻璃的店铺里的山羊。"我只能说，从我读过的福克纳小说中，我记住了一个强烈的气息，属于南方的、灼热的、糜烂的味道，这就是死亡。

三

我对美国南方最初的印象，来自小说《飘》以及据此拍摄的电影《乱世佳人》。那是一场被打翻的豪华盛宴，战争从天而降，就像把五彩颜料、血色酒污、胭脂粉汗泼洒在宽阔的幕布上。我们读大学的时候，几乎人人争说郝思嘉，"文化大革命"刚刚结束，山河凋敝，百废待兴，而美国的郝思嘉在改天换地的动乱里，从撒娇撒泼的庄园主小姐，沦为失去尊严、父母、爱人、女儿，穷途彷徨，最后铭记住父亲的话，回到辽阔而疲惫的土地：这是电影《乱世佳人》的终结，也正是福克纳小说的起点。那场持续四年的南北战争（1861－1865）摧毁了南方的黑奴制，也横扫了南方传统的乡土人情观念，而后者正是福克纳终其一生所追怀的，他在用小说虚构的约克纳帕塔法县里，以挽歌的方式复活而后埋葬了传统。一个耐人寻味的事情是，美国汉学家斯蒂芬·欧文把中国古典文学中的往事再现概括为一本经典的《追忆》，而旅美华人作家白先勇在肯定从屈原到杜甫表现出的感时伤怀是中国文学的最高境界之后，则称，"一般说美国人并不太有追忆历史的习惯，但福克纳的巨著《声音与愤怒》（即《喧哗与骚动》），却是对美国没落的南方文化的一往情深的悼念。"或者我们可以说，在一切伟大的文学作品中，无论种族还是时代，追忆都是共通的（也可能是唯一的）主题，从古典的《荷马史诗》《红楼梦》到20世纪的《追忆逝水年华》《百年孤独》，莫不如此。

感人至深的追忆首先取决追忆者的人生境遇，或从浮华若梦中省悟，或在徘徊歧路中怅惘。这种省悟、怅惘除了从血液里带来的没落感，还来自对个人、族群、乡土境遇的高度自觉。与福克纳同时代的南方小说家都深刻地看到了这一点，战后的历史余波使南方"梦想既成为一个现代民族国家，同时又再现宗法社会；既成为工业机械世界的一个主要原料供应者，同时又成为逃避那个世界的田园天地"。南方成为历史十字路口的一种代表，南方小说家据此创造了一出出有关自我与历史的戏剧。而福克纳在致信为他编辑袖珍文集的马尔科姆·考利时也明确写道，"我是在一遍遍地讲述同一个故事，那就是我自己与这个世界。"这是1944年11月的事情，此时他已经47岁，写出了一生中大部分作品，并开始为自己的文学做一个总结。

以福克纳的身世，他大概是最有资格来为南方写出挽歌的人。他的曾祖父"老上校"曾是南北战争中的英雄，后来成为称霸一方的政要和企业家，还出版过畅销一时的小说，但他也因此恩怨缠身，最终被仇家击毙于街头。福克纳的祖父"小上校"为脱离时代的怨仇，举家搬迁到奥克斯福镇，这个南方小镇以及周遭的乡野、森林、大河，后来就成了福克纳小说人物出入的场景。作为庄园主世家，他家里畜养着黑奴，后来转变为佃农或仆人，再后来，忠心耿耿的黑女佣卡洛琳·巴尔大妈成为《喧哗与骚动》中迪尔西的原型，与这部小说同享不朽。福克纳早年痴迷于聆听祖辈的故事，也常在黑人的棚屋和马厩中流连。但他也曾像海明威一样渴望过远走高飞，他参加英国皇家空军，试图投身第一次世界大战，但他还未发一弹，战争就结束了。他也曾到巴黎学艺，但在这个海明威如鱼得水的花都，他却处处觉得自己是个外乡人。为了生计，他多次赴好莱坞以编写剧本挣钱，但他缺乏编造大众趣味故事的能力。他也有过不止一次艳遇，但一生都没有勇气摆脱不幸的婚姻。最后，他发现自己真正能做的事情，就只有待在家里年复一年地写小说。正在消失的乡土人情观念、曾经煊赫而已褪色的家族历史、抑郁不乐的心情，加上天才的叙述才能，福克纳用小说为南方写下了一份份悼词。同海明威一样，福克纳也迷恋死亡，也许所有的艺术家都在追寻死亡或刻意逃避死亡，因为在人的一切处境中，死亡是绝境中的绝境。不同的是，在海明威那儿，死亡是一个瞬间的行动，它的感受也是极不确定的，甚至是被遮蔽的，他可能死了，而你不知他如何死去（《印第安人营地》）；他中了一枪，却只觉得突然有一道白热的、亮得叫人睁不开眼的闪电在他的头脑里爆炸（《弗朗西斯·麦康伯短促的幸福生活》）；少年被一剑刺中，生命离开身体，就像拔掉浴缸里的塞子，缸里的脏水很快流光（《世界之都》）。而在福克纳那儿，死亡被放慢了，那些叙述死亡的密实的文字，在阅读中缓缓展开，漫长得如年复一年编织的裹尸布。

海明威是北方佬，但居无定所，他的小说几乎不带地域的色彩，《老人与海》的故事就可以发生在世界上任何一片海洋。而福克纳的小说却散发出浓郁的南方气息，其中留给我们印象最深的味道，是植物和死亡。就原生的意义上说，南方的小说比北方的小说更有味道，而福克纳首屈一指，（沿着这条线走下去，另一位杰出的作家是尊福克纳为导师的加西亚·马尔克斯。）福克纳在他的可能是最优秀的短篇小说《纪念爱米丽的一朵玫瑰花》和《美人樱的香气》中，味道不仅是氛围，也是线索；不仅是渲染，还是主角：故事似乎退居其后，人物活动和内心隐秘，都在某种特殊的气味中暧昧、朦胧。这似乎可能让我们明白，作家是凭借气味回到记忆的，而以气味复活的那个世界是靠不住的，一阵风就可以将之刮得干干净净。

我是在大一读到《纪念爱米丽的一朵玫瑰花》的，那是一个文学繁荣交错着文学饥荒的年代，我邮购到一本篇目杂乱、质量高低不一的外国文学作品集，因为饥不择食，都统统读了下去。现在，这本集子早已弄丢，而还留有印象的，除了福克纳的这篇小说，就是西默农的一个侦探故事，感觉真有些冷峭般的幽默。后来，我在不同的福克纳作品选里都见到过《纪念爱米丽的一朵玫瑰花》，并反复地阅读过它。当我今天又一次把它翻拣起来时，我发现当初把它和西默农的小说放在一起，可能出自糊涂，也可能来自天意：《纪念爱米丽的一朵玫瑰花》完全可以当作一篇侦探小说来阅读，甚至比我读过的所有侦探小说更精彩。

四

《纪念爱米丽的一朵玫瑰花》翻译成中文只有八千字，却写了一个女人的秘密的一生，可供破解她秘密的线索，是一种奇怪的味道，而侦破秘密的人，却不是一个侦探，甚至不是一个人，而是一个小镇上的群体，这个群体历经了数代的光阴，是爱米丽的邻居、窥视者，是不变的"我们"。这个故事是由"我们"来叙述的，这就把爱米丽小姐从"我们"这个复数中孤立出来，成为一个人：她。

小说一开头，她刚刚死去。作为著名的格里尔生家族的最后一个传人，爱米丽小姐享年 74 岁，死于一幢 19 世纪 70 年代风味的破败木屋中，而木屋除了她的黑人老仆，已经有十多年没人进去过了。我们都为她送丧，男人出于敬慕，女人出于好奇，想看看这屋子：想从屋子的内部，探测到有关她一生的奥秘。木屋的周围，簇拥着工业时代的工厂和机器，使它看起来执拗不驯，仿佛这就是爱米丽小姐本人，拒绝时间在流逝，时代在改变。也很像福克纳勉力维系的一个信念："他的长短篇小说中反复强调，过去永远不会逝去。"送丧是一个短暂的时刻，但我们在还未踏入她的木屋时，都在追忆她在七十多年的生活中，留给我们的为数不多的片段印象：

第一场戏是这样上演的：从前的镇长沙多里斯上校曾下令豁免了她在世时应缴纳的一切税款，但在新一代人执政后，他们决定要她履行纳税人的义务。他们给她寄出了纳税通知单，并表示愿意登门拜访，或者专车接送她去镇政府洽谈。但他们得到的答复却是一张写在古色古香信笺上的留言，称自己已根本不外出了。不得已，参议员们组成一个代表团前去访问爱米丽小姐。这是她在我们记忆中的首次登场，当然，此前她停止开设瓷器彩绘课以来，已有十年左右没人从大门进入她的住宅。屋里光线昏暗，有一股尘封的气味扑鼻而来，爱米丽就在这股气味中现身出来：她矮小、肥胖、衰老，要靠乌木拐杖来支撑身子，但当她出现的时候，代表们都不由自主站了起来。在他们结结巴巴陈述要她纳税的理由时，她静静地听着，他们说完话，才听见隐藏在她腰身里的挂表在嘀嗒作响。但她并不承认时间的流逝，她的回答是：我无税可纳，你们去找沙多里斯上校吧。她同时也就拒绝了另一个事实，那就是沙多里斯上校已经死了十年了。她混淆生死，遗忘光阴，蔑视公共的价值标准，看起来脆弱、腐朽，却有着令人畏惧的傲慢，她以自己的傲慢把那些冒失的代表们打发回了家。

沿着这条思路，我们自然联想到了在纳税风波前三十年，她也曾经为一种奇怪的气味战胜过那些议员代表的父辈。那时正值她丧父后两年，并被未婚夫抛弃不久，她闭门不出，从我们的视线中消失了。但从她的住宅里，散发出了一种非常难闻的气味：最初有人抱怨是她的黑仆没有把厨房收拾好。但气味越来越强烈，又有人怀疑是她的黑仆打死了蛇或者老鼠。镇上的人不堪忍受，却没人敢当着爱米丽的面说她那里有奇臭难闻的味道。于是，我们只好派出四个人，在夜晚潜到爱米丽家的周围，像播种一样撒生石灰。在一两周之后，气味终于消失了。那时候她已经年近三十，尚未婚配，因为她的蛮横的父亲赶走了所有追求她的青年男人。她父亲去世的时候，她拒绝承认他已死的事实，企图阻止将他下葬，但在抗拒三天之后，还是垮下来，把他匆匆埋葬了。

上边一段，看起来只是一个过渡，闲笔似的说到了她的父亲和那股难闻的气味，然后又若无其事地把气味抛开，而让死亡的父亲接过线头，引出了她的未婚夫荷默·伯隆：她父亲去世的那年夏天，镇上开始铺设人行道，建筑公司的工头就是伯隆，一个十足的北方佬。他有点像《飘》里的白瑞德船长，精明强干，而且快乐风趣，能够吸引人们围着自己转。不久，我们就发现他和爱米丽小姐一道驾着她家的轻便马车出游了。我们都以为她就要和他结婚了，有点为她高兴，也有点为她惋惜，因为一个南方世家的末代传人要下嫁给一个拿日工资的北方佬，是有些可怜的。但爱米丽小姐从不受任何外界的影响，她总是高昂着头，要求别人承认她的尊严。比如说——福克纳以轻描淡写的口吻讲出一个插曲，似乎仅仅是为了举例说明她的高傲多么让人慑服——她那次买砒霜的情况，药剂师要她说明用途，但她拒绝回答，只是瞪着他的双眼，一直到他把目光拿开，把药卖给了她。

虽然这似乎只是一个例子，却不啻一个惊人悬念：她要自杀了？但福克纳的悬念刚一抛出，立刻又淡淡地把它搁置一边，让回忆（叙述）回到了爱米丽婚姻的轨道上，而这好像才是情节的真正主线：听说她买砒霜，我们就都说："她要自杀了。"就像我们第一次看到她和伯隆在一块儿，我们都说，"她要嫁给他了。"而后来我们才知道，她如果要他娶自己，还得说服他，因为他说他喜欢和男人来往，无意成家。但爱米丽显然动了真心，她订购了一套银质男人盥洗用具，每件上面刻着"荷·伯"，还买了全套的男人服装，包括睡衣在内。当铺路工程竣工、荷默·伯隆离开时，我们都相信他的离开是为迎娶爱米丽做充分的准备。后来，他果然又回来到镇上了。一位邻居亲眼看见那个黑仆在黄昏时分打开厨房门让他进去了。

这是我们最后一次看到荷默·伯隆。而爱米丽也有很长一段时间没有露面了。在我们前边的回忆里，那就该是她父亲死后两年、伯隆抛弃她不久之后，我们曾派人去她家周围撒石灰，以驱散可能是腐鼠的臭气。等到我们再见到她，她的头发已经灰白了，数年后变成了铁灰色。直到74岁去世为止，她铁灰色的头发依旧保持着旺盛。

爱米丽小姐40岁左右，有六七年的时间，她在家里开设瓷器彩绘课，她的父辈都把女儿、孙女儿送来学画。她授课严格，和礼拜天上教堂一样认真。后来，当这些女学生长大成人，她们却再也没让自己的孩子跟爱米丽学画。她的前门从此关上，永远没有再开。就连镇上为实行免费邮政制度，要求在门上钉一个门牌号码，她也拒绝了。年复一年，她蜗居在家，我们只看见她的黑仆老成了一个骆驼，老得不能再老。后来，她终于死了。

我们已经知道，在她家楼上有一间屋子已经有四十年没有开过了。在安葬了她之后，我们把那屋子的门撬开了：因为猛烈地震动，屋子里灰尘弥漫。屋子布置得像是新房，却笼罩着墓室一般的阴惨惨氛围，败色的家具、毫无光泽的银质盥洗用具，椅子上放着折叠得好好的一套衣服，椅子下有两只寂寞无声的鞋子和一双扔了不要的袜子。那个叫荷默·伯隆的男人躺在床上，四十年的时间已经让他彻底驯服了，他显出一度是拥抱的姿势，而肉体已在破烂的睡衣下腐烂，和木床粘连在一起，难分难解了。

最后，福克纳抖出了最后的谜底，但这不是让一个波洛似的侦探来从头解说，而仅仅是对一个细节的客观描述：

后来我们才注意到旁边那只枕头上有人头压过的痕迹。我们当中有一个人从那上面拿起了什么东西，大家凑近一看——这时一股淡淡的干燥发臭的气味钻进了鼻孔——原来是一绺长长的铁灰色头发。

也就是说，荷默·伯隆的确抛弃了爱米丽小姐，但她用砒霜把他留在了床上，永远成了她的男人。而铁灰色的头发可以做证，就在他死了数年之后，她还在他的尸体旁边安睡过。不知她一直睡到何年何月。

五

很多有关福克纳的评论、传记中，都提到了他在好莱坞既无奈又委屈的打工经历：他始终没有成为一个富有大众趣味、卖座率很高的编剧，从而让自己囊中饱满。但很少有人看到这么一点，即：他娴熟地掌握了电影的叙事技巧，并让自己的小说受益匪浅。电影除了能制造身临其境的画面感这些便利之外，同时在叙事的篇幅上受到严格的限制，无论你讲述的是一天还是一百年，都必须在两小时左右的时间内完成。阅读《纪念爱米丽的一朵玫瑰花》，的确是有一些看电影的感受的。

从送丧的短暂情节中，展开了一个女人迷雾般的一生，而这她的一生，其实也只是通过几场戏来完成的：拒绝纳税、有臭味从木屋传出、和伯隆恋爱、买砒霜、头发变为铁灰、隐居四十年直到死亡，然后送丧者撬开封闭的房子，真相大白。我们甚至可以说，《纪念爱米丽的一朵玫瑰花》可以和希区柯克的任何一部悬念片媲美，福克纳制造悬念，苦心布下疑阵，在叙述的迷雾中筑隘设险，却又不露痕迹地转移读者的视线，最后，当我们在几次情节的跌宕之后准备完成阅读时，却劈面碰上了真正结局：我们期待之外的高潮。就这一点而言，福克纳比希区柯克更加高明，后者的魅力在层层展开或渲染悬念的过程，但剧终的时候，总有点不能满足我们的期待，比如《蝴蝶梦》，层层铺垫，处处渲染，那个神秘死去的女主人阴魂不散，笼罩着城堡和每一个人。等到谜底揭开，不过是男主人的妻子不爱他，而和表兄有私情，在一次夫妻在小船上发生争吵时，她倒下去脑袋磕着铁锚死了。如此而已。

写小说的大师大概可以分为两种，一种是以长篇传世的，一种是以短篇不朽的，前者如巴尔扎克、雨果、托尔斯泰；后者如契诃夫、博尔赫斯、海明威，以及我国的鲁迅。短篇更注重技巧，如福克纳所说，"短篇小说是在诗歌之后最讲究的形式。"它精致小巧，却要包容丰富的内涵，具备足够的弹性和张力，一语之成，一字之立，可能都需要反复推敲，布下奥秘、玄机。我不知道巴尔扎克是否写过像样的短篇，但可以猜测，他那种洋洋洒洒的天才，下笔就是万言，《纪念爱米丽的一朵玫瑰花》的篇幅，恐怕还不够他描述一条巴黎的街景。而博尔赫斯从根本上认为，长篇都是把五分钟能够说完的话花上几个小时来说，所以充满了废话。海明威是左右开弓的，他写过的长篇应该在八九部之上，但真正为他赢得永久性声誉的，却是他短篇中为数不多的精致、完美的篇章。但当他用追求完美、精致的手法去写长篇时，不啻是用造盆景的匠心来打造群山，弄得作者和读者都倍感疲惫。唯有福克纳无论长短都应付裕如，他的长篇是南方杂芜而生气勃勃的丛林，而短篇则是丛林中自我纠缠的榕树——在福克纳的世界里，每一棵树都和丛林、每一个人都和往事，有着不可分割的联系。

福克纳讲述死亡或暴力故事的感染力，也一点不逊于海明威。在海明威那儿，暴力是血腥的，而死亡瞬间来临。但福克纳笔下的死亡，如《纪念爱米丽的一朵玫瑰花》的惊栗、可怖，却又蕴藏着排遣不去的眷眷与怅然。海明威那些命定死去的人们，一般都有身份但没来历，他们的故事基本上是当前进行时。海明威喜欢言简意赅，仿佛大海以及漂浮的冰山，一目了然却又蕴含象征或寓意。但福克纳却崇尚复杂并在复杂中游刃有余，因为南方本来就是盘根错节、错综复杂的，所以爱米丽不仅有名有姓有故事，更有渊源深长的家世背景，而这也正是她故事悲剧的由来。故事的讲述，是在当前的时间中，不断向记忆伸展，从一个人与往事的千丝万缕联系中，把最后的源头和谜底掏出来。海明威的人物没有过去，即便《老人与海》中的老人，他的过去也只是寥寥几笔；而在福克纳那儿，过去是现在存在的依据，没有过去就没有眼前的一切。福克纳试图用小说反复证明：过去永远不会逝去。但事实上，他的小说给予我们的结论是：过去的确一去不返。《纪念爱米丽的一朵玫瑰花》实际上是福克纳献给自己的一阕挽歌，它反证了，不变的"我们"在与时俱进，而抗拒时间的爱米丽却在衰朽中一点点死亡。如福克纳所说，这是一个纪念碑似的女人。纪念碑的坍塌，标志着她所代表的一个传统黯然退场。如果说有什么东西留下来了，那就是挥之不去的味道：憔悴的花香或者糜烂的尸臭。博尔赫斯曾以音乐为例，证明宇宙可以只有时间而不依赖于空间。那么我也可以气味为例，证明某种宇宙也能只需要空间而能凌驾于时间之上——爱米丽死了，和传统的南方一起埋葬了，而福克纳却在记忆中捕捉到了她和那个时代的气味，并通过小说使之成了我们的记忆。福克纳已经不朽，而爱米丽的气味也就将永远长存。每一个能嗅到这个气味的读者，都会凭此复活一个逝去的旧世界。

福克纳对气味的敏感，大概来自他的矮小、拘谨、木讷，从而向内发展，使它的嗅觉特别细腻，就像瘸子的手特别好使、哑巴的眼睛格外明亮，人总是在己之所短的另侧，长出一棵奇葩，当然贝多芬除外，他是一个音乐的巨人，却偏偏是个聋子。我第一次领略福克纳对气味的动人描述，是他在《喧哗与骚动》中塑造的白痴班吉：班吉内心丰富，却口不能言，他能够发出的声音，除了哭泣，只有"哼哼"。但他敏于气味，当他珍爱的姐姐把他拥入怀中时，他感受到"树的气味"，而冷漠的父亲出现时，他感觉是"雨的气味"。他爱三样东西，姐姐，牧场，炉火。牧场被出卖了，但他还可以在那儿跑来跑去；姐姐走了，但因为姐姐有树的气味，而能嗅到树的气味，就感觉姐姐依然和他在一起。他后来被送进精神病院，就把陪伴他昏昏欲睡的灯光当作了炉火。他什么都失去了，却像是都没有失去，福克纳赋予班吉异于常人的、极其有限的感觉方式，使这个孤苦的弱智者成为最让人心疼的人物。在交代《喧哗与骚动》人物的结局时，福克纳没说班吉死了，而事实上，他肯定会暗暗死去。就像脆弱、敏感的尼克·亚当斯是内在的海明威一样，班吉可能也是福克纳内心的一个投影，他不想班吉死去，因为他本人就不想死。在他晚年，骑马受伤和喝酒宿醉成为生活中奇怪的循环，莫名的惆怅死神般地笼罩着他，虽然约克纳帕塔法县早已名扬天下，诺贝尔文学奖带给了他崇高的荣誉，他依然没法体会到快乐。这印证了他说过的话，"艺术家是被魔鬼追赶的人物，被死亡的预感所缠绕并决定在被人遗忘的墙上留下潦草涂写。"但他已经写不动了，1962年6月，他再次从马上摔了下来，7月6日，即他曾祖父的诞辰日，他在医院里死去。

此前，他留下了一句话。他说："我不想死。"

（本文写作中，曾引用或参考以下著作：《我弥留之际》，福克纳作品集，漓江出版社；《福克纳传》，李文俊著，新世界出版社；斯坦贝克《福克纳中短篇小说选》序，中国文联出版社；马尔克斯《与海明威相见》，中国社会科学出版社；《美国当代文学·南方小说》，丹尼尔·霍夫曼主编，黄梅译，中国文联出版社；《白先勇自选集》，花城出版社；《圣殿中的情网——小说家威廉·福克纳传》，达维德·敏特著，赵扬译，三联书店出版等，特此致谢。）

他从不感到幸福

读博尔赫斯

一

20世纪80年代中期，博尔赫斯的作品引入中国以后，镜子、沙漏、回廊、图书馆以及分岔的小径，都成了文学沙龙中的常用语。而他那帧著名的晚年照片也与我们理解的博尔赫斯，十分吻合：洁净得近于挑剔的西服、领带，一丝不乱抿向脑后的白发，两手拄着一根从唐人街买来的中国拐杖，双目失明，而表情既茫然又安详。这给人的感觉是他的确生活在时间之外（抑或永恒的时间之内），面容如石头一样结实，又如丝绸般富有光泽，却唯独不像是血肉之身。给这样一个老人联系在一起的，只可能是：形而上的轻烟薄雾和循环不已的时间之谜。

然而，他于1966年写出的小说《第三者》，却好像是一个例外。它也许是最不博尔赫斯化的一个作品，却深得博尔赫斯自己的珍视。当然，它也因此而部分地瓦解了博尔赫斯超凡出尘、不食人间烟火的形象。故事发生在乡间，语调依然是博尔赫斯终生恪守的那种克制，主人公是他早年醉心的好汉，即强盗、流氓、恶棍、痞子，在那些小说中，他们为义气、血性、尊严而一拼生死，但《第三者》里，他们要对付的却只是一个手无缚鸡之力的女人。这是相依为命的两兄弟，生活得简单、朴素，一起干活、打架、逛窑子。有一天，老大带回一个女人同居，老二也喜欢上了她，为了消除兄弟不和的潜在危机，老大允许老二一同分享。然而，日子长了，两兄弟常常为鸡毛蒜皮的事情吵闹，真实的原因其实是多了这个女人。他们再也不能欺骗自己，于是经过简单的商议，兄弟俩把女人卖给了妓院。然而，对这女人默默地怀念却弄得他们不得安宁。老大悄悄骑马跑去妓院会她，却发现老二的马已经拴在门外的木桩上了。他们悲哀地发现，这样长此下去，会把他们的马累垮的，不如把她留在身边吧。于是，又把女人赎回了家。一切又回到了从前，麻烦和危机卷土重来，这大概是《第三者》中唯一具有博尔赫斯循环意味的情节。最后的解决之道是，三个人中必须有一个人去死。在凄凉的针茅地边，老大平静地告诉老二，"兄弟，我今天把她杀了。她再也不会跟我们添麻烦了。"两个人痛哭并且拥抱，和好如初。这个故事就完了。如果不署作者的名字，我不太相信它出自博尔赫斯之手，野蛮，残忍，却没有智慧。

读《第三者》的时候，我联想到《水浒传》里的武松、石秀的杀嫂，都是关于兄弟俩和一个女人的故事，也都杀得透着忒毒的狠劲：武松是剜开潘金莲的胸脯，抠出五脏六腑来，再一刀割了她的头；而石秀是把刀递给了杨雄，先割了潘巧云的舌头，再一刀捅进心窝直割到小肚下，最后把她分为七大块。但毒归毒，却讲究冤有头、债有主，潘金莲是杀武松的哥哥在先，而潘巧云呢，是偷汉，还要挑拨石秀和杨雄的情分。而在《第三者》中，那个女人完全是作为一个被使用的工具而存在的，她没有自主的言语、思想、行动，而她被杀的理由仅仅就是她作为第三者的存在。只有一句话，泄漏出这个女人即便是工具，也还有一点作为女人的私心："胡利安娜百依百顺地伺候兄弟两人，但无法掩饰她对老二更有好感。"对于写得慢而精细的博尔赫斯来说，这句话是深思熟虑的。

今天，读过《水浒传》的许多读者，尤其是女权或平权主义人士，都咬定施耐庵变态，恨女人，在女人那儿是一个失败者。因为，他的书中没有男欢女爱，三个女英雄都没女人味，写得呼之欲出的，如潘金莲、潘巧云、阎婆惜，偏偏都是下流货。这种说法是很有意思的，倘若它有合理性，那么博尔赫斯又如何呢，他的小说既不讲爱，也基本没性，而那个被兄弟俩杀死的女人，百依百顺，逆来顺受，真是死得活天冤枉。那是不是说，博尔赫斯和施耐庵其实是同病相怜，病出一辙，只是一个比一个走得更远、更狠、更极端？

二

虽然是一个形而上的小说家，博尔赫斯和女人的关系，却比一般人想象的要密切得多，近于生于深宫之内，长于妇人之手。英国血统的祖母教会了他英语，这使他的阅读英语先于西班牙语；漂亮而坚毅的母亲活到99岁，陪伴了他77年；童年时代和妹妹游戏，也是妹妹充当女王，而他扮演王子。也就是说，他在家里的角色，一直都是孙子和儿子，是需要被女人哺育和辅导的男孩。在这一点上，他和海明威是反向而动的两个典型：来自女性的亲密之爱，把博尔赫斯永远留在了家里；而海明威则因和母亲的不和，远走高飞，在全世界追逐女人。当然，博尔赫斯也考虑过婚姻，似乎也爱上过女人，但最后都失败了。

博尔赫斯失败的原因，很可能来自他内心的恐惧。作为一个体格孱弱、先天近视、耽溺于书本的少年，他对家中女人的臣服，会让他感到温暖和安全。但在一个民风剽悍、探戈舞如火如荼的拉丁美洲，要让他去征服一个活生生的女人并让她臣服于自己，这一定是使他想着都觉得发怵的。在博尔赫斯的童年，有两大发现决定了他的一生：一是书籍，一是镜子。书籍给他展现了一个有无穷奥秘并且可以无限延伸的世界，就他而言，宇宙也就是一座巴别图书馆。而镜子让他看到了另一个自己，这是十分可怕的，他厌恶自己遭受到复制。复制可能带来的是对本性的迷失，因为人无法控制镜中的另一个自己。自制、自控，是博尔赫斯作品中一以贯之的语感，也是他毕生恪守的信念，而镜子、迷药、醉酒、性冲动，则会导致信念的动摇或坍塌，总之，是一切麻烦的源头。年过七十之后，他回忆童年，还说自己一向都怕镜子，甚至怕有光泽的红木家具、玻璃和清澈的水面。镜子还让他联想到生殖和淫秽。这两个词在他那儿，常常是并置在一起的。当然，镜子所真正象征的，首先是婚床，婚床才意味着形而下的：性、婚姻、床、做爱、生殖。这才是他真正焦虑的。如果人的出生都能像雅典娜一样从父亲的头上蹦出来，或者，如中国的妖猴来自冥顽不化的石头，那就太好了。可惜，事实并不如此。于是，在虚构的故事中，他就把自己的愿望推向了极端，譬如《圆形废墟》，一个躺在河边圆形废墟中的巫师，创造儿子的方式是做梦："他要梦见一个人；要梦见他，包括全部的细节，而且要使他成为现实。"在经过无数的艰苦努力后，他在子虚乌有中以梦把儿子创造了出来，赋予他形体、思想和能力；再后来，他派遣儿子到下一个圆形废墟去（去做梦）。儿子走了，在对儿子的思念中，藏着深沉的忧虑，他怕儿子知道自己不是血肉之躯，而仅仅是幻影。不过，只有火焰才会揭开这一个秘密，因为幻影是不会被火烧着的。然而，有一天，闪电引发了森林大火，大火包围了巫师的圆形废墟，当巫师以为自己就要在死亡中结束一生的劳作时，火焰却没有给他带来炙热和烧灼：他终于明白，他自己也只是别人梦中的幻影。

我晓得，这样解读《圆形废墟》会引来博尔赫斯拥趸者的不快，不过，他这座貌似废墟的宝山也的确是可以从任何路径进入的，即便是渗透了玄奥的哲学，也会留下手工打造的细节和个人情感的印记。何况，他本来就不该让人望而生畏；作为故事，他的小说都非常吸引人。我的一个学生在大四时去中学实习，就在初二的课堂上讲过这个《圆形废墟》，结果学生们听得津津有味，最后一齐以诧异的"啊?"声做了结尾。当然，仅有诧异是不够的，在读遍了博尔赫斯的小说后，我们的确需要去探究，性，怎么会那么让他恐惧呢? 如果说，来自祖母、母亲、妹妹的母性之爱，弱化了他男性的气质，那么父亲又在哪儿呢?

三

博尔赫斯从他父亲那里继承的，除了对阅读的热爱和先天的近视，似乎就很少有相似之处了。他父亲作为一个律师，在俗世中是一个成功的男人，担得起养活一家老少的担子，而博尔赫斯成年之后还长期生活在父母的庇护下，直到1937年即他38岁的时候，才有了一份正式的工作，在市立图书馆做一名卑微的职员。他父亲同时风流倜傥，在女人世界中总是居于主动，艳遇频频。一个流传的笑话是，在布宜诺斯艾利斯的街头，他找一个漂亮女人搭讪，当女人回头的时候才发现这正是他妻子。而博尔赫斯对女人保持着谨慎的距离，羞涩腼腆，笨手笨脚。他乐于与之交往的女性，往往漂亮、时髦、热衷社交而和他不会走向婚姻，也就是说，不会有婚床，不会有性。公平一点说，博尔赫斯也喜欢女人，也向往过婚姻，但他真正怀着惊慌和恐惧的，是性。说得更清楚一些，是对自己性能力的深刻怀疑和忧虑。而这一切，都是博尔赫斯的父亲亲手造成的。

第一次世界大战前，他父亲为了治疗眼疾，举家旅居欧洲，在日内瓦度过了漫长的岁月。在博尔赫斯年满 18 岁的时候，父亲认为儿子应该找到一个女人体验性，以使自己成为男人。但以博尔赫斯的愚笨，这个女人其实还是父亲为他找到的，大概是一个妓女，也许还是他父亲的相好，时间、地点都安排妥当，父亲让他一定要去：是一个旅馆，一个房间，博尔赫斯哆嗦着敲开了门……一个小时后，他哆嗦着出来，一切全失败了。这次惨败造成的伤口，在博尔赫斯的内心将永远不会愈合。现在文学界基本一致地认为，博尔赫斯活了一辈子，但没有做过爱；至少，没有成功地做过爱。

对自己性能力的怀疑和焦虑，也同样困扰过 20 世纪其他杰出的作家。据海明威的回忆录记载，菲茨杰拉德在巴黎的时候，就曾向海明威痛苦地倾诉，而海明威为了缓解他的不安，不仅陪他去看医生，还去卢浮宫看裸体男人的雕塑，分析器官的大小与结构。这是典型的海明威式的解决问题的方法，对菲茨杰拉德完全无用，他后来死于酗酒、绝望、灵感丧失。同样的焦虑在卡夫卡身上也表现得很突出，他的终生挚友马克思·勃乐德在《卡夫卡传》中也提到，在卡夫卡去世后，他听说卡夫卡曾有一个私生子，但这个孩子在卡夫卡尚活着的时候，就已经死掉了。对此，勃乐德伤感地写道：卡夫卡最怀疑的，莫过于自己生育的能力。如果他知道自己有一个孩子，并把孩子收养过来，孩子也许不一定会死，也许新觉醒的自信心能够拯救卡夫卡自己的生命，也许他今天就坐在我的身边，使我不必对着虚无命笔。然而，卡夫卡的确是在懵然无知中死了，两次订婚、两次逃婚，卒年仅有 41 岁。但在读过卡夫卡的《城堡》之后，我以为性之于这位忧郁的天才作家，依然是如城堡一样遥远而不得其门而入的。我怀疑勃乐德听说的私生子传闻并不可靠，之所以他把它补录在案，大概是聊作挚友孤独一生的某种慰藉吧。苏珊·桑塔格说过大意如此的话：《堂吉诃德》是一部伟大的关于嗜读症的小说，它的主人公和作者都沉溺于疯狂的阅读，阅读把他们变成了深刻、高贵的人，同时也把他们绑架了。沿着这条线索看下去，我发现文学史上被阅读绑架的作家，往往都是如博尔赫斯、卡夫卡这样的天才，体格虚弱、内敛深思，耽于冥想，而拙于行动，总怀着巨大的不安全感处在逃避的状态中，害怕来自任何一方的伤害，尤其是女人、性、一张婚床，正所谓"所有的障碍粉碎了我"。

十几岁的时候，我读《金石录后序》，很为李清照、赵明诚夫妇间的读书佳话所感动。但多年后，我对这种佳话感到很怀疑，赵明诚作为一个典型的嗜物癖患者，他对文物倾注的热情，其实是远远超过了对血肉丰满的女人，他临死放不下的，只有他毕生搜寻的这些注定流失的古董。我进而觉得他的性能力是可疑的，他和李清照结婚 28 年，死时也才 49 岁，却没有留下一儿一女。如果把不能生育之责归于李清照，那么他还有偏房、丫鬟可以为他传宗接代，这在漫长的古代，不是稀罕事。杜甫穷愁一生，是 60 多岁还娶了个小妾的，何况贵为宰相公子，并做过知府爷的赵明诚。然而，他的确没有留下后人来。我把这一猜测，写在了我的中篇小说《如梦令》里，吟诵过"生当作人杰，死亦为鬼雄"的女词人，对丈夫所抱有的情感，与其说是深沉的爱，不如说是痛惜的怜。

站在"所有的障碍粉碎了我"之反面的，自然就是"我粉碎了所有的障碍"，那是由面对女人大无畏的巴尔扎克、海明威、聂努达、马尔克斯等人结成的文学大家族，如果把它扩展出去，还可以把饱享声色之欲的毕加索、布莱希特等艺术家也都包括了进来。然而，很多事情不是天生的，机会、偶然，或如博尔赫斯爱说的"这一个、那一个"，在改写着这些天才的人生，当然，也在改写着人类的文学史。加西亚·马尔克斯的一段话披露了其中的秘密：

> 任何正常的男人在经历一次新的性行为时总是战战兢兢的……我们男人都是软弱胆怯的，只有依靠妇女的理解和帮助才能体面地向前挺进。

也就是说，妇女在这儿，是男人的导师。博尔赫斯很不幸，他大大咧咧的父亲替他找到的导师是个粗鲁的妓女，她把他给毁了：从18岁起，他守身如玉一辈子，献身于书籍和虚构，留下了一卷卷有着永恒之谜的文字，烛照着这个灰蒙蒙的世界。

四

1939年和1945年，博尔赫斯曾经追求或热恋过两个女人：艾德·兰赫和艾斯特拉·坎托。从他分别与她们留下的合影来看，她们都丰满、高挑，生气勃勃得甚至有些逼人；而博尔赫斯则显得相当紧张而且平庸，在那些年里，他身材臃肿，穿着拘谨，很像一个铁路工程师或者市政厅的科员，不会有谁会想到他已经是个才华横溢的文豪。他和她们的关系，没有产生强烈的激情，当然，激情对博尔赫斯来说也是可怕的，因为这就像镜子、迷药、性冲动一样，会让他迷失本性。但是，对于这两个健康而且正当盛年的拉丁女子来说，激情恰恰是不可缺少的。譬如艾斯特拉·坎托，她不满足于和博尔赫斯的恋情仅仅局限于散步，谈玄说梦。

在一个夏夜的路边长凳上，在雾蒙蒙灯光映出他小说中常有的含混氛围中，他向艾斯特拉·坎托正式求了婚。然而，这个无限崇拜切·格瓦拉的女子这样回答他：要结婚，必须先睡觉。睡觉，把博尔赫斯的求婚之路堵死了，他被迫后撤，沮丧一度让他产生过自杀的念头。但是，如果他真的敢于自杀，那么他也就勇于尝试一次性放纵了，他不会这么做，因为他不是海明威。所以，他后撤，回到了书中，回到了母亲的羽翼下。

60年代中期，他又爱上了一个比他小约40岁的女子玛丽亚·埃斯特尔·巴斯克斯。巴斯克斯一度代替他的母亲陪伴他旅行。然而，他对巴斯克斯是不是爱他，并无所知，对巴斯克斯是不是已经芳心他许，也不过问。最后，当巴斯克斯和别人订婚的消息传来时，他立刻去做了拔牙手术，让肉体的痛楚来淹没内心的痛楚。但这还不够。半年之后，这个早年皈依过极端主义的伟大诗人兼小说家，又以排毒的方式，写出了粗蛮、残忍的《第三者》，让那个给两个男人的平静世界带来不安宁的女人，先成为人尽可夫的妓女，然后死于匕首。那两个男人，我们有理由认为就是博尔赫斯本人，如他的名文《博尔赫斯谈博尔赫斯》的标题所示，一个人其实是两个人，虽然他不喜欢镜子，但镜子的确存在着，这是无可奈何的奇迹。

博尔赫斯只信赖一个女人，那就是他的母亲。她美丽、坚强而且长寿，一直活过了99岁。在父亲早逝之后，博尔赫斯就一直生活在母亲的庇护下。她是他的母亲、秘书、经纪人、向导，陪伴他到各地旅行、签合同、演讲等。博尔赫斯和母亲曾在自家的阳台上和飞机场合影，母亲满头银发依然仪表高贵，而博尔赫斯自己也是一个60多岁的老人了，却带着轻松的微笑，像一个惬意、满足的孩子。然而，这只是一种母亲和儿子相依为命的关系。1975年博尔赫斯的母亲病逝。悲伤之余的博尔赫斯在一首诗中这样写道：

我犯下了人们所能犯的

最深重的罪孽：

我从不感到幸福

玛丽亚·儿玉后来填补了因博母去世而留下的空白。1958年，12岁的少女玛丽亚·儿玉第一次见到博尔赫斯，面对这个"像金字塔般古老"的男人，她感到他平易近人，但自己仍羞涩得说不出话来。而博尔赫斯由于失明只能想象她的形象。他没有正面说出过他对玛丽亚的想象，但我们可以揣测，玛丽亚和他的母亲是重叠在一起的。他和她曾留下这样一张照片：博尔赫斯拄着拐杖，挽着玛丽亚的手在塞纳河畔散步。博尔赫斯已是风烛残年，但是他的神情，就如同他正依靠着自己的母亲。玛丽亚虽然比博尔赫斯要小40多岁，但她的眼里却有着母性的仁慈和怜悯。博尔赫斯写过一首名为《月亮》的诗献给玛丽亚·儿玉：

　　　　　　金黄的月亮多么凄清。

　　　　　夜晚的月亮已不是亚当初次

　　　　　见到的模样。人们多少世纪的失眠

　　　　　使她唏嘘幽咽、泪流满面。

　　　　　看看她吧。她就是你的圆镜。

　　是的，月亮、圆镜、东方人柔和的轮廓，一切都只能凭借想象来完成了。1986年6月14日的日内瓦，博尔赫斯在玛丽亚·儿玉的温柔注视下，死去了。此前八周，他和她结为夫妇，以便把全部文学遗产交由她合法继承。

　　博尔赫斯度过了他漫长的一生，他从不感到幸福，但他的确也去过天堂。在八十之年谈到天堂、地狱的时候，他说，那不是某个地方，而是某种状态。天堂是什么状态呢，伍尔芙说过，"天堂就是持续不断、毫无倦意的阅读。"果真如此，天堂就距博尔赫斯从不遥远。而通过对博尔赫斯不倦地阅读，天堂也在向我们徐徐展开。至于幸福，那是另外一回事情。

（本文写作中，曾引用或参考以下著作：《博尔赫斯·书镜中人》，詹姆斯·伍德尔著，王纯译；博尔赫斯小说诗文选《巴比伦彩票》，王永年译；《博尔赫斯短篇小说集》，王央乐译；《博尔赫斯八十忆旧》，西川等译，特此致谢。）

读 · 井 · 上 · 靖

向外走

我在城中的街道走过时，
满脑子都想着冲天的大火。
我觉得，
那个孤独的出走者，
的确是来过。

向外走

读井上靖

一

1994年元旦，我和中茂聚在江陵家喝酒。喝到半酣，彼此说起从小到大，小说读了一大堆，越读越挑剔，其实自己是什么水平，心里并没有底，不如我们也放手写一个出来看？三只酒杯叮当一碰，事情就算是定了。

一月的成都，是又湿又冷的。我晚上在书房里铺开纸笔枯坐，努力要搜索出一个故事来。不过，先于故事浮现出来的，是一个人瘦削的脸，内敛、忧郁，眼睛里同时有着渴望和迷惘，是典型的年轻的书生，却驱驰在异域的大漠中，随身还带着一把剑……这个人叫赵行德，电影《敦煌》里的主人公，日本演员西田敏行饰演的——而其实我要写的是另一个人，先秦最后一个刺客，即荆轲。好多年来，我都在内心改写着司马迁"图穷匕见"的经典情节，我理解的荆轲，应该是一个孤独的士，强大、沉默而温情，他不是职业的杀手，不会为了报答醇酒、妇人的馈赠而去行刺秦始皇。我给这个小说取名《衣冠似雪》，在漫长的写作过程中，荆轲的形象始终是和赵行德重叠的，这样，我就能看到他的脸、表情，听到他的呼吸了。《衣冠似雪》我写到春暖花开才杀青，其后发表于《人民文学》1995年第1期。江陵和中茂的小说也都先后发表了。

就在前不久一个刮风的夜晚，我窝在沙发上重看了电影《敦煌》的DVD，当见到落魄的赵行德在汴梁街上游逛时，我像重逢了一个十年不遇的故人，差一点就叫出声来了。

电影《敦煌》是根据井上靖的同名小说改编的。1990年我在成都人民南路新华书店买到一部《井上靖西域小说选》，新疆人民出版社1984年版，是清仓查库处理的，厚可盈寸，四十多万字，定价二元七毛钱，五折就抱回家去了。当时第一个感觉，就是狠赚了一笔。书中收录的，有写班超的《异域人》、写成吉思汗的《苍狼》，以及写赵行德的《敦煌》等。但我当时并没有急于看，只粗粗翻了翻，就插进书柜了。回想起来，更合乎实际的解释是，不过30岁的男人，大概都是读不懂《敦煌》的。直到后来我看了电影《敦煌》，写出了《衣冠似雪》后，才在某个夏日安静的下午，一口气把这篇小说读完了。

二

在《敦煌》之前，井上靖最有名的西域小说是《异域人》，这是写班超的。张骞、班超的形象，在后世雄浑、悲怆的边塞诗歌中，寄托着男人建功立业的理想。在井上靖笔下，班超也的确是为仿效张骞，建立功勋而远走异域的。如果说《异域人》是井上靖构筑的第一个成型的西域英雄梦，那么五年后发表的《敦煌》，却似乎在对这个英雄梦进行悄悄地瓦解。换句话说，两者太不一样了，一切都是尖锐对立的。两个主人公，班超实有其人，而赵行德却是纯属虚构的。班超魁梧高大，意志坚定，不怒而自威，凡被他凝视的人，没有一个不感到恐怖的；赵行德却身材短小，目光迷惘，总是被偶然的力量驱使着往别的方向走出去。可以说《异域人》和《敦煌》都是关于男人出走的故事，所不同的是，一个是为了等待已久的愿望，一个却来自突然涌动的隐秘激情。所谓隐秘，不仅对别人，即便对自己，也无法说清楚。

赵行德是中国北宋仁宗年间的一个举子，从湖南乡下来到京城考进士，在等待殿试的时候，因为在院子里打瞌睡而意外落第了。于是他在偌大的汴梁东游西逛，神情有些恍惚。这时候他遇到了一件奇怪的事情，一个回鹘屠夫把一个西夏女子剥得一丝不挂放在案板上，以猪肉的价格按部位出售，理由是她与人私通。然而更让赵行德吃惊的是，这个女人并不惧怕，相反，她的目光里闪烁着倔强的、野性的光。赵行德掏钱把她整个身子都买了下来，然后给了她自由。但这个西夏女人并不接受恩典，她给了他一块带血的布片作为回赠。布片大概是西夏人的身份证吧，上面写着三行字，一行十个，看起来就像是汉字，仔细辨认，却一个也读不出来。赵行德为了弄懂这三十个西夏文字，拜访了京师最有学问的大儒，然而得到的回答却是，我不认识这些文字，它们并没有什么价值。但这些字却让赵行德不得安生，他把这些字同那个野性的西夏女人联系起来，感觉一个神秘而充满力量的北方民族已经强大了起来，而我们却对它一无所知。他决定不惜一切努力也要弄懂这些字，为此他放弃了再考进士的念头，要走遍西夏国土，并置身于西夏人的生活中去。

班超之远走异域是有明确的目的，即立功封侯，而他的功业又是和一个帝国的雄心联系在一起的，这就是逐匈奴、通西域、保河西。但赵行德所要做的，是连伸手可及的科举功名都不要了，封侯也就更与他无关，他之远走西夏，纯属个人的行为，是来自内心的召唤，至于等待他的是什么，都在不可知中。

当然，我们可以设想，在这样一个出走和冒险的故事中，等待赵行德的，一定有孤独，当然还会有爱情。《敦煌》故事的推进，也的确是如此。赵行德被收进西夏军中，编入由汉人组成的外国人部队，并和队长朱王礼结成了生死之交。在与故国风土迥异的地方，赵行德随军在河西诸国间征战，参与了扑灭回鹘国的战争。这次战争给予他的馈赠，就是让他在烽火台上捡回了一个回鹘王族的女子。她是亡国奴、逃亡者，胆怯却还不失文雅和威严，井上靖这样写道，"在女子那轮廓鲜明而又细嫩的面容和那纤弱的身姿仪表上，有某种东西在牵动着行德的心。"这是继对三十个西夏文字激动不已之后，他再次被一个偶然的邂逅改变了命运，所不同的上次是异域女子给他的三十个文字，而这次是一个异域女子。他甚至相信自己就是王族女子死去的未婚夫的替身，而这正是他万里迢迢从汴梁赶来的内在的原因。接下来，朱王礼派遣赵行德去西夏的都城兴庆学习西夏的文字。这似乎意味着，他远走西域，功德圆满，同时达到了他远走西域的初衷，又得到了深藏其中的秘密果实，即爱情。

然而这不是命运的真相。当幸福成双而至的时候，往往意味着他的人生将受到进一步的捉弄。他拜托朱王礼照看王族女，而王族女子把两件首饰中的一件摘下来，默默递给赵行德，她纤纤细手的冷意，留在了他粗糙的手掌上。当赵行德掌握了西夏文字的奥秘归来后，却惊讶地发现王族女已经被西夏的统帅李元昊霸占了。不久，王族女从甘州的城墙上坠落，为赵行德殉情自杀了。朱王礼在赵行德走后，也刻骨铭心地爱上了王族女，她的死，使李元昊成了两个男人共同的仇人。

等待和出走，是文学中的两大主题。等待是一种被动的姿态，纪伯伦说，"等待是时间的蹄子"，蹄子敲击在等待者的心坎上，分分秒秒都是漫长的折磨。在这种折磨中，中国的山崖变成了神女峰、望夫石，贝克特的《等待戈多》成了经典，而哈金的《等待》把美国人的奖项拿了一大把。出走则是一种主动的行为，是自我选择的产物，具有高度的自主与自由，但是，它所派生出的两股力量：寻找和复仇，却总是指向着未知。等待总会有结果，没结果也算是一种结果吧。然而，寻找、复仇一旦投身进去，就等于把自己交给了命运去安排。什么才是你的命运呢？只有天晓得。

回鹘王族女子的死，最终使赵行德和朱王礼在敦煌实施了对李元昊的报复。他们在城内设下了伏兵，试图将李元昊一举擒杀。但功败垂成，机密泄露，李元昊挥十倍于朱王礼的大军围歼敦煌。成千上万的人在敦煌之战中死去，街巷处处火海，房屋轰隆隆坍塌，上演出真正的倾城之恋。然而，就在城破前的一小会儿静谧中，赵行德安坐下来，抄写了一遍般若心经，这是为了供奉回鹘王族女而写的。朱王礼战败，吞刀自杀了。赵行德则把从火海中抢出来的无数经卷和自己抄写的心经，埋藏在了千佛洞中……在大漠中的风沙吹过了若干年的岁月后，那些经文与斯坦因、伯希和相遇，震惊了全世界。

比较《敦煌》和《异域人》的结局，是耐人寻味的。班超因为功勋卓绝，被封为定远侯。但70岁那年，对故土的强烈思念，使他上书皇帝，乞请生入玉门关。皇帝恩准后，他跋涉三千多里，回到了洛阳。然而，三十年的异域生活，改变了他皮肤的颜色和汉人的气质，他被儿童呼为"胡人"。同时，他看到自己三十年劳苦所换来的，正以奇怪的景象展示在洛阳的大街上：到处是胡人的风俗，买卖胡国产物的商号生意兴隆，过路人的服装华丽得让他眼花缭乱。在皇帝召见后的第二天，他就病逝了；五年后，朝廷放弃了西域，再度关闭了玉门关。而在《敦煌》中，虚构的赵行德，却最后走进了惊天动地的真实里，那些被他保护的成千上万经卷，至今还在被不同肤色和语言的人们研读着。

如果要从两者中提炼出某种相似的东西来，那就是荒谬和孤独。

三

我读了很多遍《敦煌》。这些年，差不多每写完一部自己的小说，我都会把《敦煌》找出来看一看。我体会到了，创造孤独者的小说家也是孤独的。日本学者山本健吉曾就这些小说写道，"我们从作者要跟古人讲话的感情中，可以看出井上氏倍感孤独的心情。他把无法对任何人讲出的感受，变成了对古人诉说的语言。并且在这种情况下，井上氏尤其喜欢选择由于被无法诉说的热情所驱使在异域活动的人们。这些人是对自己活动的真实意义被埋没、不为任何人知道而又毫不介意的孤独者。"好的艺术家无一例外都是孤独的。消解孤独的方式，一是向内转，一是向外走。向内转是 20 世纪文学的主流；而向外走，则本身就是孤独的。井上靖是个多产的作家，我读他的小说并不多，熟悉的，也就是他的"西域小说选"，加上他晚年最后一部长篇《孔子》。据说，井上靖是 70 岁之后才迷上《论语》的，细读以后极为感慨。为了给撰写《孔子》搜集资料，他几次专程来到中国，去孔子游历过的地方考察。平心而论，《孔子》作为小说，并不算很成功，至少没带给我阅读《敦煌》时的那种激动。但书中他找到了一个极为巧妙的叙述人，这是孔子收的最后一个弟子，他之所以不为人知，是因为他确切的职业是孔子的车夫。在孔子去世后，年轻的车夫遁入山林，思索老师传授的学业。许多人慕名来向他请教，他都报以一贯的沉默。终于在四十年之后，他悟出一些道理来，开口说话了。这本书，就是他说话的记录。车夫的名字，据说是井上靖请夏衍代取的，叫"蔫姜"。为什么要叫"蔫姜"呢？因为姜是老的辣，何况"蔫姜"呢。我看到过井上靖的一张晚年照片，极为瘦削也极为安详，由于做过食道癌切除手术，脖子上还留有一截管子，看起来，他本人的确就很像是"蔫姜"。

在网上读到一篇福田宏年写井上靖的文章，称井上靖儿时远离父母，和没有血缘关系的祖母在一间仓库中度过了孤独的童年。少年时期，又由于父亲工作的流动性，他也常常处于无人看管的自由状态。几次升学考试，他几乎都没能顺利通过，磕磕绊绊念完大学，已经 28 岁了。他像许多著名的前辈作家一样，大学毕业一度进入报社担任记者。回顾这段工作，他曾这样写道，"报社这种工作环境中杂居着两种人，一种是有竞争之心的人；还有一种是完全放弃竞争的人，就连要他打麻将，也赶紧放弃。我从进报社的第一天起，不管是喜欢还是不喜欢，就不得不放弃竞争。"这种放弃，当然不是通常意义上的遁世，而是如赵行德一样的放弃现实功利，选择出走。而所谓的出走，其实也只是愿望中的行动，因为小说家的愿望，都是依靠笔、角色来实现的。如山本健吉所说，"在井上氏的作品里出现的人物，正是作者梦幻中所向往的驰驱在沙漠中的自己。"1957 年井上靖应邀访问中国，他当时最大的愿望，就是去一趟敦煌。但由于季节寒冷，未能如愿。但他把这个向外走的梦想，交给了另一个人去实现，这就是心怀隐秘热情的赵行德：一次没有实现的旅行，造就了一部《敦煌》的故事。

井上靖有一个著名的比喻：将人的一生看作是一条干涸的白色河床。而他对异域、河川的敏感，也时时在他的文中流露出来。他曾在一篇名为《河川之畔》的散文中写道，"异国河川在黄昏时的表情，首先是毫无例外地好像使人感到一种旅情。"这种旅情，大概指的应该是人在异域的体验吧，有关流逝、沉默、无法诉说，和没有目标的行走。

把井上靖放入世界作家的方阵中去，他也许不算最优秀的。我曾经想过，那我为什么还那么喜欢读他的小说呢，尤其是他的西域小说。我以为，这是由于当20世纪的小说在以不同方式、反复书写孤独的痛楚时，井上靖却写出了孤独的力量，不自哀、不自怜，强大、沉默而且很温情，真实的班超，或者虚构的赵行德，都会在每个阅读者的记忆中留下来，成为记忆中结结实实的、无法释怀的一部分。

20世纪90年代，我曾作为记者沿着河西走廊采访，夜晚听着呼啸的风声入睡。在沙漠中，我见到一座完整的古城，那是为拍摄电影《敦煌》而专门修筑的，后来留作了旅游景点。我在城中的街道走过时，满脑子都想着冲天的大火。我觉得，那个孤独的出走者，的确是来过。

看，这只孔雀

读奥康纳

一

在看顾长卫拍的《孔雀》时，我不止一次想起弗兰纳里·奥康纳。这片子拍得不错，但和孔雀没什么关系。我觉得有些动物不能随便拿来说、随便拿来打比喻，譬如孔雀、蝴蝶、金钱豹等，这些意象意味着极端迷幻、极端神秘、极端暴力和极端的不可理喻。而《孔雀》太浅白了，小家碧玉，细水长流，摆事实讲道理，虽然结尾处让孔雀翘起了尾巴来，却只像是生硬的拼贴，画蛇添足。奥康纳则真是孔雀转世，她的小说洋溢着南方的炎热气质，公路尘土飞扬却杳无人迹，死亡的味道悄悄蔓延，她如一只孔雀立于树荫，绚丽、孤独，又双目炯炯。

我其实没见过她长得什么样，一切来自臆想。奥康纳的小说，我也只读过两个短篇，是偶然从两个选本中发现的。一篇是《善良的乡下人》，一篇是《好人难寻》，我猜测"善良人"和"好人"是相同的词，相同的意思，所以读了两篇也有点只读了一篇的感觉。两篇东西当然并不雷同，我的意思只是想说，两个短篇正读得兴起，忒也不解饥馋。后来我留意寻找奥康纳的作品，却再见不到一丝踪迹。还想看看她的芳容，在这个图像世代，却也是隐而不显。她之于我，在小说外，仅晓得她只活了 39 年，大半生都在写作、旅行、害病、不快乐，喜欢动物园，喂养过孔雀。所以我想起奥康纳，浮现出的便只能是孔雀般的她。

我浏览过一位作家的小说讲稿，他也重点讲到奥康纳，宣称他有她的一本小说选，我有点嫉妒。不过，也很难说，他分析的作品，也只是这两篇东西。他给她下的定义，是"邪恶"。他说，"奥康纳是个天才，可她也真的是个邪恶的人。"不过，人人心中都有邪恶，书写邪恶，未必不是一种自我排毒和净化？

至少在她给女友的自我描述中，看不出她有一点邪恶的气味："我自己养了很多孔雀。很美的孔雀。花费不小。但我不抽烟，不喝酒，不嚼雪茄，没有任何花钱的坏习惯。希望有一天，这儿到处是孔雀。"这段文字，引自聂华苓自传《三生三世》。她写到了一点奥康纳，也是听她已故丈夫保罗·安格尔的转述。1945 年，安格尔正在爱荷华大学主持作家工作坊，有一个修女模样的女生来找他，浓重的南方口音，也许还有羞涩与不安，使安格尔听不懂她在说什么。于是他只好请她把名字写下来，这就是弗兰纳里·奥康纳。她基本上是一个孤零零的人，穿着铁灰的裙子，别人热烈讨论的时候，总是默默地听着。她已经开始在写小说了，但那时并不被看好，而现在已经和福克纳齐名。

川端康成在《一个文人的感想》中写道，"一般来说，男性文学家即使没有经历过人世间的辛酸，光凭在书斋里的辛勤笔耕，随着年龄的增长也能逐步了解自己。"但"能够在作品里把自己的心绪表现出来的女性文学家，大体仅限于那些有好几个情人的女子。也就是说，得用几个情人的眼光来观察自己之后才行。不然，女子光凭自己的眼光似乎是不可能看清自己的。"这些话写于1932年，放在今天极易遭受女权主义者迎头痛击。平心而论，就二三流的女作家而言，还是比较准确的。不过，一流女作家是不借助男人的，爱米丽·狄金森、爱米丽·勃朗特还有简·奥斯丁，都终身未嫁；2004年获诺贝尔文学奖的耶利内克，嫁了人却还守着自己的姓，看她桀骜的芳容，岂是哪个男人可以征服的？奥康纳也没嫁人，恋爱过吗，恐怕也没有。她们的世界是自足的，自己就是镜子，自己就是写作的资源，自己就是描述的主体，自尊、自恋、自憎、自虐。无关于天下、国家，盘根错节的，只是脚下的一小块泥土，铁灰裙子里痛楚之躯，骚动的秘密。

二

《善良的乡下人》，看标题像是朴素的牧歌。如果真是这样，就不需要奥康纳来写了。居于这个故事中心的人物叫欢姐，她不是乡巴佬。或者说，曾经是农家的孩子，而现在是完成了学业的哲学女博士，在她母亲的眼里，是一个让她头痛的哲学家。母女相依为命，住在乡间，雇用另一家人做雇工、女佣和说话的邻居。欢姐已经32岁了，郁郁寡欢，没有跳过舞，没有被男人追求过，当然，更没被男人拥抱抚摸过，因为她的一条腿是假肢。她索性让自己变丑，肥胖、邋遢，还改了个难听的名字"赫尔格"，既是破罐破摔，也带点自卫和挑衅。如果她留在校园就好了，那儿有伙伴，有书，需要为学位付出追求。但学位拿完了，只能回家去，也就是说，没人追她，而她也无须再追什么了。她的世界里，还有一个她母亲，这本来也还过得去。但故事开始时，偏偏是雇工家的两个女儿，一个十八，鲜嫩可人，不少男孩为她倾倒，另一个才十五，已经新婚有喜了，这都不是让欢姐高兴的东西。女作家写母女关系，一般都很紧张，譬如耶利内克之《钢琴教师》，就交织着控制、反控制，霸权、反霸权。然而，欢姐的母亲是恰恰相反的，她是个达观、通泰的老太婆，信奉三条原则：十全十美的东西是没有的；这就是人生；人家有人家的看法。她除了没学位，比女儿更像一个哲学家。不过，女儿的哲学也没白念，吃着饭，她会突然对母亲说："女人，你可曾内省？你可曾内省以发现自己之不足？天啊！"母亲自然是哑口无言了。

不过，日子这么日复一日，也算是河清海晏，天下无事。

当然，故事叙述到这一步，故事也就要来了。确切一点说，所谓来了故事，其实是来了一个人。单调、脆弱的平衡一旦被打破，情节就向着与愿望相反的方向跑。在《钢琴教师》中，埃里卡母女的生活里，出现的是17岁学生瓦尔特。在欢姐寂寞的家里，来的是个提着箱子的乡下少年，年龄是19岁。他说自己是推销《圣经》的，害羞、土气，头脑简单，没什么文化，让人有些同情。因为这同情，欢姐的母亲留他吃了饭。吃饭的时候，他说起自己的悲惨遭遇，和欢姐一样失去了父亲，而他心脏不好，和欢姐一样，可能也活不长。这的确是让人同情的，而欢姐在同情之外，还暗生了些怜悯。怜悯应该比同情更高尚些，更有文化气。然而，在他出门的时候，他却以着迷的眼光打量着欢姐，他甚至握了她的手，还邀请她明天去树林里野餐。这对于欢姐，不啻是一个意外的大事件。他虽然只有19岁，却千真万确已是一个男人了。在他询问欢姐多大年龄时，她说，"17岁。"她的声调毫无表情，但这个毫不掩饰的谎言，泄露出她内心有了多强烈的波澜。晚上，她幻想自己明天在谷仓里很容易地引诱了这个资质低劣的少年。当然，真正的天才是能够使资质低劣的人领悟的。

故事讲到这一层，读者似乎都能猜到后边要发生什么事了：这个青涩毛头小子，和这个年长的女人度过销魂时光，完成了自己关于爱的训练。他走了，而她在目送他，有着思念和伤感。故事这样讲，当然也不错，就如海明威17岁时，常在慵懒的午后爬进30岁妇人的窗户，领略爱和文学的技巧。不过，这个故事如果真是这样的，也就不需要奥康纳来讲述了。道理很简单，能让大多数人认同的故事，充其量也就是所谓的"新写实"。把电影《孔雀》还原为一个小说，大概也能算新写实中的佳作吧，但仅此而已。最好的艺术却不是认同，是颠覆。所以，《孔雀》使许多70年代的过来人唏嘘，这的确就是我们经历过的生活，苍白岁月，青春祭奠。但更好的电影是《阳光灿烂的日子》，姜文天生一股霸气，把我们拽进去，告诉我们，哪有苍白、何须祭奠?! 这才是值得纪念的好时光，自由、坦荡，性和青春一起成长。他无须你认同，因为他在搞颠覆，他以邪压正，态度坚定不移，你不得不相信，他的谎话，才是真正的事实。

扯远了，把目光放回到善良的乡下人身上吧。第二天上午十点，欢姐出门应他之约，为了表示并不把这事放在心上，依然穿脏兮兮的白衬衫，可临了出门，又在衣领洒了些香水的替代品。走上公路，不见那小乡巴佬的身影，欢姐立刻觉得被他欺骗。然而没有，他很快就自树丛中走出，还提着那口大箱子。他拉了她的手，摸了她的腰杆，还抱了她，吻了她。她都没有反抗，不过她觉得原来不过尔尔。但他偏偏要问一个问题，问她假腿接在什么地方? 这是个人人都在逃避的问题，天大的禁忌，可他就这么问了。她气得脸色通红，但终于没有发作。也许她不晓得该怎么发作，也许她是可怜这个小乡巴佬，因为资质低劣，头脑简单。后来，她领他去了谷仓，还爬到了上层。谷仓、晒场、阁楼，都是演绎爱情戏的好地方，聂努达就在回忆录中写过，他十几岁时去帮别人收割，晚上睡在晒场，漆黑中被一个女人剥夺了贞操。他说到剥夺，似乎是一种甜蜜的暴力。现在，奥康纳笔下的两个男女的故事，正是在谷仓中推进。谷仓是欢姐挑选的，这很自然，这符合哲学女博士对形而下世界浪漫的想象。开始的时候，也的确是浪漫的，他替她摘下眼镜，一次次吻她。奥康纳冷静地写到，他的嘴啜在她的脸上，发出好像鱼那样吮吸的声音。后来，她开始回吻他，反复吻，仿佛要把他的气吸光。不过，她没有失控，至少她以为自己没有一秒钟的失控。

小乡巴佬宣称自己爱她，而且要她也承认爱他。起初她还在抵抗，用哲学家的咬文嚼字，她说，"就某种意义来说，如果不把这个字眼的含义看得很严格，你可以说这话。可我不会用这个字眼。我没有幻想，是那种看破了一切的人。"

然而他对哲学一窍不通，他坚持要她无条件说出"爱"来。她无可奈何，因为她已经把他看作了"可怜的孩子"。她投降了，连声说，"爱，爱。"然而，爱是需要证明的，他提出的证明方式是，"让我看看你的假腿是在什么部位接上的。"她差点晕死。

奥康纳把故事讲到这儿，说了一句话，"她对自己的假腿，如同孔雀对尾巴一样敏感。"

这句话，我反复读过，百思不解，难道孔雀之于尾巴，就像欢姐之于假腿？奥康纳爱孔雀、观察孔雀，还喂养过孔雀，她要这么写，一定有她的道理吧，反正不管怎样，这个譬喻是非常惊人的，还有些可怖。欢姐从未将假腿示人，自己都不忍心看。但她还是给他看了，"她断定这回有生以来第一次面对纯真的人。他以出于智慧以外的本能触到了她的秘密。"她把裤腿挽上去，假腿接在膝头，接口非常难看。她为他做示范，拆下又装上。然后，他动手再拆下，却把它放到了一边去。这让她惊慌了，但他一下子变得镇静、自信起来，完全不理会她重新安装假腿的要求、恳求、哀求。他打开箱子，取出《圣经》，揭开封皮，里边居然是空的，藏着威士忌和纸牌。情节至此，仿佛喧腾出峡的江水来了个大拐弯。他嘲笑她的第一句话是，"你刚才还说什么都不信，我还以为你这姑娘真的了不得"。她气得脸色发紫。他为她脸色发紫而扬扬得意，宣称自己用同样方法，得到过许多有趣的东西，包括一个女人的假眼。随即他把欢姐的假腿装入箱子，走了。他丢下的最后一句话是，"你不怎么聪明，我可一生下来就什么都不信了。"

欢姐的母亲和雇工的老婆在田里干活，她们看着这个小乡巴佬走远，一个说如果世人的头脑都像他那么简单，天下就太平多了。另一个叹口气，说，可我的头脑就永远没法简单呢。

这个荒诞的故事，就在这儿结束了。

三

我弄不懂奥康纳为什么要写这个残忍的故事。我只明白，这个故事的确是太过残忍了。如果那个少年真把欢姐杀掉了，也就是一个刑事案件吧。可他没有，他给予她的是最毒辣的羞辱。这比引诱一个修女，并始乱终弃还可怕。对读过金庸小说的人来说，差不多等于灭绝师太被这个兜售《圣经》的小子给欺凌了。奥康纳叙述的语调，是那么冷静和坚定，这使故事更加阴森森，透出一股浸骨头的邪恶味。

《善良的乡下人》可以和福克纳最好的短篇《纪念献给爱米丽的一朵玫瑰花》相媲美。他们都是南方的作家，写的故事都残忍，但《爱米丽》带着挽歌的情调，悲悯和唏嘘；而奥康纳是始终不动声色的，铁石心肠，不泄露丝毫的同情。似乎欢姐真有一个原型，是她的仇家，生死对头，她抢过她的男朋友，溺死过她刚出生的孩子。不然，何以解释奥康纳的恶毒呢？不过，数一数小说史上留下的女人，好女人几乎都是男人塑造的；而女作家笔下的女人没几个可爱的，远的不说，张爱玲小说中的女人，要么俗腻了，要么就是发神经。这给人的感觉，女人才是对女人最刻薄的，奥康纳只不过走得更远，更极端。

然而，这样来理解《善良的乡下人》，未免过于简单了。奥康纳讲这个故事，就是为了实现对某个或某种女人的报复吗？大概不是吧。如果是，那用泼妇骂街的方式更有效。我的直觉是，奥康纳的确很残忍，但并无仇恨要推及于其他的女人，换句话说，我以为她羞辱的对象，很可能就是女作家她自己：

她的写作，是一种真正的排毒和自虐。在前边引述过的一句话里，泄露出她的秘密来："她对自己的假腿，如同孔雀对尾巴一样敏感。"她没有假腿，却多年罹患红斑狼疮，她敏感、矜持、骄傲，自恋而且自闭，在相当长的一段时间里，她只有一个女朋友，还有一个不会背叛她的伴侣，这就是疾病。慢性疾病滋养两种人，美人和天才的作家，前者如西施、林黛玉，后者有普鲁斯特、陀思妥耶夫斯基，还有写过《疾病的隐喻》

的苏珊·桑塔格。奥康纳是女人，又是作家，当天赋才气和疾病弄得她和世人格格不入时，她步步深入地缩回内心去。疾病也就成了她挑衅世界的旗帜，只有她，弗兰纳里·奥康纳才说得出这个惊世骇俗的譬喻，假腿正如孔雀的尾巴。然而，疾病依然是疾病，我相信，她对自己的红斑狼疮，一定是爱恨交加的，就像她对自己的存在。在可以表达的范围内，她昂着自己的头，而在不可言说的黑暗中，她在以隐喻的方式，诅咒着自己，毫不同情、毫不怜悯，推向极端，生不如死。福楼拜说，"包法利夫人就是我。"奥康纳岂能例外？悲悯其实是一直存在的，《善良的乡下人》唤起的，是我们对作者本人的仰慕、怜惜和心痛，就像我们面对一只折翅的忧伤的孔雀。

他何曾甘于寂寞呢

读沈从文

一

每年的诺贝尔文学奖揭晓后，总会招来许多质疑或嘲讽，托尔斯泰、卡夫卡、博尔赫斯等无缘该奖的大师必然被再一次提起，以证明评委的有眼无珠。而这个时候，评委中的汉学家马悦然照例会通过中文媒体说说话，以满足中国人对诺贝尔奖爱恨交加的情结。在马悦然对当代中国作家有些吞吞吐吐的评说中，又总会牵出一个已故作家的名字来，这就是沈从文。据马悦然披露，沈从文如果不在1988年5月去世的话，他将于该年的10月获得这一项奖励。

沈从文若地下有知，不晓得他会有哪样的心情。是淡然、平和，一笑置之吧？我猜不会这样的。这奖励从最小处说，可能真是十八个瑞典老人的游戏，但金额和风头，却还没有谁可以盖过它。迄今为止，拒领者也只有萨特一个人。诺贝尔文学奖对沈从文意味着什么呢，至少不是误解、贬损、委屈吧。沈从文写了一辈子，即便在他写出最出色作品的时候，也在受到误读，后半生一度受到遗忘，而在生活和写作的双重状况中，他无疑都受到了委屈。据马悦然披露，他在惊悉沈从文去世的消息后，曾打电话到中国驻瑞典大使馆核实，但接电话的人反问他："沈从文是谁？"这是让人十分惊讶和感慨的！我真希望他能够带着愉悦和尊严，从瑞典国王手上接过奖状和奖金，我相信，这会让他曾长期抑郁的内心有一些舒展。然而，愿望而已，那年领奖的是埃及人马哈福兹。

今天的读者一般是通过别人的回忆来认识沈从文的，在那些充满缅怀的散文中，沈从文似乎总是淡然的、平和的，甘于寂寞、与世无争。而他晚年的照片，那个圆脸、无须、慈眉善目的老人形象，也在为此做着最好的注释。但我要说，这的确是真的，但远非全部。

沈从文不是怀着淡然、平和的心情写作的。近年出版的《沈从文全集》共有33卷之多、1000万字之巨，其中大多数是50岁之前写下的，仅从这个庞大的数字上，就可以看出他争雄天下的抱负。1922年他来到北京，写作既是为了改写个人的命运，也是为了创建一个纸上的世界。1938年，沈从文在云南呈贡写给大哥的信中，提到自己在"寒酸"生活中对写作的坚持，他自信地说，"我这工作，在另外一时，是不会为历史所忽略遗忘的，我的作品，在百年内会对中国文学运动有影响的……充满骄傲，心怀宏愿与坚信。"在他的后半生，许多作家面临两种选择，一是写，如老舍之写《龙须沟》；一是不写，如巴金，便再没有小说了。沈从文则走了另一条路，他依旧在写着，写文物，所谓"花花朵朵、坛坛罐罐"，一部《中国古代服饰研究》堪称巨著，和钱钟书的《管锥篇》一样，属于那个荒芜时代生长的奇葩，并且同享不朽。孔子说，"狂者进取，狷者有所不为也。"我以为那时的巴金，堪称狷，而沈从文、钱钟书是真正的狂：深信天降大任与我，舍我其谁？虽然沈、钱总被后人一厢情愿地敬为温良恭俭让。

钱钟书的小说，除了《围城》，就只一本薄薄小册《人兽鬼》，极有才气，也是逞才使气，如高手偶现江湖，一朝解气，收刀入鞘，从此长揖而去。而沈从文的小说，至少十倍于钱吧，因为太多，质量参差不齐，也就像是恣意生长的野林子，杂芜而有勃勃生气。小说之于他，不是心血来潮，是视为一生的工作，甚至前二十年的写作，都还仅仅是"习作"。因为他的宏愿，如他信中所说，是在用一支写小说的笔，去孤立对峙整个的社会。换句话说，他要写出一个纸上的世界，同现实的世界相抗衡。这个世界的主体，就是一个叫作"湘西"的地方。

二

我和很多人一样，都是从《湘西》《湘行散记》开始进入沈从文的世界的。湘西美得让人伤心，因为美都是脆弱的，让人发愁的，就连沈从文自己的文字，也在时间流逝中，泄露出灰蒙蒙的怆然来："去乡已经十八年，事物自然都有了极大的进步，试仔细注意注意，便见出在变化中堕落趋势。最明显的事，即农村社会所饱有那点正直素朴人情美，几乎快要消失无余……"他说的，还是1934年冬天的景象呢（《长河》题记）。我阅读沈从文，已经是20世纪70年代的最后年头了：那真是一个激情充沛的阅读期，和沈从文一起进入大学校园的，还有钱钟书、金庸、萨特、福克纳、玛格丽特·米切尔，以及阿梅农、阿加莎·克里斯蒂……是繁华盛宴，也是泥沙俱下，让每个人都患上了嗜读癖。同寝室中，最早大赞沈从文的，偏偏是个与文学没什么缘分的人，他来自山西，那儿贫穷、干旱，一口井要打200米，一年只能吃上一斤肉，所以他就迷上《湘西》了。沈从文的湘西，是可以让人以各种方式来表达爱意的。时间再过了十多年，我问去过湘西的人，那边是否还有些《边城》的风味？回答都是一律的："早就面目全非了！"我这时已经不会吃惊了。这倒不是因为我的冷静中多了些常识，晓得大炼钢铁、滥砍滥伐的历史伤了山林多大的元气，而是我怀疑，"湘西"这个世界是否真正的存在过？就连沈从文自己，当初也表现了暧昧和犹豫：妻子问，你写的到底真不真？他回答，为什么不问美不美？

现在我可以肯定地说，这是一个桃花源。陶潜的《桃花源》是用诗写的，带着明显的假设、虚拟和模糊，没人会把它当真，不过就是寄托梦的地方吧。沈从文的湘西则是散文的质地，一条河、一条官道、一座城，都有名有姓，每一件道具，一条船、一块川盐，都是实指，毫不含糊。在这个风土中，徐徐展开的故事，也仿佛是作者在忆旧。其实，这也都是为安置梦而虚构的。可以做这样一个假设：如果沈从文从未离开过湘西，而又掌握了小说的技巧，他能坐在凤凰的一棵橘树下，写出如我们今天所见的《边城》么？一定不会的。要写，也不会是这样子。寻梦是需要距离的。

这和加西亚·马尔克斯写《百年孤独》有一点类似，马尔克斯从姥姥那儿学会了以毋庸置疑的态度讲述鬼故事，这使天马行空的魔幻也释放出现实的力量来。而沈从文在造梦的时候，其态度自然也是毋庸置疑的，但和马尔克斯不同的是，马尔克斯始终是清醒的，晓得自己在干什么，而沈从文沉浸其中，自己也莫辨真假了。当然，文字里的湘西，何尝又不是另一种真实的存在，就像大地，可以让我们进入和分享，从而寄托我们的愿望和哀悼。

沈从文笔下的湘西，几乎人人是好人，如《边城》的顺顺、大佬、二佬、翠翠、爷爷、杨马兵，如《长河》的长顺、夭夭、老水手，都好到极处去，倘若有瑕疵，也是反过来证明他们作为常人的完美。就连一个嫖客和妓女之间的情义，"也常常较之知羞耻的城市中人更可信任。"从这个结论出发，湘西那些可恶的家伙，要么本身就自城市来，要么就是被城市的风气染坏了。再譬如刀子，这是和血腥、血性最有关联的，湘西人在需要用刀时，就霍地拔出来，并且敢于捅出去。对付仇人是这样，两男争一个女人，也是这样，因为湘西人"不作兴有'情人奉送'如大都市怯懦男子爱与仇对面时做出的可笑行为"。

血性，似乎是沈从文给一个人下判断时，首要的尺度。我想起一个和沈从文了不相干的大作家，他一生迷恋的也是匕首和流血，佩服的英雄全是些街头的恶棍，流氓和冷静的杀手。这就是阿根廷的博尔赫斯，居于大地的另一面，自我囚禁于书房或一个更大的、环形的图书馆。他对杀手的向往，来自他自身体魄的孱弱，全是一个个高度抽象的愿望。这和沈从文完全不一样，《从文自传·怀化镇》里有一段很平静地写到，"我在那地方约一年零四个月，大致眼看杀过七百人。一些人在什么情形下被拷打，在什么状态下被把头砍下，我可以说全部懂透了。"这种经验是十分可怕的，而它带来的后果就是："使我活下来永远不能同城市中人爱憎感觉一致了。"城市中人，这是一个他念念不忘，总以轻蔑口气说出来的词。那么，像博尔赫斯这样的绅士与智者，也该算这群人中的某一个吧？似乎不一定。在沈从文的词典里，城市人，大概是总括贫血、懦弱、市侩、狡诈……的一个大名词。他对自己最满意的称呼，自然就是"乡下人"。

三

巴金是沈从文的挚友之一。《怀念从文》可能是巴金写得最出色的散文，见证着他们之间极深的情义。他们在青年时有过相同的选择，即脱离故土，毅然出走。不同的是，《家》是控诉，巴金之离开，意味着精神上的永不回头。在巴金的感召下，多少年轻男女携带着《家》、一口皮箱和朦胧的希望，远走他乡。在我眼里，巴金的形象始终是青年、战士，是黑白电影《家》结尾处站在甲板上出三峡的觉慧，迎着风把白围巾向肩后坚定地一甩！而我从一开始阅读《湘西》，我就觉得沈从文是一个中年人，似乎他从未年轻过。这不是指他的面孔，在较长的时间内，我甚至都没有看见过他任何的照片。我所说的中年人，首先是一种中年感，来自阅读的声音，他在他的文字中说话，缓慢、低沉，带着无法排遣的哀愁，仿佛在看着自己披肝沥血、一生呵护的家园，正在留不住的褪色、远去、缥缈了。后来我明白，这种声音，就是所谓的沧桑。这种沧桑，流入《长河》，在题记中表达得尤为沉痛。他是带着故乡一起出走的。《长河》可能是沈从文最深刻的小说，这种深刻表现在作者从单纯而倔强的赞美，终于有了相当的犹豫，因为他在无法扭转的变化中，写出了乡土湘西和纸上湘西的双重困境，而他要以一己之力坚守的东西，在更宽广的人世间，已经式微了。20世纪40年代末，沈从文曾经试图自杀，除了极大的政治压力外，也许还有对"湘西"远去的悲剧性体验，这和王国维自沉昆明湖有着内在的相似，都自殉于某种坚守不二的传统价值观。

在沈从文的时代，鲁迅是一个巨大的存在。虽然在沈从文的交往中，鲁迅基本上是缺席的，然而对于那时代所有的小说家，鲁迅都必然会在场，因为他是最大的参照系。鲁迅同巴金、沈从文一样，都是从故乡出走的，而且始终在写故乡，就后一点来说，他比巴金更加接近沈从文。但故乡在两个人的笔下，呈现出完全不同的风貌。鲁迅的故乡，生活着的，不是翠翠、顺顺、大佬、二佬这种人性至纯、重义轻利的乡下人，却挤满了孔乙己、华老栓、假洋鬼子、赵七爷这样病恹恹的活物。故乡也有过短暂的欢愉，但都和戴银项圈的闰土一样，早就过去了。在题名《故乡》的小说中，故乡无非就是"远近横着几个萧索的荒村，没有一些活气"。凤凰、茶峒和鲁镇、未庄的云泥之别，可以举两个人做代表：一个是翠翠，一个是阿Q。沈从文对故乡有着深切的爱，40岁时他还说，写湘西，就是要写出在湘西人身上有着的"人类最高品德的另一面"，要"写出对这类人的颂歌"来。他从未怀疑过自己的身份，即一个乡下人。也正是在这一点上，鲁迅和他有着最大的不同："觉得北方固不是我的旧乡，但南来又只能算一个客子，无论那边的干雪怎样纷飞，这里的柔雪又怎样的依恋，于我都没有什么关系了。"（《在酒楼上》）这种丧失家园的漂泊无依感，使鲁迅超越了同时代的所有作家，触摸到了虚无。

沈从文坚定，鲁迅彷徨；沈从文理想、浪漫，鲁迅清醒、焦灼；沈从文是相当单纯的文学家，鲁迅还兼着最为沉重的思想家。当沈从文终于在《长河》中写出了他的犹豫、不安时，鲁迅已早被孤独所吞噬，长眠地下了。今天不少人是很乐于比较两人文学上之优劣长短的，这种比较其实没意义。沈从文比鲁迅单纯，而单纯往往是幼稚的别名。但文学家的幼稚，并无伤于他作品的品质，譬如李白、杜甫，其幼稚就是少有人能匹敌的，就像少有人能抵达他们诗艺的高度。因为有鲁迅，我们看到现实无所不在的严酷与荒谬；又由于有了沈从文，我们就有了一个寄托愿望的共同的湘西：它不在苦难的大地，也不在缥缈的天上，它在别处，在纸上。

四

沈从文的小说，《边城》也许是写得最好的，却不是我最难忘的。《边城》的好是顺理成章的，故园之美、人情之美，溢于他的文字中，我早已不再陌生了。他最让我震动的小说，是他小说中偶然一现的另类：他讲了一个血性的故事，我所读之后的感受是，都市人也可以是乡下人。这个小说的名字叫《都市一妇人》，一篇少有被人提起的作品。

这个故事即便被三言两语转述出来，也是让人难以平静的：一个大地主的儿子、20岁的英俊上尉，爱上了一个35岁的妇人，因为她的美丽、尊贵、善解人意和风情万种。这妇人原本北京小户人家的女儿，天资聪明、俏丽，来往旗人贵家以缝衣绣花讨生活。后来进了一个老外交家的宅中，被收为养女，从此浸染了一身华贵人家的气息。后来，她未经养父同意，和一个青年人私奔到上海。狂热的恋情后，青年把她抛弃了。她那时仅仅20岁，唯一的办法就是回到北京，在养父跟前滴泪悔过，得到了养父的宽恕，一切又恢复到从前。然而自此之后，她成了另一个人，从前她被男人糟蹋，现在她学会了糟蹋男人。为了虚荣，她甘愿做了×总长的姨太太。当×总长被刺杀后，她联合妓女出身的二姨太，各争得一笔可观的遗产。然后她又去了上海，做了一个妓女。作为妓女，她的华贵气质，是风采逼人的。有钱的男人争着为她折腰，还有人为她自杀，而她想要就要，想甩就甩，很奢侈地活了多年。30岁后，她倦于风尘，做了一个老将军的别室，想从此过上长久而安宁的日子。然而，两三年后，老将军死了。老将军的朋友专门开了个俱乐部，请她来管理。于是她就像个解甲归田的老兵，收了心，专意做掌柜，颐养天年了，活得贞洁而素朴。就在这时候，她和上尉相遇了：一个快要熄灭了的火把，同一个不曾点过的火把并在一处，又放出了极大的光！在青年上尉滚烫的追求中，她嫁给了他。婚后生活，如胶似漆。但一个夜里，青年的眼睛被人用药揉瞎了。女人痛苦得晕死了好几回。后来他们八方求医，都没有效果，最后决意返回家乡，相依为命。但天不从人愿，他们乘坐的轮船，失事沉没，一船人全死了。当"我"晓得沉船的消息后，自然是很沉痛的，但讲述这个故事的一个老军人却说死得好：一段孽缘总算了结了。因为他能肯定，下药的人就是那妇人，目的是要让丈夫永远看不见她衰老。

当年我读到这儿时，是有点心惊肉跳的。但更让我惊诧的，是沈从文给予这妇人以超越道德的赞叹："那么新鲜，那么有力。"因为，他眼所见的都市妇人，都像蚱蜢、甲虫，"不是极平庸，就是极下贱，没有什么灵魂，也没有什么个性。"但这个因爱而揉瞎丈夫眼睛的妇人，却"如一个光华炫目的流星，本体已向不可知的一个方向流去毁灭多日了，在我眼前只那一瞥，保留到我的印象上，就似乎比许多女人活到世界上还更真实一点。"如果说沈从文在经营纸上的湘西时，是洋溢着自恋的乡情，那《都市一妇人》就是对都市活生生、直接的挑衅。他何曾甘于寂寞呢。

沈从文的谦逊，已传为美谈。但，他的骄傲，却少为人知。

1949年以后，他的写作中断了，去了博物馆，改行研究文物。相对于文学，那是个冷去处。

和沈从文形成鲜明对照的一个同代作家，是老舍先生。老舍在1949年之前即颇有成就，之后，成就还在继续扩展。他写了《龙须沟》和《西望长安》；成为第一个被授予人民艺术家称号的作家；做了北京市文联的主席。沈从文的得意弟子汪曾祺，就在老舍手下做事情。

沈从文没有正面评价过老舍。但，不评价，不等于没态度。多年后，他被年轻学者问到您跟老舍熟不熟？他说："老舍见人就熟。这样，反倒不熟了。"再被问到老舍的幽默作品好不好？他回答："我不太熟悉。"

他最得意的弟子是汪曾祺。汪编剧的《沙家浜》大获成功后，沈从文在私下的通信中写道："一个汪曾祺在老舍手下工作了四五年，老舍就还不知道他会写小说（而且比老舍还写得好得多），幸而转到京剧团，改写《沙家浜》，才有人知道曾祺也会写文章。"

这个态度里，有骄傲，为爱徒，也为自己。

他还在家书中嘲讽过各省培养作家，"学习面极窄，四川学沙汀，山西学赵树理，湖南学周立波，取法乎中，斯得其下，这哪会出人才?"自傲与不平，不经意就流露出来了。

倒是汪曾祺本人对老舍的"不识才"，从没在文中流露过不满。相反，他写过一篇很有情谊的缅怀之文《老舍先生》，讲到老舍对人的热情、礼貌、诚恳。每年，老舍还要把北京市文联的同人约到家里聚两次，喝酒。汪曾祺写到一个细节：有一次，老舍很郑重地拿出一瓶葡萄酒，说是毛主席送来的，让大家都喝一点。

按旧式说法，这类似于御酒、天恩了。然而，天恩、天威都是不可测的。1966年"文化大革命"爆发，老舍备受屈辱，惨烈自沉于太平湖。这是中国文坛的一个悲剧，痛感至今犹在。

沈从文则在冷冰冰的文物中躲过了一劫。

沈从文作为一个自称的乡下人，他和跟自己经历大不相同的胡适、徐志摩等人往来密切。丁玲对此曾在一篇文章中暗示，沈从文这样做是出于自卑，因为他"希望自己也能在上流社会有些地位……始终有些羡慕绅士阶级……他很想能当一位教授。"丁玲的话是说得刻薄、浅陋的，她可能误解了沈从文，也误读了沈从文侠肝义胆写出的《记丁玲》。丁玲的一生很不容易，有过非常苦难的日子，但苦难似乎没有让她多悟到点宽容，她给人的印象总有些自负、敏感，睚眦必报。1980年6月沈从文在和美国学者金介甫的一次访谈中透露，丁玲曾模仿他的笔迹给鲁迅写过一封信，造成鲁迅对他的误会，他和鲁迅没有来往就是因为这件事情。(《沈从文晚年口述》，陕西师大出版社，2003年版）我读了这段回忆，吃惊的程度，不减于读《都市一妇人》。

丁玲真是小看了沈从文。

在20世纪自称乡下人的文学大师中，除了沈从文，还有一个是福克纳。一个有趣的相似之处是，他们其实都有显赫的家世：福克纳的曾祖父是大庄园主，在南北战争中官拜上校，统领过一个团，至今石像还矗立在故乡的小镇上。其祖父则当过州议员和银行的董事长；父亲最不济，也做过密西西比大学的庶务长。沈从文的祖上似乎更多了些传奇，祖父早年加入曾国藩的湘军，战功卓著，22岁即任云南昭通镇守使，后升任贵州提督，相当省军区司令了。其父参加过抗击八国联军入侵的塘沽战役，后来在北京组织过"铁血团"密谋刺杀袁世凯，虽因泄密而不成，但只此足可以证明这个男人的勇敢和刚烈。有其父必有其子，沈从文的血性是有来历的。福克纳和沈从文一辈子都在写着自己的故乡，土地、传统、真情实感，不同的是，福克纳写的是挽歌，沈从文写的是颂歌，福克纳把南方安放在了历史中，而沈从文把湘西供奉在了永恒里。在不朽的《纪念爱米莉的一朵玫瑰花》里，福克纳把那些留不住的东西都和爱米莉一块埋葬了；而沈从文在《都市一妇人》中似乎投下了自己的影子，拼死也要把最后的美色留下来。

死对于沈从文，不是一个十分特别的字眼，他淡淡地告诉金介甫，"我亲自看到总共有五千人被杀。"对流血与死亡的亲身体验，中国作家哪一个能超过他？

看，这只孔雀

奥康纳则真是孔雀转世，
她的小说洋溢着南方的炎热气质，
公路尘土飞扬却杳无人迹，
死亡的味道悄悄蔓延，
她如一只孔雀立于树荫，绚丽、孤独，
又双目炯炯。

隔壁是菱窠

读李劼人

　　我任教的大学,在成都东郊狮子山。出北校门,下缓坡,有一座朴素、安静的宅院,这便是作家李劼人故居,他亲笔名之的"菱窠"。二十年前的盛夏,我还在晚报做记者,曾和好友曾智中骑车上山,头一回到菱窠喝茶。那时的菱窠,已是免费开放的小公园,花影摇曳,好些老人在这儿喝茶,遛鸟,颇有故居主人喜欢的市井气。门前是菱角堰的一池微澜,再引颈遥望,就是蜿蜒翻越龙泉山脉的东大道。菱窠的位置,正处在成都的郊区,暗合着文学的处境,即边缘。

　　菱窠占地近五亩。据故居文管所副所长郭志强先生介绍,抗战中,为躲避日机轰炸,李劼人在此买地,修建了一座"疏散房子",即现在的故居主楼。当时是以黄泥夯墙,茅草覆顶;为了存放书籍字画,在房上修了低矮的一层阁楼。此外,还有三间厢房、一间厨房、一个猪圈、一个厕所、一口水井。1957年后,李劼人用稿费将主楼改造成砖墙和小青瓦屋顶,系典型的清末民初川西民居风格。他在这儿生活起居、写作阅读,直到 1962 年病故。

今日菱窠，李劼人离世虽已五十年，故居有过翻修，但陈设如旧，仍保留着故人犹在的旧风貌。常有市民在主楼下喝盖碗茶，摆龙门阵，而李劼人盘桓抚摸过的五棵马樟、一棵柳树、一棵银桂，亭亭如故，见证着流年、风雨。

20 世纪二三十年代，一批批有才华的文学青年纷纷走出外省，投身主流文化的中心城市如北京、上海等，住会馆睡亭子间，组建社团，创办刊物，或吟风弄月，或激扬文字，蔚为一时的大潮。而与此同时，1891 年出生的李劼人，却安坐在自己的家乡，写出了长篇小说《死水微澜》《暴风雨前》《大波》等。半个多世纪过去以后，彼时的大潮已经凝冻为历史，当初曾使人激动不已的许多小说多半已难以卒读，但李劼人的作品却正像巨大的冰山一样朝读者漂移而来，诱使人去一次次探寻它们潜在的意义。以《死水微澜》为例，20 世纪八九十年代，曾被改编为话剧、川剧、舞剧、电影、电视连续剧，除电影稍逊之外，其他形式均获得了很大的反响，荣获过中国戏剧、戏曲界的各种重要奖项。中国近现代多如牛毛的长篇小说中，在当代被这么多艺术种类移植，并取得如此成功者，《死水微澜》可能是仅有的一部。

李劼人是一个完整意义上的外省作家，他在故乡成都度过了作为文人的一生。他不仅说成都话，而且用成都话思维和写作，甚至还善于品尝、烹调成都的美食，这不仅可以他书中对美食的描写为证，而且他还真的开过题名"小雅"的菜馆。但是，李劼人不是一个只识得子曰的老塾师，也不是在悠然间采菊东篱的隐士。他说成都话，同时他还会说巴黎话。当五四运动的风潮翻过秦岭、穿越夔门波及偏僻的西南时，李劼人离开成都，行程万里，于1919年12月抵达法国。在巴尔扎克和雨果的故乡，李劼人主要从事法国文学的学习和翻译。四年半之后，他返回了中国。巴黎生活对李劼人的影响，也许可以从多年后另一位旅法画家的自述中得到印证。1961年，在巴黎功成名就的赵无极说，"在我成为艺术家的过程中，不能否定巴黎的影响，我必须同时指出：随着我的成长和自信的确立，我逐渐发现了中国……是由于巴黎，我才回归到根深的本源。"在取道南京回成都的过程中，李劼人还做出了一个具有象征意义的决定，那就是坚辞了朋友推荐他到东南大学执教。李劼人说，因为"东南大学复古空气甚浓，与我的怀抱大异"。李劼人从遥远的法兰西，回归到自己的根深的本源，却并不想变成一条腐朽的根须，他拒绝复古。

李劼人的艺术本源，存在于成都的乡音和乡土之中。只有坐在自己狭窄的家中，他才能够真正写出那些超越时代和地域的不朽之作。家，对李劼人来说，不是巴金笔下用来控诉的家族和祖宅；也不是浪漫主义者口中又伤感又抽象又虚玄的字眼。他的家，家乡，弥漫着成都潮湿清新的空气，茉莉花茶飘香，床头桌椅因长久摩挲而现出温暖的纹理，细节精细，手感舒适。1935年，李劼人在家中写出了《死水微澜》，又接着写《暴风雨前》和《大波》。他自然不知道，这一年，远在北美大陆的某个偏僻之处，也有一个作家像他一样安坐家中，写完了他的代表作之一《押沙龙，押沙龙!》的初稿。这个人叫威廉·福克纳，注定要影响20世纪小说写作的"美国南方的土生子"。李劼人的本意也许是要写出左拉式的"卢贡·马卡尔家族"，然而他在精神气质上，其实与素昧平生的福克纳更为生气相通。乡土人情的观念，贯串了东西方两位小说家生活与创作的始终。福克纳在好莱坞打工期间，老板见他在闹哄哄的办公室无法工作，就让他把任务带回家中去做。老板所说的"家"是指他在好莱坞的公寓。而对于福克纳来说，"家"却只有一个，那就是千里之外的密西西比故乡，于是他理所当然地遵命回到了那里。这就和李劼人一样，家就是邮票般大的故园，家就是朴素而温暖的菱窠。当一代苦闷的青年愤而离家出走的时候，李劼人成了一个"家"的文学守护者。当文坛为"启蒙"与"救亡"的主题而争鸣不休的时候，李劼人则用小说的形式，从容不迫地再现了本世纪初"启蒙""救亡""革命""爱情"在外省上演的悲喜人生。

中国近现代的著名小说中，以"家"和乡土为主题的，当然不止李劼人一个。巴金是李劼人的同乡，他也姓李，他的《家》，在当时曾发出过振聋发聩之音，对"家"的黑暗、礼教的虚伪、人性的丑恶所发出的痛彻肺腑的控诉、谴责、诅咒、鞭笞，曾有力地呼应过大时代的家庭革命、社会革命。湖南作家沈从文反复描述的故乡湘西，则有着桃花源一般的宁静和美丽，浸染着梦想中的乌托邦色彩。但是在李劼人的笔下，故土却充满了日常生活的烟火气息，有冬天死水般的沉重，也有着春情勃发的波澜。有贫穷、愚昧，也有憧憬、抗争。有批判揭露，还更有悲天悯人。声色肉欲，波诡云谲，放在那个世纪之交的大动荡时代里，无论是邓幺姑、罗歪嘴、顾天成、刘三金，还是楚用、黄表婶，谁不是善恶同体，正邪难分，让人爱恨交织！

我个人以为，中国现代文学史上，长篇小说以萧红的《呼兰河传》、钱钟书的《围城》、李劼人的《死水微澜》为最好。《呼兰河传》乃诗化小说，是一种异类的好。《围城》在形式上接近完美，但它过巧，过巧则轻。唯有《死水微澜》携带的历史最为厚实，而故事又最为精彩，书中那个亦侠亦邪、烈火情欲的邓幺姑，之令人难忘，只有话剧《雷雨》中的繁漪可以媲美。

十七卷本的《李劼人全集》已在 2011 年出版了，二十年前和我同去菱窠喝茶的智中兄即是编者之一。我是李劼人辞世那年出生的成都人。今天，我翻阅着他的书，感慨他旺盛的创作力，也叹息他留下的遗憾。他眼界之广、识人之深，更有才华纵横，是很有可能成为福楼拜、乔伊斯、福克纳般伟大作家的。然而，他没有。他因为爱成都，一辈子都在写成都，从细枝末节上写透成都的特质。很多特质就普通人而言，都是可爱的，然而，放在他身上，却成了小毛病，他最终就是被这些小毛病耽误了——太名士、太合群、太多才多艺、太多想做的事、太琐碎（每天用一分钱也要亲自上账）、太耐不得孤单。

譬如他办报纸，因为纸张贵，就自己办纸厂，这个纸厂耗了他二十多年的光阴，身心俱疲，然而没有赚到钱。但，作为作家，他静下心来创作小说的时间，才仅仅两年多。即便是天才，两年多也很难写出一个伟大的作家来。《死水微澜》之后，李劼人的小说一部比一部长，却一部比一部粗，如果说旧版《大波》瑕瑜互见，那么新版《大波》几乎要硬着头皮才啃得完。

伟大的作家一生只做一件事，写作。但写作，只是李劼人做的许多事之一。

天气好的时候，我会携本书，步出北校门，下缓坡，去菱窠喝一碗茉莉花茶，发一会儿呆。窗内人影一晃，我恍然觉得，他正伏在桌上续写成都的春秋。

第二辑

别处和此处

辋川书

终南山中寻王维

一

　　长安去蓝田，东南行，一百多里都是大路。马车在晨光中启程，嘎吱摇晃，摇到蓝田县城，就是傍晚，天麻麻地黑了。这儿是终南山的北麓，王维的辋川别墅，还在山中三十里的深谷。别墅的故主人是宋之问，他是个才子，20 岁中进士，入朝为官，备受恩宠，晚年因受贿而遭流放，最终在 56 岁之年被赐死。那一年，王维才 12 岁。20 岁时，王维也中了进士，做了官。但他没享有过宋之问曾经的得志，仕宦之途，进进退退。后来，一个因缘，他接手了宋之问的辋川别墅。说是别墅，已是荒芜的废园了。翻修用去了一个秋天、一个冬天，到他终于带了几卷书去别墅度假，已经三月了。这是天宝初年的事情，正值盛唐，而他已颇有归隐的意思。

　　马车载着王维，停在了蓝田县城外。管家说，有三策供选：上策是进城，客栈歇息，热饭、热茶、热炕，明早从容进山。中策是吃了夜饭，喝了茶，随即进山，雇当地精壮汉子七八个，打灯笼、火把，照亮、驱寒、护佑，不走弯路。下策则不惊动地方，轻车简从，径直去别墅。

王维选了下策。寻一家小馆，吃了碗热面皮，即刻又上了路。

辋水从终南山谷流出来，在这儿拐个弯，形成个小码头。管家又说，进山有三策供选：上策坐船，只有一处险滩，其余平稳、安全，要说不足，就是略慢。中策是陆路，都是崖边小道，只有一截平坦，其余坎坷、险峻。下策是一半水路、一半陆路。

王维选了下策。但凡临事有三策，他总是选下策。

小船在过险滩时，翻了。他虽被船家救起，但一身轻裘泡得冷如铁甲，几乎冻死。随后蜷在小轿中，哆嗦念完一百遍《金刚经》。摸索、颠簸到了后半夜，终于进了别墅。他感觉是在阴山背后、奈何桥下捡回一条命。朦胧中听到管家满腔怨愤叽咕的一句话：日你先人板板的，看你还敢不敢？

那管家来自四川，虽居长安多年，仍是满口川话。

王维落了两滴泪。

他在山鸡的叫声中醒来。窗外，正飘落今年好一场春雪。他头一回听到雪花的声音，宛如万千春蚕在啃桑叶。拥着一盆火，写了一首诗。写完独自叹息，真是好诗。午后雪停了，辋川一片白、一片静，他呆呆看了很久。那首诗，他投进了火盆。他画了一幅尺寸很大的画，画到掌灯，兴尽而墨尽。他把那首烧毁的诗，画进了这幅妙手偶得的画，这就是画史留名的

《江山雪霁图》。

不过，王维的画，都没有能留存到今天。《江山雪霁图》有神品之誉，据说流落到了日本，还保存在京都。但鉴定家认为，很可能是赝品。

二

我起念去辋川看一看，已经很多年了。

去看辋川，冬天太冷，春寒也很袭人，而夏天溽热。最好是秋天，而且是雨天。王维的辋川画，《江山雪霁图》固然好，但已渺不可见。他的辋川诗，却以写秋意、秋雨为上佳。这两样我们都凑齐了，秋是选择，雨是天意。

今秋，我和两个朋友把老捷达开出成都北边百十里，密雨就追逐而至，此后的一个星期，每天、每个小时都在落雨。刮雨刷比车轮子还累。这是九月的下旬，路上车辆稀少，山丘漠漠，散落的村舍，在雨中恍如潦草的速写。

我最初知道辋川，自然是读王维的诗歌。"文化大革命"中，我念小学，正是书荒年月，时而有些禁书以半地下的方式流传，我有天拿到本反特小说，特务的接头暗号是一句诗："空山不见人"。我吓了一跳，仿佛白日见鬼，莫名的恐怖。再大两三岁，多读了几本书，才晓得这是王维的名句，据说，是有禅趣的。而他写诗的地方，就是在辋川。辋川，位于陕西蓝田县西南的终南山谷地。也就是出蓝田猿人的那个蓝田。那时候家里有一套范文澜的《中国通史简编》，写得好读，我时常读了又读。书中说到王维，大意是他学陶渊明，可是学不像，陶渊明是真的做了贫民，而王维始终是个地主。是啊，地主，他住的屋子，不就叫辋川别墅嘛。

王维是盛唐诗人，生卒年几乎和李白完全重叠，他活了六十年，至今留存的诗歌约四百首，其中写在辋川名下的，有几十首，这是他一生的精品。辋川因王维而著名，而没有辋川，王维的名可能已经湮灭了。

次日，老捷达载着我们，再从汉中冒雨出发。钻出秦岭的150多条隧道，从户县涝峪口下高速。雨水歇了半小时，正好找户农家乐吃一顿晚午饭。农家院子偌大，中央一排大桌，过了正午，客人寥寥。周边植满柿子树，林边立块大牌，上书："厕所东拐七十步。"懵懂半天，也没明白这路到底该咋走。南方人说前后左右，北方人说东西南北，的确是到北方了。这儿背靠终南山，面向关中平原，天色阴郁，空气湿湿的，却很清新。树上结满了柿子，有的青黄，有的熟透，带些透亮的橘红。还有熟过了头，没来由，就掉了下来，砸在地上啪、啪地响，声音切实、饱满，似乎在应和着王维的诗句：雨中山果落，灯下草虫鸣。

一群女工围在一角叽叽喳喳。问柿子卖不卖？答，不卖，随便摘。我吃了一个，甜、腻、清凉，但柿子性寒，不敢多吃，剩下的一个，就放桌上插了蚊香，以驱草虫。这有点煞风景，却很是实用。

上的菜中，有一盘豆腐，切一寸见方，绿绿的，保持着青豆的原初之色。蘸了辣酱吃，比南方的豆腐略有嚼劲。但味道一般，家常味。王维写过豆，不是青豆，是红豆，用来相思的，诗名就叫《相思》。这并非他的佳作，有点文青小调调，却像上口的流行歌，流传了很广。诗中第二句，"春来发几枝"，别的版本，却是"秋来发几枝"。春、秋且不论，王维写它时，早过了青春，抵近人生的深秋了。他30岁丧妻，此后一生参禅学佛，不近女色，却借红豆歌吟了相思。相思则多情。也许，这"相思"并非儿女情；也可见，人的确很复杂。东晋有位高僧，叫法显三藏，到印度求法，千里之外，看见中原的扇子就流泪思念故土，卧病在床就想吃一口家乡的饭菜。有人叹法显示弱于外邦，有人则赞法显深情而可亲。这个故事，传到了日本，被吉田兼好写进了《徒然草》。王维想必也是知道的。

三

蓝田距西安约五十公里。终南山下有条环山大道，如一根衣带，把户县、蓝田都扣了上去。我们吃好了，抹抹嘴，向蓝田而去。雨接着落下来，终南山一直伫立在右手边，雨中的山影是青灰色的，浅而不透。有些云朵停在峪口上，慢慢移动，颇有些心意踟蹰、徘徊流连的味道。

我想起前些年，有个美国人来终南山寻访隐士，写了一本书、拍了张光碟，搞出些动静。书、碟我都看了，那些隐士隐居在山高林密、人迹罕至处，半像高人、半像乞丐，也不知是怎么活过来的。总之是修行，苦修，只等到电光火石一闪，就得道了。大约是像《卧虎藏龙》中的李慕白，练功到了一个师父都未到达的境界，时间空间都没有了……可惜他想起大仇未报，便又退了回来。这些，我嘴上也喜欢说说，心下却是不信。我以为的隐士，不是隐秘，躲藏，也没有神叨叨的秘籍要苦修，他们就活在人间烟火气浓浓的地方。陶渊明做了隐士，只在人境结庐，要饮酒，是与村邻共享。锅里没米，就去村邻家乞食。王维隐居，周遭离不开的还是牛羊、牧童、野老、荷锄的农夫，田埂上碰头，相见语依依。要他们躲进深山，粗衣恶食，面壁发呆？开玩笑。隐居是清静而闲逸的享受。陶渊明写过《桃花源记》，王维爱之不够，又把它重写了一遍，成了自己的《桃源行》。桃源是他们虚构的隐居天堂，然而，缺不了的还是良田、阡陌、村庄、杀鸡喝酒……隐于此，是为了好活，也为了好死。人的大关隘，就是了生死嘛。

陶渊明住草屋，有房七八间，后院种满榆柳，前堂桃李芬芳，活得还是比较滋润的。王维就更好一些了，住辋川别墅。他是地主，但非土豪，不过，别墅的最低标准，至少是体面和舒适吧。

老捷达进了蓝田，已在傍晚。写了旅馆，就去找饭吃。街灯、霓虹灯亮起来，小县城一下有了都市感。纷飞的雨点里，街上人来人往，馆子里川菜、湘菜、粤菜一一俱全，让秋意萧瑟中的旅行者感觉到了热腾腾。盛唐的时候，蓝田就是享有盛名的，山上有蓝关，韩愈被贬粤东潮州，路过这儿，时值寒冬，所谓"雪拥蓝关马不前"，人困马乏，都不想走了。而小城暖融融，炕火正旺，酒正烫，谁不想留下呢？可他还得走。走到让他侄孙替他收骨的那一天。韩愈是颇有骨气的，虽然这骨气里不免也有颓丧和彷徨。相比而言，王维就比较避世了。没见到韩愈有隐居的记载，而王维是下策为上，遇难即退，一退就退入了终南山，所谓"君言不得意，归卧南山陲"，是赠朋友，也是写自己。从长安到粤东，万里路途，去出差、旅行是可以的，若是放逐？还是免了吧。韩愈和王维，如果有一比，或许可以比作鲁迅和周作人，前者彷徨中也不懈呐喊，后者彷徨，却只在苦雨斋中徘徊。王维的苦雨斋，就是蓝田辋川谷中的别墅。

辋川别墅的周围，是巍巍高山。山上盛产玉石，李商隐就写过"蓝田日暖玉生烟"。我们吃了晚饭，街上走走，到处见着卖玉的店铺。我理解的玉，是小巧、滑润，还有暖意，所谓触手生温，是用来把玩的，譬如贾宝玉衔玉而生，人也如玉，所以女人都想摸摸他，就连晴雯粗皮糙肉的嫂子也恨不得咬他一口肉。蓝田的玉却不是这样的，不很精细，但体量大，雕成观音、佛祖、美女、财神……有的供在铺里，有的就伫立店外，高的，比人还高，让你摸，你也不敢，只能肃然起敬。倘若说，和田玉的精美适宜做名贵的扇坠，盈盈一握，蓝田玉的魁梧则足以垒起终南山，气象万千。

蓝田县城距辋川已近在咫尺。在雨声中入睡时，我还在想象，王维的别墅就是一枚扇坠，而整个终南山做了它的扇面，江山胜景就在扇面上徐徐展开。王维画的《江山雪霁图》，见不到了，但还希望没有成灰化泥，而是静搁在某一个高阁……这不至于绝望的心情，也就像他眼里的山色，山色有无中。

四

辋川首先是一条小河，随后才是一座小镇。我们驱动老捷达，逆河而上。两岸是陡峭山壁。雨水已落了半个月，这会儿还在飘。河水浑浊，有力，水声在谷中低沉地咆哮。据当地老人说，唐代这儿是没大路的，王维从长安去辋川，陆路到了蓝田，就要坐船进谷了。船逆行到了辋川镇，登岸，徒步回别墅。我没读到确切的相关记载，但想这也是可能的。我曾在巫山搭船逆大宁河而上，去过上游的小场镇。河流是阻隔，也是唯一的通道，那是1992年，何况是唐代。

不过，王维有一首诗，说到朋友们来辋川看望他，片刻欢愉，倏忽就如雨散，客人"登车上马"，只留下空落落的别墅，和他一个孤单单的人。那时，他年届半百，正在山谷中为亡母守丧。诗写得很美，也充满了怅怅之意。当村庄复归寂静，他独个儿坐在别墅中抽噎，思念着车马上远去的朋友。由此，也就能想象，他坐过船，落过水，爬过山道，饱受了颠簸，方可以通向辋川……而辋川则通向幽独。

王维几岁时父亲没了，30岁妻子没了，50岁母亲没了，仿佛一棵落叶的秋树，只剩下一片叶子还挂在枝上了。那，他为什么还要自闭于幽独呢？

老捷达终于开进了辋川镇。这儿未如我所料想的，已打造成俗艳的景点，就像中国几乎所有的名人故里。它看上去当然已不古老，但还保持着原色的旧，略似20世纪八九十年代的风貌，灰扑扑的临街老屋，多为砖石的两层小楼，门前小花台，也有停一辆小车的。屋顶伸出笔直的天线，或搁着一口小锅盖，连接着山外的五洲四海。这天是星期六，又落雨，街上人少，静静的，人们多半窝在家里喝热茶、擀凉皮、看电视。平凡的日子，所有周末中的一个周末。他们的祖上，该是王维的邻居了，那时就有的静，能保持到今天，就称得上是一种古风了。

但在这古风中，我们还找不到王维的遗踪、遗迹。也没有戴斗笠、斜靠柴门的老翁，在眯眼念叨着在山上放羊的牧童……这是一幅已被翻过去的画。画没有了，化为牧歌，还能听到一点微弱的哼唱。

我们没停车。老捷达拐入一条更窄点的路，弯弯曲曲，继续沿水而行。后来，水和路分离了，车依然走在谷中，却看不见了河流。山势缓了些，茂盛的植被从谷底向上延伸，四面八方绿气氤氲……绿气中现出一排排红砖房，高大而破败，有门有窗，但没有人，有的窗玻璃已被砸坏，是一家废弃的工厂。我们已经行到路穷处。

紧闭的两扇车间大门外，站着一棵巍巍银杏树。它足有七八层楼房高，树身得四五人合抱。在飘飞的雨点中，高拔、枝繁叶茂，却又颔首低头，若有忧伤。树边一块碑石，写明这是王维手植的。树身钉了西安市政府 2011 年 9 月颁发的标牌，注明"一级保护古树"，编号：610122101001。

这是王维留下的唯一遗迹了。

银杏脚下，还停着一辆稍前到达的面包车，挂邻省牌照。冷飕飕的秋雨中，再无别的来客了。

回头望去，约两里外，一条公路大桥横跨山谷，不停有车在桥上飞驰。这快，衬得这片干巴红砖的废弃之地更慢了。慢慢融入死寂。还好，有这一棵苍绿的巨银杏。

据专家考订，王维住入辋川别墅，最晚在天宝三载，合公元 744 年，那年他 43 岁。此后，他又活了十七年。即便这棵银杏植于他病故的前夕，那它也已存活 1243 年了。它还在生长。

五

1966 年 7 月 4 日，"文化大革命"爆发还不到两个月，作家沈从文即预感到乱世已至，他从北京给远在家乡的大哥写信："我们或许有一天会两手空着回到家乡的……社会变化大，变化大，我等已完全成为过时沉渣、浮沤，十分轻微渺小之至，稍不谨慎，即成粉碎。设能在家乡过三几年安定晚境，有个三间容膝安身之地，有一二亲人在身边，已是十分幸福。"

他早年挣扎着出家乡，宁死也要死到外边去。老了，避乱世，首先想到的，却是回到乡土中。

陶渊明之归隐田园，除了要从误入的樊笼复返自然，还有重要的原因，避乱世。

王维却恰好相反。他一生的大多数岁月，都是在开元、天宝的盛世中度过。然而，伴随这盛世的，是他的几隐几出、半隐半显，似乎是在避盛世。

公元701年，王维生于山西祁县。同年，李白出生，确切的出生地，至今是个谜。

王维离开故土去京城，期望有一番发展，实龄才14岁。20岁，他即进士擢第，开始做官，虽然官小职轻，但不能说仕途坎坷。至于是不是顺遂，却也难说，他达到的最高官阶，是尚书右丞，正四品下，世称王右丞，不算小，也不算大，做了约莫一年就死了。比起读书人以做宰相为抱负，譬如陈平，贫贱时在乡下宰肉，就想着来日要宰天下，做右丞实在不足道。不过，较之进士落榜、黯然还乡的孟浩然、世称工部员外郎的杜甫，也很不错了。他思进，但也能逆来顺受；意愿是向上走，但下坠时还能稳住神。他的诗中，有喜乐，却没有狂喜，有忧伤，但没有悲愤。他曾献诗给丞相张九龄，请求汲引。平心而论，这诗写得还大方，不比杜甫写过的应酬、献媚诗更肉麻。他愿意做官，做官的时候，每次送别荷杖云游的朋友，却又真心充满羡慕。他写《桃源行》，才19岁，洋溢着平静的愉悦，不强说愁、也不强说隐。他歌吟喝美酒、骑骏马的少年游侠，仅仅以旁观者的姿态，就像手无缚鸡之力的博尔赫斯，老爱写赌棍、流氓、杀手，是浪漫想象，当不得真。他经历了安史之乱，有过沦陷、耻辱、生死一念的痛苦记忆，可他对这场动乱写得很少。这很像法国画家马蒂斯，经历了两次世界大战，却从未把战争画入自己的画中。马蒂斯向往的艺术，始终是平衡、宁静、纯粹的化身。相反的例子是杜甫，他笔下的安史之乱，充满噩梦般的现实，也是占据他后半生的梦魇。

唐代的大诗人，王维与李白、杜甫鼎足而三，他的个人色彩最不强烈，却又最为鲜明。他自小随母亲信佛。佛教是教人出世的，王维能透过色相看到空。后人称他诗禅，或者诗佛，称李白诗仙、杜甫诗圣。

李白学道，但他的所为实在跟不争、无为相去很远。炼丹、成仙，也没有那个耐心。他年过不惑，应诏赴京时的自画像是："仰天大笑出门去，我辈岂是蓬蒿人。"他是诗的天才，但志在做宰相，乱世汹汹时，意愿就是做谢安，谈笑之间，一战而败投鞭断流的苻坚。后来两样都没有做成，追随造反的永王李璘，错上贼船，成了朝廷的罪人。

杜甫则是忧戚而辛苦的。他自然也想做宰相，而且志向比李白还要高，不是让乱世回复到盛唐，而是要致君尧舜上，再使风俗淳。他自然没有知遇名主，遇到了也没这个才能。他后半生颠沛流离，终于在富庶、平静的成都过了几年好日子，团圆而和睦。然而，成都留不住他。他还是想走，他心心念念之地，是君王所居的长安。诗圣，自然是儒，脑子浸透的，是君君臣臣，一餐一饭不忘君恩。他到了夔州，又困住了，一困又是几年。他变得苍老，但心不变，每当夜晚有星星，就想象自己依偎着北斗，苦恋着京华。这个意思，写在《秋兴八首》中。《秋兴八首》是杜甫诗艺的巅峰，这也再次印证了，诗人不幸诗歌幸。这时，距他最终客死在一条孤舟上，只剩不到三年的时间了。

王维则一生呵护自己的内心：它敏感、脆弱，就像无比精雅而又袒露本色的陶器，稍一不慎，就落地上摔碎了。杜甫的心怀更大些，敏感、多愁，既忠君，也心系苍生：他在秋风中仓皇呼喊着邻村顽童、又忧虑着天下文人挨冻受饿。李白是大天才，当然更敏感，但也更坚硬，宛如黄钟、大鼎，落下去，不会碎，只会在地上砸一个坑。也可能砸了自己的脚背。

也还有一比：王维是玉，玉玺之质，搁在半明半暗处。李白是鼎，一生在坎坷之路上翻滚。杜甫是木，四季都在落叶萧萧。

乾元元年，合公元758年，被免罪而重返政坛的王维，时常在朝中与贾至、严武、岑参、杜甫唱和，写下过一组不朽的"早朝大明宫"，为盛唐的尾巴添了几笔富丽华贵之色。与此同时，李白正拖着老迈病躯，赶赴遥远、穷苦的流放地夜郎……夜郎，由于那个人人所知的典故，使这事看上去就像一个笑话。

六

王维手植银杏的旁边，矗立着一座无线电发射架，造型略似小一号的埃菲尔铁塔，锈迹斑驳，已然废弃了。它插入秋雨中的身影，是瘦削的、孤单的、冷峭的。然而，铁架的中部，却托举着一只很大的、圆形的鸟巢。因了这鸟巢，铁锈的架子，添了融融的暖意。巢中有一窝雏鸟，大鸟飞出去，衔着草虫飞回来。

鸟兽哺乳的场面，王维在山谷中散步时，一定是见过的，感喟的。他对母亲，感情很深。母亲逝后，葬在辋川。他自己逝后，就葬在母亲身旁。母子二人，都没有选择埋骨故乡。辋川，是让他们心安之处，而心安即福地。了了生死，看空了色相，也就看空了虚名，"故乡"，也不过是一虚名罢了。

今天，墓地已渺不可寻。倘有人指着一堆土说，"喏，就是那儿！"那一定是假的。还没有读到过有关王维儿孙后人的记载，他可能没有后人。对死的态度，王维没有直接去说。他心仪陶渊明。王、陶均未享高寿，一个活了60岁，一个活了62岁，都没有活够。陶渊明对死的态度，却是坦然的。他生了一堆不成器的儿子，这有《责子》诗可以做证。死了，他在自拟的挽歌辞中，说到了遗恨，却只是生前"饮酒不得足"。自嘲吧？有一点，但也是淡淡的。

淡，也是王维的特点。淡之于他，是一种不彻底。一生奉佛，却没有出家为僧。一生在官场打转，却没有学会弄权、高升。一生都在避世，却屡隐而又屡出。平和，伴随优柔寡断；优雅，化为忧伤缠绵。偶尔猛志刀子般一闪，终于复归于淡漠与旁观。这种不彻底，造成人生的纠结，然而行之于笔墨，却正是我对王维的着迷处。在这不彻底中，我看见自己，看见古往今来的一类人：对自己有所不满，但无所苛求；有点孤芳自赏，却也不顾影自怜……或许，都有一点吧，不过，一切都已淡化了。

王维有个好友叫裴迪，两人曾在终南山中同住，同游，诗相唱和，近似今之所谓基友。这且不去说了，总之，是知交。某个春日，他俩去拜访一位吕姓的隐士。吕先生同时是位高人，王、裴对他，有许多敬慕。然而，吕先生隐居的地方，却不在山野，就在长安城内的新昌里。距离帝王的宫殿，也不算很远。王维在后来为这次拜访而写的诗中，把吕先生的住地，雅称为"桃源"，而且，在他眼里，"桃源一向绝风尘。"虽然，它就在滚滚红尘的包裹中。

不过，吕先生出门去了。可能是去城外遛个弯，也可能是去邻街的酒楼喝杯酒。总之，拜访，但是不遇。王维站在紧闭的门外，望着院墙内的松树，发出轻微的赞叹："闭户著书多岁月，种松皆老作龙鳞。"虽然轻微，这赞叹却是由衷的，吕先生完整的隐逸生活，代表了王维部分的人生理想。因为只是部分，所以他做不到。他携着裴迪回去了，留下一首怅然然而清淡的名诗，把敬慕留在了诗中，从而留给了我们。

我写这篇文章时，桌上就堆着王维的集子。从无意间读到他的第一句诗，迄今已有三四十年了。也就是说，我已经读了他三四十年。可他的面目，依然不够清晰，似乎总是隔着雾雨，看见一个背影，背对时代、读者，也背对故乡。

吊诡的事情，不大不小，就在这棵巍巍银杏树下发生了。那面包车上下来的一群人，绕树踱步后，与我们交谈了起来。废墟间的空地，这么狭窄，双方注定要面对面，笑问客从何处来。他们恰好就来自山西祁县，是王维出生地的人，文化界的领导、名士，专程从黄河的东边赶到辋川，寻访王维最后的遗踪。听说我是个作家，也喜欢王维，他们热情邀请我合作为王维写本书。

我婉谢了。我是有个模糊的念头，但我还需要再看看王维，等等他，用许多的耐心，看到他转过身来。

驾着老捷达穿出辋川谷地，我们没有原路折回。向东北，又开了半天的车程，冒雨在天黑前抵达了潼关旧地。

黄河、渭河在这儿交汇，水势很大，多日的降雨让河水拥挤不堪。我撑伞站在河边，风吹透衣服，九月有如入冬。望黄河对岸的山西，浊水滔滔，啥也看不见。再想想辋川，好像已相距千里了。自然，也想了想王维，脑子空空，想起的只是他的一句诗：

莲动下渔舟。

舟的滑行，让莲叶摇曳，水珠滑落。然而，舟，还是看不见的。

七

天宝三载春天，公元 744 年，李白到长安已经一年多了。皇恩浩荡，钦命他供奉翰林。其实，就是侍奉了几回游宴，平日闲得发慌。这离他当初应诏入朝的愿景，相差万里。而市井谣传，说他是谪仙下凡，架子大得很，在宫中喝醉了，要让高力士脱靴、杨贵妃磨墨。这谣传从另一角度看，未尝不是美谈，可对他的仕宦之途，简直雪上加霜。有个下午，他被一群慕他诗名的青年簇拥去了酒楼。这之中，有风流蕴藉的王孙公子，也不乏混吃混喝的小杂皮。

喝了几升酒，李白的眼珠颓然混浊了，眼皮抬不起来，看啥都匕了。可这匕眼，在旁人看来，却也充满了睥睨和闲逸，别有风姿。有个青年敬酒时就说，先生是狂士，长安想必待腻了，身在朝廷，心系秀水碧山？李白有苦说不出，只得应了两个字：碧山。青年再请教：为什么？李白懒得再敷衍，就提了笔（笔早就替他备下了），趔趄着，走去墙边写了两行诗：问余何意栖碧山？笑而不答心自闲。

写完大笑。一侧头，看见对面墙上也有两行诗：终年无客长闭关，终日无心长自闲。

那个闲字下，落了个名字。很大的诗名。李白初进长安时就听说了，是长安第一。有人提议李白去拜会他，李白微笑摇头。李白期待过对方来拜会自己，但也没来。此刻站在两个闲字之间，李白相当清醒，闲和闲是很不一样的。

酒楼里沉寂了一小会儿。忽然有人指着窗外说，他来了。

街上阳光通黄，那人素服，瘦弱，一手执了根新折的柳枝，一手携了个魁梧的男子，正徐徐而行。李白忍了忍，没忍住，把头探了出去。一粒沙尘飞过来，他顿时迷了眼，啥也没看见。气得用四川话骂了句：我日你先人板板的！

这是李白和王维相距最近的一次，但终于没有能相会。三月，皇帝赐给李白一小袋金子，客气而坚决地，把他逐出了长安城。王维带着几卷书，坐着马车去辋川别墅度假。这年，李白虚岁44，王维虚岁也是44。这是人生的中途，后来要发生的事情，他们都没有料到。

桥与船

头晕目眩的旅程

一

博尔赫斯把故事分为四大类：两个人的爱情故事，三个人的爱情故事，争权夺利的故事，还有，一个人旅行的故事。

这种分法，真是很有意思。我好像看见这位盲眼的老人，举起裁纸刀捅破了纸张，把生活也切成了四牙。生活和故事，又有什么区别呢，分分秒秒流逝的时间，都流向未知的情节。就未知而言，我以为应该首推一个人的旅行。爱情，争斗，二人也罢，三人也罢，一群人也罢，别说看大街上的夫妻吵架，报纸上的奸杀、情杀，生活中的副科长陷害科长，就是看电视剧你也看腻了，古人、今人全都一个样，俗套得很。一个人上路就单纯了，带着包裹和车票，想去哪儿去哪儿，多好。满眼都是陌生的风景，和陌生的人，你不用理睬谁，应酬谁，想做什么做什么，一个人只有在旅途中，他才成为他自己。

然而，事情的真相也许是恰恰相反的，几乎每一个单身的旅行者，都渴望有什么事情发生在旅途中。没有事情，哪有故事呢？事情就是奇遇，奇遇中的奇遇，大概就是艳遇吧。生活在别处，走向别处，就是走向一种未知的新生活。有一次我偶到外地开会，见到一位走南闯北的老兄，饭桌子上神聊海侃，全是他旅途中的奇遇和艳遇，把满桌子的人，听得一愣二愣，满眼都写着两个字：嫉妒。这位老兄面色黧黑，嗓音沙哑，流露出淡淡的倦怠，据说正属于那种"杀手级"的家伙，他的故事，散播在一个个车站、码头、航空港。看见一个让他动心的伊人，或者是伊人的背影，三言两语的搭话，就造成一次戏剧性的邂逅，就像夜雨润物，瓜熟蒂落。而后各奔前程，邂逅的艳遇，成为收藏的记忆。同饭桌的一位男人问他，你不怕留下什么麻烦吗？他很酷地一笑，说，天空中没有翅膀的痕迹，而我已经飞过。另一位女性听了，叹息一声，说，唉，我都要晕了。

他最难忘的一件往事，发生在峨眉山的九老洞前。那天是春天，那时是傍晚，天突然暗了，还下起了微雨，他冷得发抖，跑进洞口去躲避。然而，那儿早已经有了另一个人。当然，那是一个女人了，不然，艳遇如何是艳遇？然而不然，这一回不是艳遇了。那个女人正在感冒发烧，全身滚烫，却冷得牙齿打架。她说和自己的同伴走失了，山高路远坑深，喊天天不灵，喊地地不应，她觉得自己只有等死了。他以旅行家的镇静，安抚着她，也拥抱着她。她太需要安抚了，也太需要温暖了。他和她相拥相偎，给她讲了很多化险为夷的故事，当然，都是他的故事。他随身带着一套心爱的普鲁斯特的《追忆逝水年华》，当然，也可能只是这漫长小说中的某一本。他把书页撕下来，一页页地烧了。火苗跳跃着，如同干渴的舌头，带给他们温暖，也苏醒了他的欲望。但是，他什么都没有做。当书烧完的时候，救援队循着火光赶来了。就是这样，他在饭桌上喝干最后一杯酒，他说，我自己都感动得要哭了。

大家都沉默了。后来大家都在说，什么都叫你遇上了，我们怎么都没有戏？他疲倦地笑着，什么都不说。他送给我一个软盘，说所有的记忆都藏在里边呢。

后来，我在家里打开软盘，上面却只有一句话："一切都是梦想，因为旅途总是孤单的。"

在哑然失笑之后，我们都很容易把这软盘扔到一边去。然而，扔不下的，却依然是梦想，梦想在我们未知的旅途中，有一次铭心刻骨的邂逅。因为我们必须要经历一次邂逅，才能知道什么是真正的惊喜，什么是真正的悲伤。就像一棵树，它必须凿下一道斧头的印痕，才会变得结实、高大，才能散发出内部的气味，那种让人难过的芬芳。在梦想中，我们每个人都是潜在的小说家；而真正的小说家，是把我们的梦想当作潜在的素材，用来编造浪漫、唏嘘的邂逅。

二

邂逅的爱情故事，这二十年最畅销的，莫过于罗伯特·沃勒的《廊桥遗梦》了。2003 年 10 月 8 日早晨，秋光正好，爱荷华州一间农场的木屋起了火，弄得全世界媒体都在忙乱中做了报道，这让成千上万的《廊桥》迷都把心紧了一紧，因为同名电影正是在这间房屋中拍摄的。电影公映后，这屋子被美称为"弗朗西斯卡木屋"，和爱州的多处廊桥一起，都成了旅游者的必经地。由此可见，这部小说的影响究竟有多大。

我是去年底才在小摊上买到《廊桥遗梦》的，距第一波"廊桥热"已过去十年了。当初没读的原因，现在已忘了，大概是有点莫名的醋意和排斥吧。那天把书捏在手里，感觉是极薄的一小册，加上序言也才八万字，简直不敢相信它在读者心中折腾过那么大波澜。也许在这个缺乏浪漫的年代，浪漫正是它走红的通行证。浪漫的爱情，总是意味着旅途与邂逅，而《廊桥遗梦》就是一个远游天下的男人和一个居家主妇的故事，包含了浪漫所需的所有重要的元素。在读小说前，我是看过电影的，不喜欢伊斯特伍德扮演的金凯，夸张的沧桑和深沉，有一些作秀，却喜欢他的小卡车，车比人酷，有点呆笨、破旧，却自有翻山越岭的气派。有一阵，我特别想弄到这样一辆车，四方去走走。弗朗西斯卡是梅丽尔·斯特里普饰演的，我喜欢她所有的角色，这片子当然不例外，有北美内陆妇女的朴素、憔悴和美丽，却藏着一颗意大利少女不甘寂寞的拉丁心。她在与金凯的邂逅中欢喜时，我也在笑；当她为短暂的聚散而哭泣时，我也在难受。这其实是一个挺俗套的故事，而我不是一个很有心肺的人，却还是被它打动了。一种讲故事的方式之所以成俗套，并能一直讲下去，不能不承认，俗套其实非常有力量：因为我们都是俗世中的人。

当然，因为是俗套的故事，当金凯开车向弗朗西斯卡的木屋驶去时，我们已经知道结果了，那就是不会有什么好结果。邂逅的故事，都是以相见恨晚开始，以天各一方结束。感人至深的，是那些精微的细节，一瞥、一笑、一个小动作，让弗朗西斯卡麻木的内心和身体，都重新敏感起来，有气力、有激情，会发嗲。在为金凯带路去廊桥的路上，她说"向右转"，这给了她一个看一眼他侧面的机会。他替她点烟的一刹那，她的手碰了他的手，感觉到他手的温暖和手背上细小的汗毛。她还观察到，他的左腕戴着一只外表很复杂的手表，右腕戴着一只花纹细致的银手镯，而且她在想，这银手镯该用擦银粉好好上上光了。但她随即责备自己，这种鸡毛蒜皮的小镇习气，正是自己多年来在反抗的啊。她不知道，她正一点点从农夫之妻，被唤醒，回到当初那个学习比较文学的大学生。抽着烟，她向这个陌生的男人承认，"这不是我少女时梦想的地方。"少女时梦想的地方在哪里？只有少女成了脸上有风霜的妇人才能弄清楚，那地方其实不是一个地方，而是一个人，就如坐在弗朗西斯卡·约翰逊对面的流浪摄影师，罗伯特·金凯。天可怜见，她终于在凋零之前，见到了这个人。他们在一起的时间只有几天，除去相识，试探，接近，两情相悦的时间其实就更短。然而，这已经够回忆一辈子了，弗朗西斯卡没想到自己枯萎的身子还那么感性，储存着激情。他要带她走，去天涯海角；这正是她所向往的，她愿意跟他去任何的地方。然而她不能够去，因为她还有家庭：丈夫和儿女。她丈夫是一个好男人，憨厚，重实际，不幻想，也不解风情，就像《水浒传》里潘金莲的丈夫武大郎、《死水微澜》中邓幺姑的丈夫蔡傻子、《包法利夫人》中爱玛的丈夫查理，然而，她却不是她们中的任何一个人。她有责任感，是朴素、坚韧的草根阶层中的一员，她不能跟他走，她走了会毁了她丈夫。金凯也是一个好男人，他不会胁迫她，而只会尊重她，如她所说，"假如你把我抱起来放进你的卡车，强迫我跟你走，我不会有半句怨言。但是我想你不会这么做。因为你太敏感，太知道我的感情了。"唯其如此，这一场邂逅才不仅仅是一场云雨，癫狂的，邋遢的，汗腻腻，回想起来会反胃。

最后分手那场戏，电影比小说更精彩，小说把弗朗西斯卡的悲哀统统写出来，而梅丽尔·斯特里普只用她的眼睛和手，就表达了压抑的千言万语。雾气沉沉，雨水淅沥，金凯的小卡车在十字街头挡在弗朗西斯卡夫妇的车前面，他在最后无声地请求她。她的手放在车门的把手上，拧开了，又拉上……丈夫不停揿响喇叭，声声催促。喇叭尖锐刺耳，像刀子割出疼痛。她只要跨出去，几步之外，就是她自少女起梦想的生活……但她还是把自己留了下来。当小卡车终于在泥泞中远去，她泪水滚滚而下，而她注定要陪伴一生的丈夫，却憨憨的，浑然不觉。她死的时候67岁，在他之后，再没有过任何艳遇。他也一样，整个后半生都在怀念她夏天般的气息，没有别的女人。

俗套的爱情故事都有完美的结局。两人私奔，过上童话般的生活，恩爱至死，这是一种俗套，却俗得发腻。《廊桥遗梦》

读 · 王 · 维

辋川书

从无意间读到他的第一句诗，迄今已有三四十年了。

也就是说，我已经读了他三四十年。

可他的面目，依然不够清晰，似乎总是隔着雾雨，

看见一个背影，背对时代、读者，

也背对故乡。

的完美，在于它的无法实现；实现的，是无穷尽的怀念。怀念，成了一个干净得不染尘土的完美的愿望。被这本书打动的人，大多不会相信世间真有这样的男女，但都会认定，这愿望的确是真实不欺的。

三

桥似乎是邂逅发生最佳的地点。除了麦迪逊县的廊桥，中国西湖的断桥、英国伦敦的滑铁卢桥……都有过让人难忘的故事。桥把两个彼岸世界的沟通，压缩成了狭窄的通道，桥上的道路，就成了一扇更为狭窄的小门。这儿常常车水马龙，行人步履匆匆，头碰头的时候，脸对脸的时候，都是麻木和茫然，目光从对方的肩头滑过去，滑向茫然的深处了，即便有多少的邂逅，也在没有开始的时候就滑走了。真正的邂逅发生在傍晚，或者是雨天，两个世界都平静了，两个人的心情却无端地不安宁了。一般来说，桥上有风，也许还有一点儿雾，他们在桥上走着，或许一个在赶着回家，一个在懒懒地信步，一个人把另一个人撞了一下，要在平时，撞了也就撞了，现在却在相互打量；也可能已经擦肩而过，却不期然地相互回了回头……这就是一个邂逅的开始吧，有一些模式化，却正吻合了我们对邂逅的期待。

然而，仅有回头一望是不够的。桥上的邂逅，最经典的也许是《魂断蓝桥》这部片子了，在邂逅的后面，有一只看不见的手，这就是战争。战争是邂逅的黏合剂，把两个陌生男女的命运，猝不及防地黏合在了一起。战争是恐怖的，而战争片却总是制造玫瑰色的梦，虽然结局无一例外是破碎。一个更有趣的现象是，和平年代的战争片比战争年代更风行：人类离不开对战争的观赏，就像离不开世界杯足球的狂欢，离不开对邂逅焦灼的期待。在一部战争电影中，平庸的人生突然被掷上了巅峰；庸庸碌碌的生活，一下子出现了激烈的对抗；时间被打破了，习惯被打破了，每天面面相对的人，竟然彼此生离死别。以战争为背景的邂逅，没有不是光彩逼人的。

洛伊上尉在防空洞里，对初逢的玛拉小姐说了一句经典的话，"战争让我们面对未知。"玛拉回了一句同样经典的话，"难道和平就不让我们面对未知吗?"这是《魂断蓝桥》中第一次经典的对白，可惜很多人都忘了。

很多人记住的，是洛伊在雨中来看望玛拉，因为他忽然忘记了她是什么模样；他还在雨中向她求婚，而她说，"你疯了……"多少男人在为这句话陶醉啊，仿佛玛拉就是对自己说的；也有多少女人在流泪啊，多想自己也有一个好男人，让自己去对他说他疯了。但是这所有美好、浪漫、感伤的故事都结束了，谁都没有想到一切会是这样。就连在理论上知道"未知"的洛伊，也没有能够成为一个"先知"。玛拉失去了洛伊，然后洛伊又重新回来，对于他，只是一个死去活来的奇迹，他可以是什么都没有失去；对于玛拉，失去了洛伊就埋葬了一切，贞操和尊严，希望和未来。后来就是毁灭，毁灭爱情，继而毁灭了生命。她没有责怪谁，她哪知道去责怪谁呢，只能责怪命运，偶然误报的那条消息，还有自己不争气的晕厥。她没有责怪战争，因为影片甚至都没有展现一个战争的画面，只有敌机呼啸而过的声音，给浪漫布下了一道战争的阴影。但是这道阴影实际成了这部影片的主角，因为它操纵了男女主人公的人生。他们原来都是平庸的人物，即便洛伊是贵族子弟，但是英国贵族多如牛毛；就算玛拉是芭蕾舞演员，可她可怜得不能和男人眉目传情。战争来了，其实就是敌机来临的警报，就把两个人萍水相逢在防空洞中。因为有战争在催赶，他们才能跟闪电似的相爱、订婚，并且错过了结婚。战争把你不能得到的，不配得到的，慷慨地给了你，再把它连同你的生命收回去。战争不让人类按常理出牌，不按理性思维，因为一切都是异常的。我们常常听到对异常或者意外的一个最好解释，"哦，亲爱的，这是战争时期……"这句话温和但又蛮横，那么说明一切，而且不容置疑。

　　"战争"是继"责任"之后，关于邂逅的另一个关键词。责任是自我的牺牲，是放弃伸手可及的爱或梦，把自己留在孤独、寂寞、思念中，让余生长满荒草、开满野花，无法诉说的凄苦，都和泪吞下去。而战争是伴随家国之痛，直截了当的生死之恨，绚丽繁华的生命如樱花突如其来地盛开，而后一阵风过，转瞬就零落成尘，来不及怀念，也没有时间寂寞，因为连肉体都被毁灭得干干净净：当玛拉在滑铁卢桥上一头撞车自尽时，她和罗伊之间两情相悦的时间，也就几天，和弗朗西斯卡与金凯没有两样。小说或电影中的战争把邂逅高度地美丽和残忍了，欢乐与痛苦无限地放大，惊魂一瞥的邂逅带到了我们每一个人的面前，我们每一个人似乎都以为自己可以成为故事的主角，从未实现的激情，让我们为别人的悲欢离合而潸然动容。

四

邂逅似乎总和桥有关，而船是漂泊的桥，因而有很多邂逅也发生在船上。船把许多不相干的人，装在一个小而流动的空间里，从一个码头运载到另一个更远的码头。船的航行是缓慢的，这就决定了船上的邂逅有着水样的缠绵、神秘，甚至不可思议。在加西亚·马尔克斯的《霍乱时期的爱情》中，失恋的年轻电报员弗洛伦蒂诺·阿里沙乘船去遥远的小镇供职，在漫长而炎热的航程中，他思念着情人，发誓要为她保持童贞。然而，有一天夜晚他上厕所时，却被一个女人鹰爪似的手揪进了一间舱房，脸朝上按倒在床上，随即被夺去了他引以为荣的童身。他没有看清她的长相，也不知道她的年龄，只记住了她喘出的粗气，和一句严厉的话："现在，您走吧！忘掉它！什么事都没有发生。"

这次邂逅是一次性的袭击，它的成功来自连细节都考虑周到的计划。它的神秘之处在于，她要他当作什么事情都没有发生，而实际的情形是，在性的高潮中，他有了一个难以相信的发现，这个发现连他自己都想拒绝接受，那就是对情人的幻想之爱，可以用现实的情欲来代替。此后，阿里沙在由此到老的岁月里，他一直在捕猎各种各样的女人，用来作为情人的替代品，却终身保持着自由，不结婚，以求在最后的时日迎娶自己梦中的新娘。这条线索构成了整部小说主要的情节，而转折点仅仅是一次突如其来而又转瞬即逝的邂逅，仿佛劫持或者是强奸。加西亚·马尔克斯也许是要告诉我们：人的命运，就是这样被偶然改变的。而邂逅是偶然中的偶然；阿里沙的被袭，则带着恶毒的快感，因为它击中了他隐秘的愿望：闸门打开，他成了一个放纵的浪子。

浦宁也写过一篇跟船有关的邂逅小说，我以为这是他写得最节制的爱情故事，叫作《一束令人头晕目眩的阳光》。准确一点说，邂逅发生在船上，而实现它却是在一家老式的无名旅馆里。旅馆，对于旅行者来说，正是另一种意义上停泊的船。船在伏尔加河上航行，黄昏时靠向一座对他俩来说都是陌生的小城。他是年轻、健康、挺拔的中尉；而她有丈夫、儿子，现在只身一人，从南方度假回来，黑黝黝的皮肤、薄薄粗麻布衣裙下的身体，都散发着阳光的气味。在这个多情的季节、时辰，他们彼此对对方想入非非。在一阵压抑的激情驱使下，他们下了船，坐着马车，沉默不语地辗过绵软、厚实的尘土，疾驰到了旅馆，进了房间。这一夜销魂荡魄。

"在许多岁月之后，他们仍不能忘怀这一时刻，无论是他还是她，在自己的一生中，他们再也没有这种感受了。"

然而良宵苦短，转眼就是天亮。她先走了，并要他搭乘下一班船。她没有留下姓名、邮址和任何可能重逢的机会。对这一次邂逅，她的解释是，"这是我一时的迷误……或者正确地说，仿佛有一束强烈的阳光，使我们俩都头晕目眩，心灵陶醉了。"说得很诗意，也就很轻松、很洒脱。

中尉果然也就怀着一种洒脱的心情，把她送到码头、送上了船。他回旅馆的时候，显得毫无牵挂，轻松愉快。然而，一切都已经无可挽回地改变了，这个房间曾经充满了她的举止、声音，而现在被子还乱乱的，但她却将永远不会出现了。想到这一点，他心如死灰。他骂自己真见鬼，无非就是一束把人照得头晕目眩的阳光而已，这算不了什么。为了打发时间，他到城里去转转，集市上装黄瓜的车子，崭新的罐子、钵子，牲口的新粪，还有一串串的吆喝，都让他觉得愚蠢和烦躁。后来，他回到旅馆，喝伏特加、吃腌得淡淡的茴香小黄瓜，告诉自己无限的幸福和巨大的欢乐无所不在。但同时，他却五内俱焚，想着倘若再和她能共度一日，明天就死也是值得。他迅速跑到邮局去给她发电报，却可悲地发现，自己连发向哪儿、发给谁都不知道。他在空无一人的大街上蹒跚，看到的一切大大小小的东西，都让他联想到永远失去的那个女人。再次躺回到旅馆的床上，泪水不停地滚下。后来他睡着了，醒来时已经夕阳金黄了，而昨晚和今晨的种种悲欢，都宛若十年前的悲欢了。他终于在夜色中上了船，坐在甲板的凉棚下，感觉自己一下子老了十岁。故事到这儿就完了。

他为什么会老了十岁呢？浦宁没有说。大概是年轻的中尉透支了十年之情吧。或者是一日长于十年，他用这一天的时间，看透了需要用十年修炼才能明白的道理。那又是什么道理呢？浦宁依然没有说。我猜测，道理就是邂逅的爱情，完全没有道理可言：无论是弗朗西斯卡和金凯的关乎全部身心，还是阿里沙之于袭击者、中尉之于无名妇人的完全不要心灵，都是致命的一击，让你从此带着一个不能愈合的伤口，变为另外的一个人。

五

讲故事的人、小说家或者电影的编导，都在用千百个方式告诉天下远游客一个共同的结论，在一个经典的邂逅里，同时包括了聚和散。古人说，聚散有时。但真的是有时了，那还说什么邂逅呢？邂逅中包括了聚、散，却是无时，无故，而且无缘。贾宝玉是喜聚不喜散，散了总想方设法还是要聚。而林黛玉是喜散不喜聚，因为聚了总归还是要散。古人又说，世界上没有不散的筵席。贾宝玉是崇尚盛宴的繁华，而林黛玉却一眼看到了繁华后边的清冷。也就是说，邂逅的故事无论怎么讲述，都注定要从喜不自禁，走到低回婉转。邂逅的快乐是出其不意的，因为快，所以很快就失去；而邂逅的怅然是绵绵不绝的，因为始料不及，所以丝丝缕缕。但尽管如此，又有谁愿意拒绝邂逅呢？就像我们不能拒绝一朵昙花的意外开放。

老宅里的英格兰

《孤星血泪》

老宅盛产故事，闹鬼。中国老宅的鬼是温情狐仙、美女游魂，譬如《牡丹亭》，譬如《聊斋志异》，这样的宅子，哪个穷书生不想去宿一夜？英国老宅里不闹鬼，是见鬼，是活着的人，分明活着，却像是仇恨的幽灵。"文化大革命"结束不久，我十四五岁，一个冬夜，我去总府街的一座大礼堂看电影。是黑白片，进场迟了些，银幕上，一个少年正随一个少女走进破败的大宅，荒凉四处弥漫，窗帘重重遮蔽，长廊和楼梯，上升和分岔，一扇门推开又关上，最后，停在一间繁华落尽的大厅里，餐桌上，大蛋糕已坚如岩石，鼠群爬在上边艰苦地啃咬，镜头转过去，是一把椅子和一个穿婚纱的老妇，白发和惨白的皮肤，比婚纱还白，眼珠一闪，宛如墓穴中的两点磷火，燃烧着对男人的怨与愤。这是哈维沙姆小姐，家族产业的继承人，老得已没年龄了，她年轻时，也曾爱如烈火，但就在出嫁前的一刻，未婚夫突然抛弃了她。从此，时钟和时间都停在了那一刻，她再没走出大宅一步。大宅仿佛大墓，她在其中沉降。然

130

而，她遗忘了时间，却没有遗忘男人。那少女是她的养女，那少年是找来让她开心的陪伴。如何开心？她指着少女问少年，"她漂亮吗？"少年痴痴点头。她就吩咐少女，"伤他的心。"少女冷冷看着少年，说，"好没教养的白痴。"

看完电影出来，外边飘着雨夹雪，冷得人发抖。我眼前还在浮现电影的场景，这就是英国？这是我透过镜头看英国的开始。这部电影中译《孤星血泪》，是大卫·里恩根据狄更斯小说《远大前程》拍摄的。此后很长时间，我陆续看过许多英国小说、英国电影，但最能让我记住的，都无不跟一座大宅和一个幽闭的女人有关联。那颗辉映过帝国的太阳，渐渐成了夕阳，融入了大宅的深处。

我一直晓得，这种理解英国的方式不全面。但多年后，我读到英国作家奈保尔的《抵达之谜》时，释然了。他写到，当他还生活在遥远的加勒比海岛上时，他所了解的伦敦，就全是从狄更斯小说中来的。通过狄更斯的小说，每个读者都可以根据自己掌握的资料重新形成一座城市的概念或编织心中的幻想，对不懂的事物重新创造。奈保尔不仅让我释然，而且让我意识到，不懂得英国，也可以去创造一个貌似英国的国度。

《蝴蝶梦》

与《孤星血泪》同时期看到的电影，还有希区柯克的《蝴蝶梦》。影片一开始，曼德利庄园已化为废墟。伴随德文特夫人充满缅怀和伤感的旁白，月华如水波动，废墟复活为繁复、华丽的城堡，比哈维沙姆小姐的大宅更气派、更高贵，但也如我所预料的，更阴郁、更神秘：一个亡妇的魂灵活在其中，她每秒钟都牵扯着我们的神经，而她却始终没有现身。她就是死去的、美丽的前德文特夫人丽贝卡。一个灰姑娘邂逅德文特先生，被他迎娶进城堡，作为新的女主人，而我们，则被这位灰姑娘卑微而惊悸的目光引领着，一寸寸，深入城堡的秘密。丽贝卡死了，但丽贝卡无所不在。操弄丽贝卡亡魂的人，是女管家，这是另一具活着的女僵尸，她砖雕般的面孔、鹰鼻、冷眼，构成了对灰姑娘的强大压力。

唯一能保护灰姑娘的是德文特先生。他的扮演者是劳伦斯·奥利弗，曾在《王子复仇记》中饰演哈姆雷特，他可能是全英国最优雅、最忧郁、最犹豫的男人，宛如优柔寡断的哈姆雷特灵魂附身，他以及他饰演的角色，在和女人的博弈中，都往往居于下风。英国男人的这种无力感，可能也正好使英国成了女权主义的发祥地之一，从虚构的哈姆雷特王子到真实的查尔斯王子，都不难看出某种相似性：在男女问题上的拖泥带水、不干不脆。

扯远了，回到《蝴蝶梦》：那灰姑娘茫然无助，处处落在女管家设下的套子里，银幕上虽没有刀光剑影，观众却看得手心流汗、脚趾抓紧。幸喜得，真相终于浮出水面，女管家一把火烧毁了城堡。在仇恨的火光中，能看到她绝望但又鄙视的面容。繁华最怕火烧，阿房宫如此，何况曼德利庄园？转眼之间，它就成了一堆黑乎乎的骨骸，就像史前的遗迹。而这个时候，德文特先生和年少的夫人，才如释重负，缓过气来，有了新生的希望。

《蝴蝶梦》让我，也可能让全中国观众，头一回领略了希区柯克的魔力。有趣的是，《蝴蝶梦》是美国电影，希区柯克也具有美国国籍，某种程度说，《蝴蝶梦》也算是外国人镜头中的英格兰。这种镜像可能不精准，但可能更审美，就像我们在云雾之中看庐山。

勃朗特姐妹

比《蝴蝶梦》更恐怖、更有激情的大宅，当然首推《呼啸山庄》了。这个狂暴的爱情故事，不仅发生在大宅里，也发生在荒原上，每块砖石、每扇门窗、每棵树，都充满了原始的力。《呼啸山庄》的故事无须我来复述了，它曾被拍成过多种版本的电影，我能找到的，都看了，说实话，都挺失望的。没哪个画面很好地表现出了那种原始的力；把所有画面汇集起来，也抵不过原著中一幅黑白的插图。插图是版画，出自谁家手笔，似乎已不可考，但幅幅让人难忘，其中一幅尤其让我感觉惊悚：投宿山庄的客人，突然被一只穿破窗玻璃的手揪住了！线条细腻，但又夸张扭曲，带着强烈的神经质和冲击力。我读这本书的时候在念大学，晚上我睡在上铺，困倦不堪却不敢入睡，总觉得会被伸进蚊帐的手一把抓住。

《呼啸山庄》的作者是单身奇女子，30岁就病故的艾米莉·勃朗特。毛姆曾描述过艾米莉郁郁寡欢，独往独来，唯一亲近的，是她的爱犬。但她发怒时，仍会对爱犬恶狠狠报以老拳，随后，又抱着它伤心抽泣。毛姆说，《呼啸山庄》正是她按理应该写的那类书。艾米莉生于偏僻之乡，小户人家，却以虚构成就了一部伟大之作，真是文学史上的奇观。莎士比亚之后，英国的大作品，似乎都没有大格局，生命与情欲、被缚与挣扎，都被压缩进了狭窄的视角中，大宅、山庄、城堡，更压抑，也更激烈。英国不出产谱写史诗的作家，譬如托尔斯泰、陀思妥耶夫斯基、福克纳、马尔克斯；它自然也是天才辈出的，然而是那种向内自掘的、自虐似的天才，譬如艾米莉，譬如伍尔芙。

伍尔芙博学多才，而又尖酸刻薄，但她也曾给予过《呼啸山庄》以慷慨的评价：艾米莉的雄心壮志可以在小说中看到，她通过人物之口说出的不仅仅是"我爱"或"我恨"，却是"我们，全人类"和"你们，永存的势力……"伍尔芙以为，《呼啸山庄》要远高于《简·爱》。也许，她是从艾米莉身上，体会到了对生命相似的体验？伍尔芙几乎没上过学堂，童年时，她自囚于父亲的书房，成年后，她自囚于自家的大宅。她是文字的囚徒，也用文字反抗既定的文字，用以建筑虚构的、心灵的世界。除了小说，她的演说稿《一间自己的房间》已成为女性主义的经典之作。我感觉，女性主义者都是彪悍的，当然，也是孤独的。伍尔芙的孤独更决绝，其激烈甚至超过艾米莉；每写出一部作品，她都会体验一回精神的崩溃。她不止一次寻短见。摄于2002年的电影《时时刻刻》重现了她写作

《达洛威夫人》时的情景，藏身深宅，敏感易怒，烟头纸屑扔满一地，时而顾盼自负，时而信心了无，在老实巴交的丈夫眼中，她是旷世才女，在仆人看来，她却不啻一个疯子！她投河自尽的那场戏让人唏嘘，她留给丈夫一张字条："最亲爱的，我肯定自己又要发疯了……"为了确保沉入河底，她在口袋里塞满了石头。这浑浊的河水也是时间的河流，她留下了永恒的作品和英格兰的魂灵，这魂灵至今还在文学中徘徊，马尔克斯就坦诚，是《达洛威夫人》中的一小段话，启发了他对时间的领悟，从而启动了《百年孤独》的世界。跟《蝴蝶梦》异曲同工的是，《时时刻刻》中饰演伍尔芙的演员不是英国人，而是澳大利亚明星尼科尔·基德曼，她因这部电影而获封奥斯卡影后。

被伍尔芙评价不及《呼啸山庄》的《简·爱》，作者夏洛蒂·勃朗特，正是艾米莉·勃朗特的姐姐。20世纪80年代，《简·爱》风靡一时，根据《简·爱》改编的1971年版的同名电影，更让许多女人落泪，片中简·爱对罗切斯特说的这段台词，女人们口口相传：

"你以为我穷、不好看就没有感情吗？我也会的。如果上帝赋予我财富和美貌，我一定要使你难以离开我，就像我现在难以离开你。上帝没有这样。我们的精神是同等的，就如同你跟我经过坟墓将同样站在上帝面前。"

然而，他们还是分开了，因为，在罗切斯特先生的大宅里，还住着一个疯女人，那是他原配的太太。只要这个疯女人存在，她就决不允许自己属于他，决不。一些钟爱《简·爱》

的女大学生，因此而成了后来的女性主义者。女性主义者的特点是，反抗顺从，反抗男权，要求男女绝对的平等。当然，似乎也可以允许另一种女权压倒男权的不平等。《简·爱》的结局是，大宅被疯女人烧毁了，疯狂的女人总是烧宅子，当然，她也就被烧死了。简·爱回到了已经双目失明、与爱犬为伴的罗切斯特身边，从此过上了幸福的生活。

但是，如果大宅没有烧掉呢？如果大宅烧掉了而疯女人没有烧死呢？简·爱和罗切斯特又将拥有怎样的结局呢？我曾就这个问题，请教过几位女性朋友，回答不一，最后说，该问夏洛蒂。夏洛蒂自然是无法回答了，但去探究一番她自己的婚姻，可能会让女性主义者大跌眼镜的。她是才华已得世人认可的女作家，却嫁给了一个平庸的乡村小牧师。这桩婚姻，她婚前拒绝，后来勉强接受，再后来，她顺从了他，简直是千依百顺，甘愿受他的统治和指示。在给朋友的信中，她写道，"一个女人变成一个妻子，是一件庄严、奇异而又冒险的事情。""上帝不能分开我俩，我们是多么幸福啊！"她享受着寻常主妇的安逸、快乐和阳光，她的心中没有古怪老宅的阴影，更不想把自己变成老宅里的疯女人。她不是所谓的女性主义者。可惜，她婚后一年多即因病去世。简·爱的台词今天还被人时时提起，而夏洛蒂对爱的选择，却几乎被人遗忘了。或者，是被误解了。

"何以有人想象出来，那些长眠者在如此安谧宁静的土地之中，却不得安谧宁静地沉睡。"这是《呼啸山庄》的结尾，也可以是任何一部英格兰倒叙故事的开始。

冬月城记

从大雪到立春

一

大雪日，成都从未有过雪。却也是让人期待的。

早晨拉了窗帘，看见一派白茫茫。楼下的树染白了，对面的楼群影影绰绰，晴天能看见的青城山，已经雾化了……是雾霾，铺天盖地。

取消了早饭后的散步。临了两张《石门颂》，安宁许多。顺手蘸了淡墨，在半张毛边纸上画了窗外飘浮的景致。再添了一条蹲伏的狗，还是用手机在云南小镇上随手拍下的。可怜的狗，把它从滚烫的阳光下，移植到了阴冷、寒湿的雾霾中。表情也从惬意、慵懒，换为相当的无奈。

书桌上搁了本硬壳的《唐诗百话》，足足 800 页，扉页上有发黄的云朵似的水迹，可能是屋漏的雨水，上边留着我的字："1991. 9. 29. 成古。"成古，就是春熙路上的成都古籍书店。现在早就搬迁了。书价是 6.55 元，当时颇不便宜，而且到手时就不是全新了。但店里就剩了这一本，还是买下了。这么多年，常放在顺手的地方，没事翻翻。它不是词典似的常识，而由若干随笔构成的，文人气、才子气很重，不是一般人能写得出来的。作者施蛰存，作家、诗人而翻译家、学者。但即便如此，也耗去8年，从72岁写到了80岁。七八十年的心得，七八个春秋的冷热，都在书里了。

书中也有些小错，譬如，他写杜甫安史之乱后，"便回到成都。"而杜甫不是成都人，他漂入成都，不是回归。写开元九年，"王维以状元及第。"而王维进士及第，但并非状元。写"汉朝的名将周勃，字亚夫，驻军在细柳营"。而亚夫其实是周勃的儿子，等等。

读到这些小错，我颇感慨。知识浩瀚，施老先生尚且不免出错，可以想见，我从前写的东西，不晓得错过了多少。

但换个角度看，这些小错，也使老先生的书，有了点手稿的趣味。颜真卿的《祭侄文稿》、苏东坡的《寒食帖》，就有一鼓作气书写带来的错漏和涂改。

我这本《唐诗百话》是首版。再版时，估计这些小错已被纠正了。

写书是养人的，尤其是玩味古典诗歌，施蛰存就活了98岁，不易而易。他经历许多乱世、凶年，蛰而存之，却也易而不易。

《唐诗百话》讲的最后一个诗人，是江淮名妓徐月英，录了她一首仅存两句的诗：

枕前泪共阶前雨，

隔个窗儿滴到明。

二

亚马逊送来我订购的一小纸箱书。送书的小伙子精瘦，开着火三轮，冷得打抖，却总带着笑意，等人时，不是给客户打手机，就是哼小曲，有种乐天知命的神情。知命而认命，对人、对事，心态就平衡了。他脸上没有一丝阴郁气。

这是12月我收到的首批书：吉川幸次郎《中国诗史》、青木正儿等《对中国的乡愁》、弗兰克《陀思妥耶夫斯基》、巴特利特《托尔斯泰大传》，以及画册《克利》。

几天来，我都在交叉读它们。《托尔斯泰大传》的封面，是老去的托尔斯泰站在雪地上，白髯飘飘，背后是雅斯那雅·波良纳庄园的森林，以及一只小爱犬：它带来了我们欠缺已久的茫茫大雪和执拗。

托翁和陀翁，是同时代人，但从未见面，就像福克纳和海明威。也像狮子和老虎，见面也不会有什么好结果。他们出身背景、贫富、地位，悬殊很大，但两人都经历了：早年丧亲。托翁2岁丧母、9岁丧父，陀翁15岁丧母、18岁丧父。父母生前，都以强烈到沉重的责任感，养育儿女。而父母身后，儿女都以亲情为纽带，彼此维系、互助一辈子。陀翁对亡兄的遗媚和子女所承担的义务，几乎压垮了这个贫困、敏感、癫痫不时发作的大师，以至于60岁写完《卡拉马佐夫兄弟》，就撒手歇息去了。

早年丧父的作家，略清理下，发现竟然还有一大堆：李劼人、巴金、鲁迅，川端康成、萨特、加缪、纳博科夫、杜拉斯……这似乎印证了海明威的话："一个作家最好的摇篮，是孤独的童年。"然而有趣的是，海明威的整个成长期，父母都健在。孤独是从内部浸入的。他母亲强势、蛮横，成年后他就远远地躲开了，在五洲四海做浪子。他父亲躲无可躲，他终于在48岁那年吞枪自杀了。

三

我的居住地，是成都远郊的一座小县城；再细说，是这座小县城郊外的一个居民区。距任教的大学，30多公里的距离。这学期，辞掉了所有的课，专心创作。常有朋友、学生问过我，你的日子是咋过的？

我写了这么一段话：

我的某一天（而非每一天）：七点起床。喝一杯白开水，窗边呆望两分钟。早饭后，喝茶，写字，临汉碑《石门颂》两张。开电脑，唤醒昨天搁置的小说，续写，就像织一根长长的、看不到完工之日的围巾。或者是画画，仿佛一个修葺寺庙的泥瓦工，日复一日地涂抹。下午两点，简单午饭。饭后，偶尔困倦会排山倒海般袭来，就蜷在沙发上睡会儿。醒来出门散步，跟街边卖菜的老太婆聊聊庄稼，收成，雨水，征地，搬迁。回屋拾起活路再做，写作，画画。重复、重复……跟电脑、字、色彩较量，也是跟神经较量，祈祷不要成为神经病。八点晚饭。饭后摸黑散步。回家阅读。永远不要相信这样的鬼话：作家、艺术家都是在酒吧中泡出来的，耍得越巴适，写得越漂亮。

那是秋天的事了。

入了冬，街边风飕飕地吹，卖菜的婆婆一个个少了。偶尔来一个，眨眼不见了，宛如麻雀，脚一点地，扑棱棱就飞了。

前些天学校有事，我回去了一趟。

中午在食堂吃了个一荤二素的套餐，3元3角。我不吃肉，那点荤，虽不忍，还是浪费了。饭后先去了弘文书店斜对的一条死巷子，其实只能算半条缝，里边挤了两个配钥匙的小摊摊，都是女师傅。其中一个我认得。十多年前，嘤鸣苑小面馆外边，有排破旧房子，她在那儿租了间铺面卖水果。有个女儿，活泼开朗，大概念小学二年级，最高兴的事，是拿了母亲给的两元钱，搭38路公交车进城，去西南书城，坐地上看半天课外书。后来，旧房子拆了，她似乎改了几次行，但依然在校园里做活路。我请她给我配一把车钥匙，备用的。随口问，你那个爱读书的女儿呢，咋样了？

她随口答，低声而低调：还在读……读研，西南财大。

四

大雪过后十多天，天气一直阴沉，雾霾持续不散，就像灰色的异兽，贴着楼壁，攀缘而上，拍着窗户要进来……很可怕。最低气温降到了 2℃，对于南方，意味着寒厉的日子早到了。

坐在家里读书、写作，简直就像泡在冷水中一样。好在，去年搬到郊县的新居后，安置了暖气。我把暖气设置到了 23℃。

但在屋里窝久了，感觉像一棵热带旱季的植物，蔫极了。

终于裹上羽绒服，出了门，下楼去小区里走走。

霾尘蒙蒙中，能看见道路、岗亭，黑衣保安，以及苍黑的树。这个 600 亩的小区，入住率还不到四分之一。周遭都是静，静如猫爪，挠在人心口，有怪怪的痒和痛。却居然看见有做奶奶、外婆的，推着婴儿车，在雾霾中闲闲散步。衔着奶嘴的娃娃，睁着滴溜溜的眼珠，笑眯眯，东张西望……这比雾霾还叫人难过。

踏过小桥，看见一棵石榴树。春天花开得盛，阳光天风吹过，宛如埃利蒂斯歌吟的"疯狂的石榴树"。入了秋，果实累累，把枝枝丫丫都吊弯了。落了叶，树就消瘦了，在依旧繁茂的常绿乔木中，被隐了进去。我平素散步走过，忘了打量她一眼。

这会儿，我走得很慢，看无所看，她就很清晰地出现在我视线里。枝条弯曲，铜丝一样缠绕、精瘦，没一片叶子，却依然挂满了果实：枯干、破裂，有的仅存半个空壳，但几乎一个不少。桥下冷洌的水中，还有石榴的倒影。很典型的倪云林的一幅画，萧疏、古淡，零度叙述，没感伤，没表情，也没有人。

然而，我在那儿。我也没有感伤。但想起了"文化大革命"中读过的一部小说，《风雪大别山》，内容模糊了，但记住了一个关于石榴的情节。一个叫药葫芦的人，当初落魄、讨口，饿晕倒在大财主的院门外。财主赏一口饭，活了他的命。他醒过来说，您老大富大贵、大仁大德，啥都好，就一样不好：膝下冷清，香火难续。

财主大惊，惊为异人。药葫芦正好点中死穴。自然，药葫芦就被留在了府中做事，一直做到了大管家。

事后，好多人问他，咋晓得财主的家务事？他笑道，我隔着院墙就看见一棵好大石榴树，结满了石榴，熟透了，咧嘴了，也没人去摘过。无须多猜，这家准没有小娃娃。

石榴是喻家族之多子多福的。而硕果满枝的石榴树，却反喻了气数的残延、悲秋。

五

北京龙泉寺明心阁附近的东配楼，一个清华美院毕业的女孩，27岁，参加蒙眼禅修，从十多米高处坠落身亡。这是12月13日的事情，大雪后的第七天，我从网易新闻读到的。

龙泉寺的出家人、居士、义工，颇有一些是来自名牌大学的学生，以至于还被戏称"北大清华分校"。把它跟少林寺相比，后者的烟火腾腾、财源广进，让人感觉荒诞，继而绝望。而龙泉寺的清静、高拔，对知识人的吸引，则让人看到了一点希望。宗教原本出诸心性，这希望却是从理性出发的，从知识看到文化，从文化看到教养，从教养看到修为……然而，事实也许并非如此。

用一块布蒙着自己眼睛时，就什么也看不到。站得越高，危险越近。知识越多，可能迷障越深。这个坠亡的细节，无论有多少种解释，然而，悲剧绝对是在迷障中发生的。

信则灵。它的后果可能是，信则迷。这个悲剧的关键词就是，蒙眼。

"中国人的可悲，在于没有信仰。"这是今天的一个普遍说法，似乎不证自明。这说法并不全对。

韩愈死谏，阻止迎佛骨入宫时，他一定是有信仰的。只不过，这信仰不是宗教信仰。他的信仰源自孔孟，是：仁、义。杀身成仁，舍生取义。

胡适、鲁迅那一代人，所著、所行，筚路蓝缕，一斧一凿，影响百年中国人至深。不能说他们没有信仰吧。然而，他们有宗教感，却没有宗教信仰。

唐德刚早年在给胡适做口述自传时，曾有一段有趣的对话。大致是，唐说，结婚无须去教堂，但新娘子想去，那就去吧。胡说，难道爱情比上帝重要？唐反问，难道爱情没有上帝重要？胡呵呵笑。

这是老辈人的幽默了。我认识一个青年，他初中迷上游戏后，度过一段很混的时光，父母为此相当焦虑。他母亲信佛，问他：新加坡有个富有的老婆婆，常拿大把的钱接济穷人，自己却到市场去捡不要钱的老叶、菜帮子。可她又不信佛。为什么？儿子眼盯屏幕，手不离鼠标，说，她不需要信佛。母亲问，为啥呢？他说，她就是佛。母亲略为诧异，转而想想，释然地松了半口气。

六

天持续冷着，没一点回暖的迹象。童年时候，听外婆叹息过，"穷人哦，夏天的日子最好过。"言下之意，冬天就难了。瘦人也难熬。我进大学的时候，身高 177 厘米，体重 100 斤。毕业时长了 1 厘米，增加了 20 斤。现在又降下去 10 斤。御寒，没脂肪，全靠防寒服硬撑。

硬了头皮，我还是出门，去了 10 公里外的幺镇。说是镇，从前只是个小乡场，如今乡镇合并，拆县建市，场，也都叫镇了。

这是周日的下午三点，去幺镇的公路，车多，灰尘大，尘雾弥漫，两边没庄稼，全做了苗圃，树倒是青的，苍青，铺了灰，沉默、沉闷。车程只有半小时，下了主路，几拐几拐，就到了。原生态得让人心凉：一条破街，被新劈的路，分割成几块，像被顽童切成几段的蚯蚓。一段是闹市，有KTV，乡村的时尚。几段是铺板老屋，店都开着，也都守着个妇人，临街打望，或对着电视发呆。还有几家小饭馆，锅都冷了，正在懒懒地打烊，把早晨卸下的铺板，再一块块拼上去。

这两年让么镇扬名的老茶馆，就在巷子尽头。隔条马路，是一条小河。

破烂的街巷中，停满了轿车、越野车。怀旧，成了一种病，须得找些贫穷、酸陋、肮脏来平抑。老茶馆中，暗黑、寒冷，墙上涂了些红色的"文化大革命"宣传画、大标语，好在暗黑，依稀也就是原汁的文物了。穿堂风飕飕地吹，居然还有约八成座的客，一半原住民中的老汉，一半是患怀旧病的城里人。还有拍婚纱照的，强光源时而照亮某个角落。茶客们见惯不惊，还有老汉摸出手机，乐呵呵拍照助兴。我这么怕冷，很不想坐，但还是点了十元一杯的茶，如我所料，淡而无味。老茶馆中央，照例是老虎灶，灶上顿着的，却是几把廉价的铝壶。铝壶中间，睡了只懒猫，白毛，因为脏，也可以说是花猫。几个城里人就拿了长镜头的单反，和不离手掌的手机，纷纷给猫拍照。猫，自然是爱理不理。边上坐了个孤单的老太，银发整齐，衣着苏气，看不出来路，淡漠地观看着，嘴角一丝笑意，若有若无。

喝了茶，去上厕所，角落上写着大字：不准大便！一个老汉提着裤子走出来。里边，必须踮着脚尖走……这所有的恶心，才是从"文化大革命"路边公厕直接传承的遗产，但可以有个悖论般的名字：非遗。

坐不住，去茶馆周边走了走。不怕冷的人，还是很多的，屋檐下，坐满了茶客在搓着冷手摆闲聊。桥头上，摆烟摊的老婆婆，裹着头巾，在寒风中闭目养神，颇为淡定。换个话说，也可能是生意比天还要冷，她都闲得睡着了。马路这边，却是一番热闹，有个小伙子在现煎现卖东坡饼。颇有几个骑电瓶车的人，在等着饼出炉。

小伙子发型一片瓦，说他是酒吧的歌手，也是很像的。他手上、嘴上都麻利，脸上挂着笑。问他为啥要叫东坡饼？他说不为啥，师傅传下来就叫这个。再问他跟师傅学艺多少年？他说，三天。问学费交了多少呢？他说不要钱，平日都在一起耍的，熟人嘛。我说第二天我带个人来跟你学，也不收学费吗？他说，还是要意思、意思吧，毕竟又没有啥交情。

他是外来户，来这儿摆摊只有个多月。每个饼三元钱。即便一天卖出两百个，纯利也还是挺薄的。考虑到他只学了三天的手艺，这结果，也还相符吧。

纪录片《寿司之神》里，85岁的小野二郎还在每天捏寿司，他的顾客，得提前一月甚至一年多预约；他的徒弟，学不满十年，则不得出师。神和人的差异，就是这么区分出来的。

七

把我的《刀子和刀子》拍摄为电影《十三棵泡桐》的那家影视公司，跟我联系上，说有意把《刀子和刀子》重拍一个版本。但上次双方签订的合同，授权期限三年，早已过了，须得到我的再次授权。

我心里暗估下时间，微微吃惊：已近十年了。

2006年，《十三棵泡桐》拍摄完成，同年在东京国际电影节上获奖。

十年，即便是十三泡桐丫，也够长成十三棵崔嵬的树子了。

"可惜流年，忧愁风雨，树犹如此。"

八

冬夜漫长，头一回玩集句。用毛笔抄写在软面笔记本的封皮上。牛皮纸，略涩，笔触像毛边纸，再硬扎些。

> 刘郎已恨蓬山远（李商隐）
>
> 此山不语望中原（龚自珍）
>
> 野船著岸偎春草（温庭筠）
>
> 一篇锦瑟解人难（元好问）

重点在"锦瑟"。斑斓的春色、沉默的离恨，都是锦瑟的背景和注释啊。

九

冬至出了太阳。天纯蓝，但雾并未全散。阳光穿雾而下，衰减了强度，稀薄了许多。百度显示，今天的空气质量，也仍是中度污染。

但看着窗外，心里还是欢喜的。

楼上有人家，可能是两家，在装修房子。电锯、电钻、切割机，揪心地嘶叫着。

我临着《张迁碑》，努力把这些声音过滤掉。近于自欺，然而，字毕竟是写出来了，两张，不比夜深人静时写得差。

过了正午，约莫就是午时三刻吧，我步行出了小区临河的3号门，向县城方向走。这是条大马路，正在分段地铁施工。轰隆的声响，宛如大炮，但不尖锐，容易被忽略。何况，天气是这么晴好。

临街的小馆子，都乘着阳光，把桌椅摆到了街沿上。行道树都还是苍绿的，只有落叶的银杏，提醒着时值严冬。然而，也正是银杏上残留的黄叶，在阳光下映射出灿灿光泽，宛如金箔，成了严冬里奢华的暖意。

约莫走了两站路，向右弯进一家菜市场。首先见到的，是几口大铝桶，盛满了浓浓的羊肉汤；大案板上，满坑满谷，都是煮熟的羊肉、羊杂。今天的生意，是相当可以期待的。然而，我要买的，是两条熬汤的小鲫鱼。

鱼摊前的走道，湿漉漉的，站着个高挑的女子，毛衣、短靴。突然，一条鲤鱼从池里跳了出来，嘭地落在走道上，有力地蹦跶着！

"鱼跑了。"我叫了一声，看着那女子。那女子笑了笑，朝里边看。里边，坐了个姆姆在端碗刨饭，紧贴着一只很像电风扇的烤火炉，动作不紧不慢，吃得很享受。我再喊了一遍："鱼跑了！"她不搭理，还吃着。"不是你的鱼嗦？"我忍不住问她。她就像没听见。碗很大，菜堆在米饭上，黑乎乎的，看不出是啥，她吃得这么香。

菜摊上有个妇人走过来，把鲤鱼捡起来，扔回池子里。我说，"是你的鱼嗦？鱼都不管了。"她说，"不是我的鱼。她的。"她看了眼吃饭的姆姆。"那她自己咋不管？""她在吃饭。"我还能说啥，有比吃饭还要紧的事么，没有。卖鱼为了挣钱，挣钱为了吃饭，这个道理，我居然像是才明白。

姆姆终于吃完饭，很淡定地收了碗，关了烤火炉，起身踱向鱼池。她穿了件深蓝大褂，矮壮、粗糙，五官模糊，神态中，却挟了一股自负、睥睨气。

高挑女子要买两斤泥鳅。姆姆说："可以的。但我只卖，不管杀。"

那女子犹豫下，改买三斤黔鱼。

我又没忍住，问姆姆："你是不杀生的吧？"

姆姆捞起黔鱼，背过身，操起棒槌，猛击鱼头，敲碎天灵盖，扔进盘子，过秤。随口回答："我不杀生？我做啥子生意。"唱、做、念、打，一气呵成。我有点目瞪口呆。

"那你咋不杀泥鳅？"

"我就是不杀泥鳅——滑腻腻的。"

我还想说啥，嘭的一声！又一条鲤鱼跳了出来。姆姆照例不管，等它蹦跶。等卖过了黔鱼，又卖过了鲫鱼，才弯腰揪住鲤鱼的鱼鳍，像弹泥丸一样，把它弹回了水池子。

十

好天气持续了三天。

午后，我驱车从这座城市的西边，沿绕城高速，往东而去……太阳高悬，车窗灰扑扑的。我用雨刮器喷了又喷，没用。这才明白，不是车窗脏了，是空气脏了，灰尘悬浮在大气中，像亿万又亿万的黑蝌蚪，在自由浮游。

约十余年前，我在龙泉山下的小镇上，买了套一室一厅的小屋。60多平方米，顶楼，带一个8平方米的露台，一抬头，就看见翠绿的山峰。我很喜欢。那时候，我正值人生的低迷期，内外交困，充满焦虑和挣扎。常常半夜被急促的电话铃声惊醒，满头大汗，赶紧伸手去抓话筒——而电话其实并没有响。那真是些让人忧郁、无助的日子。

我买下那间小屋，期望能把自己隐藏起来，静静地度过后半辈子。那个小镇，距离市区好几十多公里，刚兴建不久，有种新鲜的活力，让下沉的人，能舒展一点心情。

终于，那些不好熬的日子，我熬了过去。回头去想，也还不全是苦涩，可能就像高度数的老酒，强烈到让人头痛、晕眩……但能够留下绵长的回味。这个味，即所谓的人生况味吧。

那间小屋的钥匙，我拿到了十余年，从来没去住过。它成了一个记忆。似乎是为了淡忘这个记忆，我很少去看望它。甚至，不愿费周折去打理出租或出售。每隔两三年，我去那儿一次交足物管费。它始终是间没装修的空屋。

老捷达穿过老县城，我放慢车速，打量着街景。我头一回来这儿，是6岁的盛夏，城外的一个水库边，那时是市委机关的干校，父亲在伙食团做大厨。我随他在干校住过几天，也在水库中泡过澡。老县城的前身，是清代的一个驿站，过了这个驿站，就是通向川东丘陵的漫长石板路。"文化大革命"中，老县城只有半条街，最繁华的所在，是一家灰不溜秋的电影院。院外的台阶、空地上，打扮入时的青年男女在那儿打堆，打情骂俏，或者发呆。

如今是真繁华了。楼群巍巍，地铁从省城的中心直抵老县城，繁华得像任何一座大城市的局部，而且GDP已成为全省最高的县区之一。出了老县城，再走10公里，就到了我要去的小镇。

小镇贴近山麓，迎面一条大马路，车子疾驰而过，卷起一阵冷风和烟尘。十年前的蓬勃，还没有生长出来，似乎就蔫了。这景象，宛如被过早掏空的矿山。大路、小路的两边，站立着很多的楼房，就像呆呆的人，是人，但是没人气。我买屋的小区，低贱的植物，倒是长得旺盛，但没有姿态，没有样子，依然是荒凉。到处停着电摩，晚上拉出去摆摊的三轮车。

物管办公室，两个女士、一个师傅，态度蛮好，冷清清坐着。我交了两年的物管费，却告诉我，还欠100多元的水费。我说屋子没装修，水龙头也没有，咋会有水费？答：可能是水表有问题。我只好说，麻烦替我把水表、电表都关了吧。

我到自己的小屋看了看。十多年前，我认真考虑过，我的床放哪儿，书柜、书桌又放哪儿……甚至，多次看见我自己坐在那儿喝粥、抽烟、写作的样子。这一回，我看见的只有灰尘。我给物管女士留了一把钥匙，请她合适的时候，替我把小屋卖了。

自然，我也晓得如今楼市低迷，一如我十余年前低迷的心情。恐怕连个问的买家也没有。

把车开出小区时，保安却要收我3元的停车费。我说，我是业主来交物管费，而且交了两年。你凭啥还要收我的钱？他不生气，很耐心地讲道理：都要收，反正要收，进来的车子，我们都是要收费的。住在里边的业主，不住在里边的业主，车子进去了，不管做啥子，总之，那就要收费的。不收费，是不行的。

我叹口气，去掏钱包。他却也叹了口气，一挥手，说：算了。居然就放我出去了。

十一

12月26日，地铁四号线一期通了，从终点站到我居住的小区，只剩下了3公里。79岁的老母，当天就坐地铁来了我家。她的评价是：很快。言简意赅，颇像当年邓小平评价日本新干线：很快。从前，我周末开车进城看望她，遇上堵车，要走两个多小时。换算成高速公路，起码已经跑了200公里了。倘若在欧洲，则可能穿越几个小国了。

过了些天，我自己也去坐了回四号线。先乘公交车，然后转地铁，在草堂北路钻出来，我完全迷路了。这个靠近杜甫草堂的地方，我小学起就常来，军训、野炊、喝茶、吃饭……不下几十百把回。而在楼群的簇拥下，我却找不到附近的送仙桥古玩城。

天阴沉而寒冷。

我拿出手机，用导航，却越走越迷糊。问了个路边的老大爷，他用外地乡音回答我："我也波晓得。"我摇头苦笑，摸索着走。走了很久。马路边的银杏树，黄叶稀落落的，一阵风刮过，吹到地面，再被呼啸的车轮子卷起来，扬到半空中……看起来，是荒凉的。

送仙桥古玩城，终于还是走到了。它其实常出现在我小说中，换了个名字，叫望夫桥。多了点忧伤，也多了点期盼，送走了，也许还能把这个人盼回来。

我拿出三幅画交给装裱铺，随后拐进省医院窄窄的后门。院内很宽敞，有银杏、河渠，还有石桥，不止一座，很像是公园。好多人在进出，提着什么，捂住什么，表情麻木而忧戚，这是很不像公园的。

出了医院大门，我钻进地铁二号线，直达春熙路。

读 · 勃 · 朗 · 特 · 姐 · 妹

老宅里的英格兰

"何以有人想象出来，那些长眠者在如此安谧
宁静的土地之中，却不得安谧宁静地沉睡。"
这是《呼啸山庄》的结尾，也可以是任何一部
英格兰倒叙故事的开始。

春熙路，是这座城市的时尚脉搏之所在。挤满了巍巍广告牌，门窗亮堂的店铺。然而，还是荒凉。冷风飕飕，雾霾飘浮，人们缩头而走。远远地，望见广场中央，有个老人坐在椅子上，淡定、超然，完全无视这个难熬的冬天。我先是诧异，继而心头一热，好像终于看见了一个老熟人。这是孙中山坐像。

坐像落成于1945年，身后伫立着两棵高大的银杏树，还有一畦小花圃环绕。花圃出售盆栽的花木；紧邻，就是古籍书店，是我买书、不买书，总爱溜达、盘桓的铺子。每回抱了书，走过坐像，一抬头，离得近，感觉是挺巍然的。

花圃、书铺，早被铲得干干净净了，银杏树连片树叶也不见了，只剩下了孙中山坐像，坐在新建的中山广场中，空落落，变小了，小得如一个普通的老年人，似乎是多了亲民感。

我想走到近处看看他。然而，他身边唯有空旷。我连走近的理由也找不到了。

十二

12月31日，雾霾铺天盖地。上午驾老捷达出门，去东郊取父亲的骨灰盒。他于2月份病逝后，骨灰暂时存放在殡仪馆。秋天，我们在长松寺选购了墓地，等留学美国的外甥假期回来时，一起送别、安葬。

我先沿入城方向行驶，上了三环，再折而向东。雾霾中的三环，已成了漫长的停车场，车都开了雾灯、大灯。密密麻麻的红色尾灯，渐隐渐显，有如诡谲之眼。轮子一米米挪动，快中午挪到琉璃立交桥。导航可能出了问题，在两座立交桥之间，引我不停地兜圈子。我问了路边一个守车的师傅，他说，不晓得啥子殡仪馆哦。见鬼了。我晓得殡仪馆就在附近，但去那儿的路，跟盘陀路一样的怪异。这是我头一回单独去。后来我果断摆脱导航，一个大转弯：警察站在了我的车头前。他说我违规了，罚 100 元、扣 3 分。

警察的表情，有点幸灾乐祸。我按捺焦躁，心中说，没啥，平安就好。随后，我在导航上重新设置了地址。这一回，穿过一座丑陋的小场镇，几条弯弯拐拐的冷清乡间马路，终于到了目的地。这该是午饭时间了，空落的殡仪馆，空旷的大坝，几辆小车，几个值班的保安、清洁工，木木而立，有种听天由命的凄凉。

我取到骨灰盒，拿出备好的钢卷尺，量了它的尺寸，最长是 335mm，比规定安葬的标准超了 15mm。又找出长松寺的电话，咨询了一番。那边态度很好，回答说可以，在 350mm 以内，都行。于是又松了口气。

把包了红绸的骨灰盒小心放到后座，再给它系上安全带，心里对父亲说：就快到家了。

回家时，虽然雾霾、堵车，但开得不急不躁。偶尔从后视镜瞟一眼后座，骨灰盒十分平稳。

到家已快两点。把骨灰盒放到书房的窗台上，并将正面朝向外边：雾霾逐渐散去，视线转好，正可以观赏窗外的景致：蜿蜒而来的江安河，河两岸的林荫道，刚竣工和在建的电梯公寓楼。

青城山，则隐在蒙蒙天幕后，今天、今冬，都看不到了。

十三

元旦，母亲坐地铁到我家。午饭后，天空没一丝蓝意，但阳光还好，我们就驾车去青城山脚下闲逛。50多公里大马路，从前一路上都能看见黛青山影，山凹处白云飘浮。今天母亲一路都在念叨，"咋个还看不见山呢，还看不见哦……"终于看见时，已到山脚：不像青城，是拔地而起的黄城！空气的混浊，吓人一跳。

外山有座小镇，名字很有古意：街子。

街子镇尾，有错落、绵延的农家小院。银杏树枯叶落尽，秃枝骨感，耸过屋檐，宛如一帧帧版画。顺道拍开一家，踱进门看了看。主人是岭南一所美院的退休教授，两年前在这儿卜居，和夫人留下，不走了。院内、屋里，布置简单，但很温馨。随便捡来的一个瓦罐，上了土，种棵花苗，看着也是舒服的。他们对镇上的茶馆、饭馆，山上的寺庙、道观，都熟得很了。说前两天还有某禅院当家的和尚来访，坐院中吹笛子，很悠扬婉转的。

那太太过五十了，穿轻便皮鞋，说话轻，动作也轻。从前做过外企员工。

院门外停着一辆精悍小巧的黑色吉姆尼，是这夫妇俩周游山里、山外的工具。

退了休，移居到一块遥远的角落，是熟悉的文化，却是陌生的风物，仿佛一个初民，放眼看去，天地如此之新，许多东西等待自己去命名……多么像《百年孤独》的起始。

十四

3日上午，安葬父亲的骨灰。长松寺公墓距城区30多公里，从前是有寺的，源头可追溯到唐末，现在连半块砖瓦也见不到。估计也只是传说了。地理风水是好的，墓地在几座小山上绵延，墓碑连着墓碑，看不到尽头。

这儿，把安葬叫作"入住"。负责安葬的师傅说，这儿住了10万人。

公墓又划分为许多园区，父亲的墓址，位于坡顶的山竹园。可以俯瞰一条公路、两条隧道，还有若干向前展开的山谷。倘若天气好，能见度能到百里之外。

今天没太阳，空气清冷，但不清新。美国回来的外甥，坐车过来的路上，还戴了严防雾霾的口罩。

墓园的桃花已经盛开了，粉红的，还有亮绿的嫩叶，让人看了，心头也是一亮。

但我心疑，走过去摸一摸，是塑料、人工绸缎的。

骨灰盒安放后，我们献上了两束鲜花。鞭炮、蜡烛、纸钱……都免了。墓碑上，连照片也没有贴。母亲说，贴照片做啥呢？拿给人家看啊。

十五

今天小寒，进入三九。"三九四九，冻死猪狗"。

但，雾霾不散，气温抬升，手机显示：11℃～6℃；空气质量181，中度污染。

小区里，一早就有人戴了口罩，牵了狗在闲闲散步。这气温，要冻死苍蝇都难。

昨天我去伊藤洋华堂，想买一个花鲢头做酸菜鱼。天是阴沉沉的，商场内却人山人海，连停车场都拥堵了起来，感觉是逛大庙会：两周年店庆，商品打折大酬宾。结果花鲢头也没买到。

午睡一会儿，我下楼去走走。物管在砍芭蕉。芭蕉成了丛林，巍巍然，半枯半绿，倒下去，虽不剧烈，也是轰轰一串响动。

我小时候也种过芭蕉的，在窗下健硕地拔过屋檐，浓荫刚好挡住西晒。冬天，叶全枯了，枯而焦黄，还卷了起来，仿佛一捏即碎。可见，那时的确是冷多了。我也要砍芭蕉，用菜刀从腰身上砍，砍了之后，断面上一派水淋淋，还有清新气味。等我把枯叶收拾干净，再去瞟上一眼，断面的中央，已冒出了两三寸芭蕉芯，宛如新芽，娇嫩得让人心颤。整个少年时期，花开花落也没让我印象如此强烈。

出了小区，沿江安河走去。

河水少多了，也清冽多了，但水在桥下冲刷的声音，仍十分有力。它源出都江堰，再上溯即是青藏高原，落差大，看似小河，却挟着相当的气势。桥上，行人稀少。三个卖盆花的青年蹲在地上斗地主。有个卖甘蔗的，把甘蔗蓬起来，贴了张标语：每根五元！每根大约两米多长，根根都比我高。还有卖柑橘、柚子的，是两口子，堆在一台微型货车上。还带了煤气罐、炉子、锅儿，到点了，就在桥上开火煮饭。下午 3 点多，一个顾客也没有。桥头，有个腿残的少年摆了个修鞋、擦鞋的摊子，埋头专心刷屏。

路边还搁有一只只塑料口袋，装满了很大的带泥土的土豆。我想问下价钱，可怕问了又不想买，让人家失望。忍忍，走开了。

桥那边有片空地，好几十亩，用红砖围了起来。是开发商买了预备建楼的，可楼市低迷，几年了，还荒着。附近的居民就扛了锄头，把围墙挖了缺口，进去开荒种菜。荒地被划出百把块菜畦，各不相扰。有的用篱笆围了一圈为界；有的则以无界为有界，很庄子，无所谓。我上次散步进菜畦里走走，看见种菜的人，大多是年过半百的男女，不年轻，也还不见老，人呢，不像城里人，可也不是乡下人。问他们是拆迁的农民吗，他们摇头，断然说，不是农民，是居民。种菜取水，就在这条河里。我见过一个颤悠悠男子，斜身把桶伸进湍急的河水，几乎被河水连桶带人给拖走了。

他登上堤岸后，我说："好危险。"他说："不算。"

今天，菜地里不见一个人影。只有一堆点燃的秸秆在冒出一炷浓烟。雾霾天放火，不是缺德，就是愚昧。大概是缺德，他放火心虚，溜了。

我在菜畦之间走了走。园子很大，菜品却很单调，多是胡豆、萝卜。还有老了的红油菜。豌豆苗也老了，像是藤条。都很萎靡的样子，没啥生气，任主人宰割；不宰割，也就那么活着。

我刚跨出菜园，看见一个穿红绒衣的老头，轩昂而大步地走来。终于有人来料理那些菜了。

然而不然。他走到墙根下，解了裤带，就撒起尿来。他这泡尿，撒了很久，想必憋了很久，嘴里发出呼呼的声音，想必十分畅快。几步外的雾霾中、街沿上，他老婆在等他：端着手机，淡定地刷屏。

十六

亚马逊又送来了我订购的图书。其中一本是英国人丁乐梅撰写的《徒步穿越中国》，记录他1909—1910年在中国的旅程。译序中说，他坚持不骑马、不坐轿，甚至勇敢前往瘴气弥漫的萨尔温江江畔。

看到"无畏瘴气弥漫"，我就笑了。今天写一个勇敢的驴友，应该换成"顶着雾霾弥漫"，才能壮其胆略。

十七

收到《中国作家》寄来的 2015 年第 12 期样刊，头条发了我的短篇小说《鹤》。对编辑心怀感激，也颇高兴。还收到《作家》，这是例行每期寄赠的刊物，距我上次在它上边发表长篇《所有的乡愁》，已经八年了。这也是应该谢谢和高兴的。

两只信封都是结实的牛皮纸，但在很长的邮途中，经过跌打，都有些破损、污迹了。

我把它们并在一块儿，画了鲁迅和周作人，命名为"兄弟"。去年以来，我画了一系列作家肖像，这次是用材最简陋、笔法最粗疏，却似乎是最有意味的一幅。

这一百年文坛，兄弟二人同时成为影响时代之巨擘者，只有周氏兄弟。

三千年中，可能也找不出这样的兄弟文豪吧。苏轼、苏辙兄弟也不能比。苏辙的学问是好的，以才气、见识论，就比乃兄逊远了。

我老家阆中，出过两对兄弟状元，唐代的尹枢、尹极，宋代的陈尧叟、陈尧咨，可谓佳话。考虑到阆中是偏远、穷困之乡，是佳话，也还算奇葩。今天去阆中旅游的人，远远就能看见一座状元坊，巍巍然，很让人称叹。

然而，要说出这两对状元兄弟，有何著述遗泽后世，这就基本谈不上了。

状元，跟文豪是两码事。中国历史上，大概出过五百多位状元，称得上文豪的，也就杨升庵一人。翻开《三国演义》，开篇那首"滚滚长江东逝水、浪花淘尽英雄"就出自他笔下。这是另一个话题了，打住。

同时代的两位大师，大到一国之中、小到一家之内，情谊终生的，没有。老死不相往来的，倒是很多。托尔斯泰和陀思妥耶夫斯基、福克纳和海明威，就终生不见面。乔伊斯和普鲁斯特见过一面，也只是冷淡地讨论了几句各自喜欢吃的甜食，以及各自的病情。文豪，总是伴随些慢性病，譬如肺炎、结核、哮喘之类的。而他们暗地里阅读对方的作品，比试着、防卫着、忌妒着，对外说到对方，则总是模棱两可，或冷冷嘲讽，或明褒实贬。加缪和萨特从战友到决裂，则充满了论战，终结于死亡。

李白和杜甫是一对例外。虽然诗仙李白，和同龄而同享盛名的诗禅王维，素无往来，却跟杜甫结伴旅行，成为一生知己。不过，这"知己"也有个前提，是杜甫知他，而他不知杜甫。杜甫视他为大哥、大师，而他视杜甫为小兄弟和仰慕者。

杜甫眼中的李白，是天才：白也诗无敌，飘然思不群。李白一度身败名裂、穷途末路时，杜甫梦中也向他伸出援助之手：世人皆欲杀，吾意独怜才。

李白留给杜甫的诗，则以这首充满调侃、真伪莫辨的七绝最为有名：

饭颗山头逢杜甫，头戴笠子日亭午。

借问别来太瘦生，总为从前作诗苦。

诗可能是假的，情绪却是真的，正是在这种情绪中，筑牢了两人相处的基础：一个是理所当然的谪仙、大师，一个是心甘情愿的小弟、铁粉。千古佳话的前提，就是承认这种不平等。

李白、杜甫，情同拜把兄弟。鲁迅、周作人，则是同胞兄弟。

1923年7月19日，周作人向鲁迅面交了绝交书。两兄弟，从此形同路人。

绝交的真实原因，就像雾霾一样难解。所有研究者考据出的结论，也都是揣测。近年的研究，似乎都指向了一个女人，周作人的日妻羽太信子。

但，即便没有羽太信子，这对兄弟的分手，也是迟早的事。

周家在祖父入狱、父亲病故、家道衰落后，长兄如树、幼弟如苗，朝着相同的方向，一直在生长。树庇护了、但也遮蔽了苗：他们起初都是传统的叛徒，新文化的战士，但在弟的心中，还隐隐生长着一个隐士。当这个隐士足够成为一棵独立的树时，他定会站到另一边去。

和外界的一般印象相反，鲁迅并非一贯冷峭，周作人也并非总是温良。鲁迅对萧军萧红等青年的扶助，温暖动人。周作人将学生沈启无破门逐出，则显示了他的决不饶恕。拜把兄弟，这大哥认了就是认了；同胞兄弟，要不认，那就坚决不认。鲁迅不是李白，而周作人也决不想做杜甫。

周氏兄弟分手之后，各自的人生，更为充分地展开，鲁迅更为鲁迅，周作人也更周作人。

只是，情谊一旦存在过，割断了，也难以忘得像一张白纸。1925 年，周作人发表了短文《伤逝》，隐晦地缅怀了兄弟之情。很快，鲁迅写出了爱情小说《伤逝》。二者同名，应非偶然。

多年后，周作人解读鲁迅的小说《伤逝》，不是普通恋爱小说，乃是假借了男女的死亡来哀悼兄弟恩情的断绝的。他说，"我也痛惜这种断绝，可是有什么办法呢，人总只有人的力量。"

此时，鲁迅已长眠地下二十多年了。

十八

写打油诗一首，戏和周作人五十自寿诗。

> 非是儒家非道家，乱穿 T 恤亦袈裟。
>
> 端碗吃饭饱空腹，挥杖打草为惊蛇。
>
> 拾得温江土陶罐，学种寒山小芝麻。
>
> 雾霾咳嗽平常事，多喝陈皮苦丁茶。

（周作人原诗：半是儒家半释家，光头更不着袈裟。中年意趣窗前草，外道生涯洞里蛇。徒羡低头咬大蒜，未妨拍桌拾芝麻。谈狐说鬼寻常事，只欠工夫吃讲茶。）

十九

雾霾持续十多天后，终于吹风、下雨。气温是降了，但空气好了些。我就冒了寒冷，搭乘地铁四号线进了城。

上午10点多，车厢空荡荡。新线路，有淡淡的新鲜金属味和塑料味。省医院站，上来三口之家，约四十岁的夫妻，一个明显智障的男孩。男孩冲着一个姑娘叫：姐姐！姑娘略惊，但回了个微笑。他又冲我呵呵笑，但没叫，可能是吃不准该叫叔叔还是爷爷。我也回了微笑。

男孩紧挨母亲坐。母子手握手，轻轻抚摸。父亲坐在对面。三人都很面善，穿得暖暖和和，厚实的保暖鞋，新崭崭的。母亲说丈夫，你那双还可以，但没有儿子的巴适，他的才25元，你的还要了30元。丈夫一笑。母亲又拍儿子的腿，摸摸他的牛仔裤，说，你还不信嘛，都穿二尺八了，硬是点都不嫌长，好肯长哦。丈夫又一笑，儿子也一笑。母亲又说，还是坐地铁舒服，热和，又干净。到了万年场，再转公交，我们就回龙潭寺了……好安逸哦。说着，拍儿子的脸。儿子呵呵地笑。

一家人，就像不是来看病的，也不像儿子有智障，就是进城耍了一趟，走了回亲戚。龙潭寺从前是农村，后来圈进了城区，他们可能是龙潭寺的农民，征了地，补偿了钱，搬迁了安置房，不富裕，但吃穿是不缺的。而他们呢，应该是把病和命都认了的那种人，自然而怡然地活着。

他们回家吃饭的情景，大约就像凡·高素描《吃土豆的人》。有人看见穷窘，我看见了暖意：没有苦相，不是苦熬。

我从市中心的太升南路站钻出来。这是卖手机的一条街，有几年没来过了。从前人山人海，街沿上到处是搭了戏台子卖吼货、演广告歌舞的，让人头晕、想吐。这会儿在飘冬雨，地上湿腻腻的，冷清了许多。我却有点找不到方向了。在一爿阴黢黢的小铺买了根三星充电线，15元，顺便问了红星路咋走。老板指了方向，又搓手、跺脚，叹气道：好冷、好冷。

红星路背后有条小街，在挖沟修路，烂渍渍的。但街边有家餐厅还挺明亮、暖和。中茂兄请我在里边吃了午饭。我们步行去大慈寺看川剧摄影展。20世纪90年代，我们常在寺里喝茶，吃饭。那时，"文化大革命"中被撵走的和尚还没有归来，庙产属于博物馆，几进几出的院落里，摆满了竹椅、茶桌，整日人声鼎沸，茶客不仅喝茶，还抽烟，喝酒……谈千万大生意的骗子、为文学憔悴的才子，比邻而坐。龙门阵摆累了，把脚搁在对方的椅子上，仰头而睡，黏口水拖到地上。

挖耳屎的，卖炒货的，卖报的，卖花的……还有牛仔裤紧绷绷的美女，穿梭而过。钟磬肃穆、梵音袅袅？简直开玩笑。

热腾腾的，都是饮食男女、酒、色、财、气。

2012 年冬，我写过一首诗，就叫《大慈寺》：

还记得那年的大慈寺，秋天

黄桷树枝丫低垂，垂上茶桌

茶桌，一张张

从大雄宝殿摆到了藏经楼

叶子金黄

宛如和尚的袈裟

和尚尚未归来，那一年

我们在寺院中喝茶

喝白酒，吃肝腰合炒，啃卤鹅翅，嚼豆腐干

身如一张软弓

放在椅子上

懒得说话

说也听不见

几百张嘴在摆闲聊

几百双手在搓麻将

鸟笼里的黄鹂在瞌睡

风那么温和

写三吏三别的杜甫回了成都

也会趁阳光打一个长长的盹吧

挖耳屎的男人踱过来

镊子闪亮，一张一合

敲出叮叮的金属音

他说让我看看你的耳朵嘛

无人睬他

他说还可以看看你的手相呢

无人睬他

我们在看一个女人的背影，专注

就像急诊大夫

看危险的病人

长发，软腰肢

牛仔裤裹紧翘翘的屁股

一双红拖鞋，左边扭、右边扭

瓜子壳随口飞出来

落在我对面

诗人的茶碗里

诗人说，一个骚货

作家笑眯眯，只怕骚得还不够

女作家撇了撇嘴巴

我说好一个美人儿啊

且等她转过身子来

……

她终于转了过来

时间的脸

你还能不能看？

这是一张冬天的黄桷叶

这是十八年前的故事了

今天，离那首诗也已过去了三年。和尚们早已回到大慈寺。冬天和冷雨也回来了。中茂兄和我踩着湿而坚硬的地面，在寺中信步。有一拨和尚、居士穿了法衣，在低声慢唱……周遭清静，光线昏暗，落尽叶子的银杏树，枝丫光秃，宛如黑白木刻。飞檐之上，是巍巍写字楼、大酒店；红墙紧邻，是新开发的繁华商圈太古里。太古里，名字似乎有点恶搞，想想，倒也是反讽而贴切。

茶馆，茶客寥寥。有个中年茶客在呆坐，中茂兄看他眼熟，刚打个招呼，就发现认错了，赶紧道歉。那茶客的脸上，兴奋也是一闪而过，落寞道，没啥没啥。另有两个中年茶客，操着地道的成都话，在日妈捣娘地骂一个不在场的人，间隙中，还接了个电话，并捂住手机，接着把那句话骂完。

转弯过去的厅堂中，有个老人在独自吃一碗饭、一碗菜。

很多空的竹椅子，被层层堆起，沿天井码了大半圈。天井中央，是拼装的大玻璃，也不晓得是为啥。玻璃倒映着雨天、楼宇，两只肥斑鸠在玻璃上小心地踱步。

叶青的"川西川剧摄影作品展"，就挂在茶馆里外的墙上。是跟拍的几个草台班子，相当有意思，想起了"文化大革命"前谢晋的一个电影《舞台姐妹》。照片中的季节，也大多是冬天，跟眼前的冷风冷雨很呼应，从皮肤冷到骨头，就像舞台上的苍凉，晕染到了总在漂泊的江湖。

二十

重新细读周克希译《追寻逝去的时光》，又有新的体会和感慨。莫洛亚称它是古今最伟大的一部小说，纪德说它具有无所不备的一切优点。还有许多人惋惜，诺贝尔文学奖错失了它。但我以为，即便普鲁斯特活到今天，评委会依然不会把诺奖颁发给他的。理由应该是，书中没有政治。

今年要读或重读的书，还有穆齐尔的《没有个性的人》、托马斯·曼的《魔山》、乔伊斯的《尤利西斯》。它们是 20 世纪，各自语言中最伟大之作，风格各异，但都书卷气十足。

我不是想以它们来抵御什么；我是想以它们来唤醒什么：一部可能沉睡的、卷帙浩繁的长篇。

二十一

省图新馆的开放，和地铁四号线开通于同日，半个多月了。馆中有个古籍版本展，我很有兴趣看看。搭乘地铁，在宽窄巷子钻出来，步行穿过两条小街。花花阳光落到地上，薄薄的，不着暖意，但眼睛还是亮了些。中途在小面馆吃了碗煎蛋面，颇不可口，聊作糊口。出了小街，就是大马路，急吼吼的。省图立在大马路和广场交接处，有庞大的体积感和封闭性。古籍展自然更添了些神秘。

馆中人多，又是午休，有点像庙会。

古籍展在下一层，倒是挺清静。但宋版书已经撤柜了。明清的书，我隔着玻璃瞄半天，既不能以手摩挲，看着也就是印刷品，内容也不算有趣，很快也就麻木了。好在，有部《四明延庆天台讲寺志》，天启刻本，有大半页李一氓的题跋。李是20世纪的人，题跋写在上边，似乎有点破坏文物，但他的手书，到底带来了个人的气息，何况，他的字也颇不俗。他是党内高官中，难得的学者、收藏家，成都彭州人，写这段题跋时值1982年元旦，盖了"一氓八十"印，朱红白文。他逝于1990年，享年87岁。

展厅里边，用带子略略围出一圈，工作人员在做活路，不紧不慢。领头的，是个约50多岁的女士，瘦而干练。一个男师傅，在修补一份捐赠的族谱，上边有许多裂口和虫眼。我站着看了许久，也请教了些问题，都得到师傅耐心的回答，明白了对竹纸、糨糊的细微处理。这是很值得记住的。

出了省图，向右拐两个弯，就进了西华门街。它位于明藩王府和清贡院西侧，可谓是全城的腹心地带。我童年常从这儿走过，记忆中却相当冷僻，有点灯下黑的意思。再走过去，是五福街、平安桥。平安桥有座很大的天主教堂，典型的中式庭院风格，我小时候进去玩，看见巍巍的楠木廊柱，空荡荡的礼拜室，还有遍布的苔痕。神父、教民？影子都没有。它的一部分做了街道生产组，机器声聒噪得人头痛。还有一部分做了市委行政处的仓库。

如今，教堂自然整饬一新。里边正在做礼拜，门口贴了告示：拒绝手机、拍照、摄像。还有一行字："圣母无染原罪堂"这是本名，我今天看了才晓得。读来拗口，其中深意，非我所知。

堂门正对，就是房地产交易中心，人头攒动，红尘滚滚。近年房地产低迷，炒房者的表情也都很迷惘。

堂后，就是五福街，也是我童年每天放学路过之处。虽说是街，也就小巷而已。1989年起，有个叫王廷安的老头子，在23号临街的家中，开了个展览馆。当时我在老晚报做文化记者，他来报社讲述办馆意愿，还是我指点他去何处申报。

展览馆场地窄小，主要堆放"文革"毛主席像章。除了展示部分，成千上万桶装盆盛，储存于暗处。它们大多工艺粗陋，年岁长了，脏兮兮的，形同废品破烂。馆主老王，每天就坐在这些破烂中间，看街、打望，一年年衰朽。偶有游人，他就叙述对毛主席的深情和怀念。语句冗长，也不很清楚，但末了你还是能听明白一点：请给点赞助费。

我的学生小王，曾给王廷安拍过一部纪录片《万岁零一天》，相当有意味。做后期的时候，王廷安去世了。这部片子，就把王廷安留在了永恒中。

今天的五福街，像藏着的一条深谷，还保留着些慢悠悠和颓败，这是怀旧者常念叨的老成都。我特意看了看王廷安的故居，却一点陈迹也不见了，就像从未有他存在过。

不过，沿着五福街，我还是能回溯到童年的情景，仿佛再向前走几步，就能抵达贡米巷、长庚胡同、藩王府、西御河，看见王小路、金小良、冯哥……我用小说把他们留下来，存活于"贡米巷 27 号"的系列小说中。那是 1966－1976 年的故事。

这个系列，我已经写出了《贡米巷 27 号的回忆》《桐花》《鹤》《岁杪》四个中短篇，6 万多字，分别发表于《十月》《中国作家》《山花》。

有朋友读了小说，说，都是地道的老成都风物啊，咋不写明这就是成都呢？我笑笑。小说中，成都被"本城"代替了；而"贡米巷"的原型应该是羊市巷。我这么做，是为自己赢得自由的空间，不必在非虚构的绊绳中踮着脚尖子走路，逡巡、犯难。普鲁斯特在《追寻逝去的时光》中，即以故乡伊利埃为原型虚构了不朽的贡布雷。1971 年，为纪念普鲁斯特 100 周年诞辰，伊利埃改名为"伊利埃—贡布雷"。虚构的图像中，重要的是真实的指纹：它甚至比真实更耐久，更有力。

二十二

头发长了，我跑了 30 多公里回学校理发。搬迁到县城一年多，从没在这儿理过发，一是嫌贵，小县城的理发铺，居然要比大学校园贵一倍。一是守旧，坐到个陌生环境，任陌生人把凉手摸在我头上、颈子上，莫名有一点发怵。

校园内散落着好几家理发铺，比书店生意好，更持久。我在校内住了 14 年，亲见一个个书店倒闭，一家家理发铺开张，这是可慨叹也没法子的事。校园从前有扇小东门，通向墙外的菜市场、田埂、成昆铁路和小森林……门内自然也很热闹，饭馆、书店、理发铺一间挨着一间。我常去那儿理发，老板摁住我的头，问：你是艺术学院的老师吧？我脖子颇不舒服，却还是反问他：咋要这么说？他答：看起像。我说：不是。他不说话，手上用力，剪得我头皮一痛一痛的。不晓得他跟教艺术的，结了怨，还是结了亲。

后来，那扇小东门关闭了，门内门外一下子冷清了。店铺齐扑扑地，倒了很多。

我换了家理发铺。那老板是年轻女子，瘦瘦的，直发，长相、气质都不俗，也许做咖啡馆、书吧老板更合适。说话也温和，但相当简练和干练，温和也只是出于职业礼仪吧。给我理发的是个小伙子，胖胖的，地道的成都口音（这在校园中并不多）。他话多，东聊西聊，聊到女子，他老气横秋道，好女人的标准，就是贤妻良母，温柔第一。我说，你们老板如何呢？

他说，她不算女人。

这家铺子不晓得啥时换了老板，理发师也换了一拨一拨，我还是习惯去……直到有一天：理发师拿起一把电动理发剪，剪了几下，没电了。连换了几把，也没电了，他就用小剪刀给我剪，剪了一个多小时，头发几乎全剪光，我的脑袋看起来，宛如一颗滑稽的土豆。我再也没进过他们家的门。

从此改投南大门外的理发铺。那些铺子，名字都叫发廊，灯光明亮，态度也好，就是电视机一直开着，音量大得人心慌。医院的护工，最喜欢看抗日神剧；发廊的电视机，遥控板成天追着烂言情剧……唉，这也是没法子的事情。

今天还好，电视机似乎坏了，清静得好像走错了地方。我摘了眼镜，从镜里模糊看见理发师穿了件红色防寒背心，是个男孩子。他动作轻快，也很健谈，说自己是贵州遵义人，农家子，十六岁初中毕业，读不进书，读也是浪费学费，就出来做工了。先做厨师，太苦了，夏天热得没法，汗多得啊，人就像泡在水中。后来改了理发，已经做了四年。活路轻松多了，但是耗时，早九晚十，不管有事没事，都得耗在店里。现在二十一岁，自己养活自己已经五年。跟朋友合租房子，每月各摊500元，日子也还可以。老家只剩了爷爷、奶奶，父母、哥哥都在别处打工。春节总是要回去团聚的，一年就这么一回，不团聚，就像个没家的人，那咋个行。

我问他，成都你还过得惯？

他说，还可以，很可以，比起遵义、贵阳，人多得多。人多了，人气就旺，生意就好做，想今后也开家小的理发铺，一是自己有手艺，一是门槛低。

他边说，边先用小剪刀给我修头发，说这样费事些，但更自然点。我点不了头，嘴里嗯嗯，以示赞同。

出了发廊，我感觉脖子怪怪的，一摸，毛巾还在那儿顶着的。赶紧把毛巾拿回去，女老板冲着男孩吼起来：你们只图快、快，又忘了！男孩挨骂，我有点抱歉，可这毛巾又不能不还回去，唉。

二十三

今天大寒。凌晨醒了一次，屋子漆黑，脑子昏沉沉，听到楼下此起彼伏的鸣叫，想了一会儿，才明白，是小区里半野半养的白鹭、野鸭、灰雁、黄鸳鸯……栖息于池塘沟渠，也许是比人更灵异吧，感知到大寒降临，嘎嘎不安了。我迷糊在枕上，觉得这鸣叫声也是十分好听的。

然而，随即就是一阵翅膀扑噜噜的声音……啥也听不见了。

我完全清醒了，却好像被一下子抛弃在了黑暗中。

上午去物管中心交电费。天色阴郁，昨夜下过雨，地上湿湿的。吹着风，沟渠边的柳叶终于冻蔫了，耷拉着。几个赶菜市的老人匆匆走过，都穿了厚厚的羽绒服。物管中心开了空调，热风吹着，并不舒服，像头上架了台电吹风。工作人员是个20岁出头的小妹，一个中年女士递给她银行卡，说了句，大寒了，多加衣哦。小妹不答。我就说，大寒好灵，说降温就降温。小妹终于咕哝：啥子大寒？女士说，今天大寒，你不晓得？小妹说，啥子叫大寒？女士笑，你咋会不晓得大寒？小妹说，我真的不晓得。我爸妈倒是老把这个节气那个节气挂在嘴边……我简直搞不懂。女士很无奈。

我笑道，好，轻松，搞懂那么多做啥子呢，麻烦。

午后沿江安河走了走。三天前，有阳光，我陪母亲也在这儿走过，好多人晒太阳。夏天的水退后，岸边留下肥沃的淤泥，有居民在这儿种了菜，还搭了微型的塑料温室。好景突然就没有了：两台黄色挖土机，轰轰地叫着，把淤泥带蔬菜统统都铲了，种菜人就赶在挖土机前，心急手慢地拔萝卜、割青菜、掐豌豆苗……活像电影演的，老百姓在鬼子扫荡前抢收麦子和高粱。母亲连连叹息，菜好好哦，挖了好可惜哦！

这有啥法子呢？我安慰她，河边种菜，风险一开始就有的……风险投资嘛。

今天的河边，冷清得枯树都打颤。远远，听见鞭子在冷风中的呼啸声，心头一紧。一个老人在挥动着一根牛绳长鞭，张开大臂，猛地抽上一只旋转的陀螺！很像清宫电视剧中，太和殿前甩净鞭的太监。然而，太监比他富态，也比他温和，柔声柔调。他则不然，面无表情，牙齿紧咬，那张脸，像被切割、打磨、又镀了层盐霜的石头，硬而又硬，他抽打着陀螺，像在舒展着内心的某种积郁，也可能宣泄内心的某种风暴……但，表情却是一点也没有。唯有比石头还要冷和硬。

路过的人，听见这鞭子的呼啸，倘若他有过痛苦的记忆，多半是会惊厥、腿软的。

河边还有几个不怕冷的，是钓鱼的老头和闲汉，戴着手套、耳套，抽着纸烟，一次次把鱼竿伸向迂缓的水中，收回来，竿竿都是空钩。有个老头的运气还不错，桶里有三四条小鱼，每条都有幺指头大。

还有个老头不服气，拿了带长柄的渔网径直去河水中网鱼。可是，他就算能网起月亮来，他也网不起鱼啊：那些可怜的鱼，比他的网眼还要小。

二十四

78岁的老岳母，病愈后想念自己的四姐，执意要去跟她团聚些日子。

四姐住在南边约700公里外的小县城，川滇交界，彝汉杂居，与云南隔金沙江相望。50年前，四姐从成都的省医院下放到那儿做护士，路上走了整四天。后来，有了铁路、国道、高速路，那儿依然很遥远。杜甫流落甘肃天水时，写过一首《天末怀李白》。天末，意思是天边、天尽头。我想到老岳母四姐的小城，觉得说它是天末，也很贴切。

送老岳母南行的那天，是大寒后的第三日。夜里的冷雨，一直落到早晨。把车驶出城时，天色尚暗，轮子碾着水洼，雨珠还在反复拍打车窗。老岳母一脸喜色，惬意道：

"今天天气不错啊！"

我小小一惊，她老人家正话反说，还是藏了禅意？但，她学地质出身，是科学的信徒，从不说佛谈玄。搞笑呢，她自有老者的尊严，咋会搞笑。那只可能，是她预测的天气，比这个还要糟糕很多吧。

飘雨中，穿过了10公里长的泥巴山隧道。泥巴山主峰3300米，是气候分水岭，从前钻出这个山洞，就是一片阳光。今天不然，出洞一看，雨是停了，但窗外已在飘雪。远眺贡嘎，群山纯白。再往前开，进入拖乌山，路边已有积雪。雪覆盖着、也勾画着群山的起伏和线条。虽是从南向南，却颇有北国风情。

午后，终于下了山，在西昌前边的西宁服务区歇息。我泡了桶方便面，邻座有位大哥问我，"那么俭省啊？"我说，"不俭省钱，俭省时间。"他哦了声，微笑点头，自我介绍，是大货车司机。我略惊讶，他矮个、面善，跟公路上凶巴巴、急吼吼的大货车，全然不相似。

他的桌上，除了一加仑桶白开水，空无一物。问他咋不吃饭啊？他说，煮着呢，在车上，电炉子。

车上煮饭的，是他的女婿。两个人合开一台四轴大货车，花40万买了不久，今晨拉了一车种子，从邛崃出发，往中缅边境而去：预计今晚十点左右路上歇，明天下午到孟定。卸了种子，再拉一车蔬菜回成都。蔬菜走绿色通道，不收过路费，跑一趟，赚钱就全指望蔬菜了。拉别的货，超载查得严，过路费、汽油费、生活费加起来，等于是白跑。

我说，"还好，自由嘛。"

大哥说，"好？苦啊。"

"比当民工好，不受老板的气嘛。"

"是啊，就这一点好。"

大哥快60岁了，身子还是结实的。每晚把车开进服务区，就在车上睡。车上备了上下铺。

我想问他，车上睡觉，冷不冷？夏天热不热？但我终于没有问。

我离开时，他还坐在那儿等饭熟。我道了声，一路平安哈。他点头，搓手，连声说，平安、平安。

下午三点，过了罗乜顺河大桥，罗乜小桥，又过了罗乜饭庄……罗乜，这个名字让人很好奇，也很茫然。公路两边，开始出现壮观的甘蔗长阵，一根紧挨一根竖立，等着出售。老岳母望着窗外，喃喃自语，"咋看不见呢，一颗也看不见哦……"她说的是柿子。阳光在光秃秃的柿子树枝上跳跃，温暖而又萧索的冬景。"前几年我来，一路的树上都挂满了柿子，好多、好多……咋一颗也看不见了呢？"没人接老人家的话，她说的满树柿子，谁都没见过。终于，她拍手笑了声："看见了！总算看见了……"笑声很是欣慰。我瞟了眼车窗外，看见一棵大树上，挂了稀落落两三颗黑疙瘩。

傍晚，把老岳母送到了小县城。

夕阳给县城添了许多古意。城里的建筑，大多为百年之前的；明代的北城楼和钟鼓楼还完整地保留着。它有两个别名，小春城，言其气候之和暖；川滇锁钥，喻其地理军事之险要。

我印象深的，却是它的封闭性，比沈从文的凤凰、茶峒更像一座边城。

第二天是周六，我们去赶场。南门外布满了摊贩，鸡公车、马车、三轮车、挑担……几十年前的东西，都有。县城海拔 1800 米，阳光早早出来了，在小街里迟缓移动，晒到的，热得发酥；晒不到的，冷得冰凉。一排排老头子，坐在向阳的墙根下，喝茶、吹牛、打牌、发呆。其中一个，头上裹了厚层黑布，戴了红色大墨镜，让人生畏，而举止却十分安详，活像是来自凡·高、高更的油画。

蔬菜比成都的硕壮、新鲜，因日照充足，而释放着浓郁的菜青味。有个卖红糖的，久不来顾客，他就掰了块放进嘴大嚼，相当快意。卖肉的燃了盆火，一手在冷肉上捣鼓，一手伸了在火上烤炙。有个男子挑了两担黑羽、红冠的公鸡，个头不大，但紧凑，雄赳赳，是鸡中的美少年，连毛带骨 17 元 1 斤。他反复强调：好吃得很啊，是生鸡。生鸡哈！

我猜，生鸡，该就是处男鸡吧。

岳母四姐的儿子，是一位中年才子，熟知文史掌故，堪称本县的百科全书。他指给我看小街上的行人：他们走路很慢是不是？比成都人的姿势悠闲得多了。

他又指给我看街边的房屋：都没有安空调是不是？不是安不起，是不需要——夏天不热，冬天不冷。

晚上，他请我们吃火锅。我虽然不吃肉，但热腾腾的香味，相当感染人。我头一回吃了三种凉拌的花：核桃花、虫草花、石榴花，很长了见识。譬如石榴花，这儿是盛产石榴的，我念小学时，课本上有一篇《石榴花开红军来》，说的就是这儿。阳光下，漫山遍野石榴花开，就像是为《疯狂的石榴树》做注释。

把石榴花摘下来，在开水中氽一遍，再在清水中漂上两三天，去除生涩，就可浇了作料上桌了。味道，是清淡的清香。

晚饭出来，气温骤降，天空飘着雪花，冷得人缩脖子。这时候，我最渴望的就是暖气、空调。然而，这两样都是奢望。这种寒冷，是当地几十年都难遇到的。

二十五

投宿的宾馆，是城里唯一的四星级，有中央空调。然而，设置到30度，开足两个小时，噪声宛如牛喘，温度也才上升了1度。而且，过了午夜1点，很奇怪，就开始吹冷风。苦笑之余，只有读书，熬。

前几次出远门，我带着张爱玲的《异乡记》，因为薄，又耐读。这回带的，就更薄了，65 页的《小癫子》，16 世纪的西班牙无名氏所著，据译者后记说，是西方流浪汉小说的开山之作。20 年前，我在单位资料室东嗅西看，信手从一排黑乎乎的书中抽出它，一经打开，立刻被吸引，就站在那儿读了一小半。这是年长的无赖讲述自己做小无赖时，跟随老无赖主子浪迹江湖、抓拿骗吃的故事，相当好耍。读着读着，我脑子忽然一顿，感觉自己读的不是翻译小说，毫无翻译腔，倒像极了中国的笔记小说，是相当顺畅、简练的白话文。

这才想起合上书看译者，封面上却只写了：（西班牙）佚名。

这是上海译文 1978 年版，那时的风尚，常把译者放置于幕后：明明有名有姓，反倒更像是佚名。再翻到扉页，才看见作者下边多了三个字：杨绛译。我叹口气，难怪。老姜，还是要比嫩姜老辣些：辣而不觉辣味。

杨绛的丈夫写过一部长篇，也被称为流浪汉小说……这是另一个话题了。

我就想把《小癫子》据为己有。按规则行事，是申报遗失，以书价的两倍赔偿。《小癫子》的定价是 0.21 元，两倍也就 0.42 元。资料员宽容一笑，你拿去就是了，反正，也没有人看。我既生感激，也相当同感：资料室藏书颇丰，而常在那儿闲逛的，似乎就我一个人。

20 多年过去了，我在川滇交界的小城，寒夜呵冻重读《小癫子》，滋味可谓不寻常。当年读得我笑的地方，依然让我笑。

当年读得心酸处，却不那么心酸了：世事如斯，各人自有各人的心酸。诚如奈保尔所说，世界如其所是。人微不足道，人听任自己微不足道，人在这世界上没有位置。

谁不是流浪汉呢？重要的是，看你终结于何处。

但，这问题太形而上了，枯燥。更重要的是，灯光昏沉，视线渐渐模糊，看不清终结也看不清起始……这倒好，困倦上来，可以倒头入睡了。

二十六

今天是星期天。清晨在宾馆醒来，窗外风雪交加。屋顶、车顶、车窗，都铺白了。老街北关 322 号，卖米粉、火锅的羊肉馆，热气腾腾。雾气中，看见不睡懒觉的居民，裹了羽绒服，戴了帽子，进馆子坐下，大吃大喝。老岳母在小城留下了，春暖花开才回成都。她四姐的儿子，选了这儿和我们饯行，别有一番边城的粗迈气。羊肉比成都的肥嫩，米线比云南的粗壮，分量嘛……我吃了一碗小份的素米粉，撑了又撑，还是没有吃完。

一个送货的老妇，蹬三轮、打黄伞，在北关的风雪中飘然而过。想到春天，实在还很遥远啊。

我们把车驶上国道。有 60 多公里没有高速，国道在一座小山上不停地盘绕……就是它，让这座小城的封闭性，得以延缓和延伸。道上积了雪，雪被车轮碾成了冰，弯道又多，我看见已有两三台小车斜栽进了路边的沟渠中。小心翼翼开着车，同时把收音机调到 101.7 的交通台，里边在随时发布雅西高速的路况：大雪封山，正在清理，很多收费站已经关闭。随后，播音员说，今天的成都，艳阳高照，让人心情舒畅。简直存心恶作剧。

过了中午，车到西昌，终于听到拖乌山已经放行。

拖乌山的道路上，飞雪中，车辆挤得水泄不通，车速近于步行。铲雪车还在作业；路边的积雪有半尺多厚。有几台大车走了背运，坏在路上，应急灯一闪一闪。路况稍好后，车子开始加速，心急火燎的司机在车缝中不停穿梭。终于，在拥堵不前的片刻，我们旁边的一台四轴大车上，跳下两个小伙子，冰天雪地中，穿着短袖 T 恤，手臂上刺青，其中一个提了根三尺长的钢钎，冲到我们前边的面包车前，拉开车门，指着司机大骂。那司机想必也是个硬邦邦的角色，回嘴骂了起来……但还是蔫了下去，否则，车子或身子戳两口窟窿是免不了的了……好在，车流很快又通行了，剑拔弩张的场面终于缓解。

我希望在天黑前能平安穿过泥巴山 10 公里长的隧道。如我所愿，进洞前，天还是灰色的，出洞的几乎一瞬，黑幕在群山之上垂落了。

到了荥经服务区吃晚饭。台阶下还堆满了雪，我踏上去狠踩了一脚，好硬，竟像被暴晒得干巴巴的泥块。

回家已经快十一点。很累，却不困，有种放松后的释然和新鲜。泡了杯竹叶青，在书房的台灯下，读了 10 多页《小癫

土 · 桥 · 露 · 天 · 茶 · 铺

冬月城记

阳光斜穿过楼群，

落下来，一块一块的，不停地移动。

我们就喝会儿茶，不时端了茶杯、水瓶，

跟着阳光转移座位。

子》。

二十七

立春之前，家里最后一次大扫除。保洁公司一男一女两员工很熟练地抹灰、擦地……这家公司在本城，算是有品牌、收费较高的。我问他们，要过年了，公司给你们发多少年终奖呢？男员工沉默寡言；女员工则答：啥子奖金？从来莫得。我说不发钱，总得发点年货吧？她答：啥子年货？莫得。有一回发巧克力，全是过期的，把我们气得莫法。我又说，那，啥子都不发，春节就会多放几天假？答：假？十五上班。我说，不错嘛，老板还是有人情味，要等你们过了正月十五元宵节。她答：不是正月十五，是 2 月 15 日（正月初八）。

我起初小惊讶，继而笑道：你们老板赚了这么多钱，还这么抠啊？女员工倒是不仇富，也笑道：老板还可以，抠的是下边那些搞管理的人……东抠西抠，好给老板表功嘛。

她四十几岁，结实而胖圆，脸膛被冷风吹得红通通的，骑电瓶车到处跑，成天跟冷水打交道，可以说她是苦人，她却不带苦相，也没一点戾气。据她说，她每月只休息两天，能拿到三千元左右。公司包住包吃，住上下铺；伙食标准每月 220元，平均每天 7 元多：早晨稀饭馒头泡菜，中午有份翘荤，晚饭有份素菜。米饭随便吃，管饱。

再问到她的家庭，她说得淡然，但也颇有喜悦：老家在龙泉山那边的农村，老公做保安，有个独子，大学毕业一年了，学信息工程的，已在本城工作。

二十八

北京一家出版社的朋友，赠送我一些新书，通过快递公司寄到了学校的代寄点。

我挑了一个空闲天，兴致勃勃，开车30多公里，从小县城赶到学校去取书。学校已经放假，空旷而寂静，冷风刮地而过，倒不荒凉，反有种年关将至的喜悦。代寄点在校园一处角落，小小的门面，关着门。但门上写着，这些天继续营业，下午四点到晚上七点。

隔壁另一家快递公司倒是开着，进进出出的人，颇有兴旺气。

看来，我到得早了些。无奈，去别处做了些事，六点多再来。门依然关着。我按门上留的手机号打过去，接电话的人很不耐烦：下班了。我说，按你写的时间，你还没有下班。他说：那我六点五十过来。

那个人我见过，乡下来打拼的，可能有了点钱，开了这家铺子，生意庞杂，代收代寄只是其中一项。去年底，我去这店给朋友寄一幅画，我需要格外小心包裹，他则爱做不做，相当不耐烦，我就拿到隔壁公司去了。隔壁小伙子千小心、万小心，一层又一层，帮我把画包裹到让人最放心，让我都觉得稍稍过分了。朋友收到画，回复说，包裹得简直像国家级文物。

我自是感激，也打定主意，永不跟那家代寄点打交道。可是邮途路窄，朋友的赠书走了千万里，还是落入了他的店。

我就在附近溜达，消磨时间。天在黑了，隔壁的快递公司灯光明亮，工作人员在打包，一一装车。这边的门外，我在冷风中终于等到六点五十，看见稀落落地，有人走过来，又走了过去，都不是那个人。又打电话，通了四次，没人接。再打，关机了。我叹口气，在夜色中把车开走了。一路，想象着一张阴沉的脸：他也是个苦人，自有他的苦楚，可能手头几笔小烂账，儿女不听话，老婆脾气坏……年关想必也颇不好过吧。

二十九

进城喝茶，在一个叫不舍的茶室。每回进城，我都有点晕头转向，尤其是钻进儿时经常出没的区域。不舍位于实业街88号，而紧邻的实业街妇产院（二产院），就是我出生之地。实业街上还有座省委招待所，"文化大革命"中我常在那儿看红色电影……如今也已难寻陈迹了。

不舍临街，说是茶室，也很像是一间客厅，不宽敞，看着却还宽松，靠墙陈列着茶饼、茶具，有只供桌旧旧的，说是从雅安淘回的，很能镇得住气场。向门，一张茶桌，两位女主人朝南而坐，轻言细语，相当淡定。一位70后，美院出身，长于设计；一位80后，主打文字。从前都在同一家视媒任职，两年前就出来自己开店了。事情应该是烦杂的，其中一个还要带孩子，神情却是闲闲的，做事也相当有闲心。有只胭脂红的茶盖摔碎了，就自己补，用生漆粘，勾金粉……生漆让手过敏、起泡，痛了个把月。补好的茶盖，我托在手里看了看，裂缝成了金绣的线条，有了些华贵气。

她们又看到本破损的日本古书，《卖茶翁茶器图》，就在电脑上修补。修补是耗心力的，有点像晴雯夜补孔雀裘吧。只是不赶时间，也还有许多随性在其中，陆续花了一年，修补好，精印出来，再手工装订成线装书，一册册搁在案上，不读，摸一摸，手感也是舒适的。

承蒙她俩好意，赠了我一册，还用钢笔题写了赠词。字是繁体，清秀而有骨力；钢笔，今天也少有人在用了。

这时，有位老先生推门进来歇了会儿。他是她俩从前的领导，已经退休了，早起出门会友，就在不舍门外等公交，看电子屏幕显示，来车还有四站的距离，就进不舍坐一坐。

老先生头发白了大半，但衣衫整洁，也面善、谦和。他自己功成身退，儿子则北大毕业，在迪士尼北京公司任职，十分气顺。按本城人说法，这老先生一看，就是日子相当过得的。

三十

这个寒冬的强劲，向南横扫，一直波及了陆地的尽头。跟五哥通了电话，他自驾去了海南，又刚从海南驱车到了广州。他说，走到哪儿都是冷。阳光很少，阴云处处，海南要穿毛衣，广州还得再加一件绒衣。

气象报道，雅西高速拖乌山、泥巴山段又降了大雪，积雪已达 40 厘米厚。

远在川滇小城的老岳母，原本计划至少在那儿过春节，再随接她的儿子一块返回的。但寒冷难以忍受，1800米高海拔又让她的血压持续升高……在等待儿子和尽快离开之间，她选择了后者：早上九点，这个78岁的老太太、50多年前的地质学院毕业生、女地质队员，带着一瓶温开水、两只盛满年货的大口袋，独自登上了返程的大巴。我们被告知这一消息时，已是下午三点钟，大巴走到中途了。

通常，下午三点，大巴已该到终点了。但，风雪弥漫，汽车在山中艰难行驶，时间被拖长了许多。出于对恶劣气候的畏惧，车上空荡荡的，只有寥寥十来个乘客。这倒让老岳母有了躺卧之便，可以闭眼养神、睡觉。不过，到底已经年迈，血压又高，睡觉是昏沉沉的，还呕吐了十几次。

大巴终于驶入长途汽车站，已经晚上九点，全黑了。我们开车去接她，几乎同时抵达。这个城乡结合部的车站，出站的、乘车的，拥入拥出，长途车、公交车、出租车、黑车、拉客的……乱纷纷。跟老岳母通上了手机，但总是找不见人，又怕她手机突然没电了……终于，她出来了，好像一个望酸了脖子的亮相：

围巾一层层裹着头，多穿了件她四姐的花格厚棉衣，披满了寒冷、灯光和极度的疲惫，但有种平安到家的欣慰。

三十一

立春，阳光早早降临了。窗外的河两岸，已铺了大片明黄

191

的暖色。拨通曾兄家的座机，约他一起喝茶。没和曾兄联系，已经很久了。上次小聚，似乎还是五六年前的深秋，很冷的一个下午，吹着风，在大慈寺，他送了我一本李劼人研究文集。

两个多月前，我画了一幅李劼人肖像，用水墨画在亚光的素描纸上。手机拍了照，发到微信圈，颇获点赞，说是画出了劼老的骨感。

而我以为，李劼人也正是老成都的龙骨。

我把画装入画框，心里想着，要把它赠送给曾兄。他是最值得我赠送这幅画的人。那一天，正值小雪，天冷了。就打算等一个太阳天，暖和些，约了曾兄喝茶。然后就是雾霾袭城，阴雨、寒潮，偶有太阳，却又不得空闲，就拖了下来。心里倒也不着急，再拖，立春前也总能等到个好日子。但，老天捉弄人，立春前日，还是冷雨霏霏的，让人颇感无奈。却也还是天意成全人，今天居然就晴了，太阳透亮，春光大好，让人措手不及的欢喜。我电话中问曾兄，去宽窄巷子如何？曾兄说，不，我带你去个好地方。

我们分别坐地铁而至。先自西向东，再折向西北，这是我在本城坐地铁最漫长的一次。钻出地面，曾兄已站在下午两点的路边等我。这儿说远，却又紧邻主城，路广、人稀，阳光铺得很开，明晃晃，映射着倏尔一闪的汽车，让人生起某种讶异和茫然。曾兄说，这儿你来过嘛？我说，好像来过的……忘了。

曾兄65岁了，脸上多了皱纹，胖了些，但模样没有大变，穿了很暖和的厚冬衣，斜挎着一个大包，像个老人，也像个学生。30多年前，我在老晚报编《锦水》副刊，他来编辑部谈稿子。那时，他还是红旗柴油机厂的职工，黑瘦，温和，像个工人，却透着书卷气，还很年轻，而我还比他年轻10余岁：那样的年龄，正是觉得时间永远用不完。

我是成都人，在外来的朋友眼里，也算个老成都。而我很快发现，跟曾兄一摆龙门阵，我却简直像个外来户：他对老成都的熟悉，甚于熟悉自己的掌纹。我请他为我编的老成都文史栏目写稿。他写来的，篇篇合用，而且颇有岁月感。文字自然是好的，朴素而凝练。他的主业却是写小说，有多个中短篇发表，出版有长篇小说《三人行》，是写鲁迅、朱安、许广平的。这个题材，全中国也可能是他先写了一步。后来，他调入市文联，写作的强度却缓了下来……许多作家在文联、作协任职后，似乎都有这样的遗憾。到底为啥，我也不清楚。但我们的友情依然在延续和稳固。我头一回去李劼人故居菱窠，就是曾兄带着我，骑车出东郊、过沙河堡、爬坡上坎进的大院门。那是1990年夏天，菱窠还是土墙、青瓦，篱笆环绕，不收门票钱，许多老年人在院子里喝茶、玩鸟。我对李劼人小说的细读，也就是从那个夏天之后开始的。先是《死水微澜》，随后是《大波》的新版和旧版……再过些年，我离开老晚报，去做了李劼人的邻居，在菱窠隔壁的师大，谋了份教职，教书和写作。

李劼人的小说，宛如从背后打开了一扇门，让我退回老成都的旧时光中去，那是个由纯方言构筑的世界，我在乡音中见到了自己的乡愁。

而曾兄，后来慢慢变得越来越像李劼人。他退休前几年，做了件大事，参与编辑、注释、出版了20册的《李劼人全集》。

我们见面不多，但每次都能感受到他的诚意。我的朋友少，彼此抱着深切诚意的更少了。诚意是除了友善，别无所求。曾兄所给予我的，除了帮助，还有淡定于世的态度。淡定、淡然，今天大家都挂在嘴边随便说说，作为自诩的好词。然而不然。淡定不仅仅是说说，还关乎你会如何做。譬如，我电话中问曾兄，你的手机号呢？万一我出了地铁站找不到你咋个办？他回答，我一直就没有用手机。出了地铁站，你就会看到我。

果然。

曾兄选的这块地方，岁月杂陈，从前是个小镇，还留着当年的半条老街，一块落满灰尘的街牌：土桥。土桥，我想起来了，少年时候，和几个小伙伴骑车来过，从城区腹心的羊市巷市委家属大院，一路骑向西北，出了一环，就是田野、沟渠，一团团竹林裹着农家小院，满眼青葱苍翠，却蔫耷耷地，没有生气。那是20世纪70年代"文革"后期，城里人肚里缺少油水，乡下人肚里没有饱饭，好在我们年少，还有好奇心，穷骨头发干烧，无事也要找事耍。那天去土桥，是有个伙伴的母亲托了土桥的一个卖肉的亲戚，留了块好肉，我们陪他去取。肉是凭票购买的，一人一月一斤，谁不想买块肉厚、皮薄、骨头少的呢。骑到土桥，自然人困马乏，那是典型的川西坝子小乡场，肉铺就在桥头，那卖肉的亲戚面善，不像个屠夫，但言简意赅，也颇有力道。河水看着宽广、平缓，我就说，好安逸，夏天来游泳。屠夫说，游泳？哪年不淹死几个娃娃！水下漩涡多，急得很。我吓了一跳，啧啧两声，赶紧说哦，那就算了嘛。

今天居然坐地铁，径直就到了土桥。

也许我记忆有误，从前去的，不是土桥，是簇桥、苏坡桥？反正都在郊区，都是有桥、有田野的。但，今天所见，田野、河流、桥，都没有看见。半条老街，都还钉着土桥东街的门牌号。东街拐角，还比较完整，有两三家日杂店，卖竹编的撮箕、簸箕、篮子、长钉耙、杈头扫把、开水瓶壳壳，还有木桶、高粱秆扫帚、鸡毛掸子、洗碗的丝瓜布……倘若这是个旅游区，这些东西都是作秀的。可土桥，是个驴友吃醉了，也不会窜来的地方。旅游？笑话。这些竹器、木器，都是日常家居的用品。有三几个顾客在挑选，模样很像从前这儿拆迁的农妇，粗手大脚，却又精挑细选。

再往前走几步，是清真牛肉馆，下午两点过，不多几个客人在吃饭，主人同时也在洗碗刷锅，看见曾兄，彼此一笑，打着招呼。曾兄说，这儿的牛肉品质好，味道好，而且很干净，他常和太太坐了地铁来这儿吃，和老板都熟了。

走过一条空旷宽街，回头看看，老土桥已不见了踪迹。四周团转，都是拔地而起的商住楼、写字楼：20 世纪 70 年代一跺，就宕过了四十年。

喝茶的露天茶铺，是高楼之间的一块空地，用草草砌就的砖墙围了，两扇铁皮门漆成亮艳的蓝色，上边用黄漆、排刷写了八个字、两个感叹号：

内有恶犬

后果自负！！

相当刺眼。可能是用来吓唬夜间毛贼的。

进了大门，迎面晾着一绳的香肠、腊肉。有几棵枇杷、桂树、芭蕉，散落着二十多张小木桌，竹椅上坐满茶客，喝茶、打牌、吹壳子。还停了些自行车、电瓶车、捷达、雪铁龙、宝马和奔驰……车和车差别很大，车主混在茶客中，谁和谁都差不多。我带了绿茶，曾兄带了花茶、红茶，于是就跟茶老板说好，自取了两只茶杯，一只一元钱，白开水随便倒。

阳光斜穿过楼群，落下来，一块一块的，不停地移动。我们就喝会儿茶，不时端了茶杯、水瓶，跟着阳光转移座位。

邻座四个老大爷，其中一个戴了花豹皮帽，两个戴了牛皮鸭舌帽，还有一个光头，脸膛皆粗糙而结实，目光炯炯，咬紧牙，腮帮子鼓出几个肉疙瘩，盯紧了对面说话的人，活像刚从雪原茫茫的"威虎山"下来的。面相倒不凶恶，安详地抽着叶子烟，把烟雾大口吐出来。烟味很浓，却有呛人的暖意，这个味道，我是很熟悉的。5岁前，我就常跟爷爷上茶铺，红照壁拐上人民南路，向北过了四川省话剧团、芙蓉餐厅、陕西街口子，一个窄门进去下斜坡，突然就是一家人声鼎沸的茶铺了，叶子烟、茉莉花茶的气味，沆瀣一气，让人很舒服地脑壳晕乎乎。爷爷喊了茶坐下来，摸五分钱硬币给我，让我帮他买一份《人民日报》、一份《参考消息》，他就戴了老花镜，在乱哄哄中静静地读。我呆不住，没耍的，就摸回家去了。这家茶铺已经消失了……消失的东西何止一家茶铺呢。

我和曾兄喝着茶，耳朵挂着那四个老大爷，想听清他们说什么，但没一句不是模糊的，仿佛说的是某种暗号和切口。这也是十分有趣的。

再移了两回座，阳光也渐渐被高楼阻挡没有了。我说，回去吧。曾兄说，难得，再晒会儿。

围墙断开了一个缺口，外边是一大片拆迁的空坝子，已有两张茶桌摆在坝中，十分逍遥。我们就如法炮制，也把茶桌子抬了出去。阳光充沛，晒得周身热酥酥的。空坝比足球场还大，很像干涸龟裂的大湖底。三张小桌、几个茶客散落其中，宛如几颗小豌豆。这是我茶馆经历中，最奢侈的一次，而且一人只花了一元钱。

曾兄的日常生活，跟这样的喝茶很相似。他不用手机，没有买车，这些年却和太太一起，搭大巴、火车，慢悠悠旅行了许多地方。说起广东、福建南边的小村镇，几乎就和说土桥一样的熟悉。也去过泰国、越南、中国香港、中国台湾，风景点略而不谈，每一处的街巷、民居、菜市场，他摆起来是津津有味的。曼谷郊区的一家小饭馆，他们头年去了，第二年又去，感觉两次重叠，这回就坐在上回的时光中，唯见老板儿女猛然长高一头，恍然梦醒，忽忽又是一载春秋了。

于是，我们就感慨时光过得快。我说，时光这么快，要做的事情，就得赶紧做。曾兄则以为，时光既然这么快，反而没事情需要赶着做。我就暗忖，我说的点，尚在事内，而曾兄的点，已落在了事外。

我把李劼人的肖像送给曾兄。他看了很久，道了谢谢，放入挎包。

他说起一件事：前些天翻检《三人行》手稿，上边还有你阅读后用铅笔写的建议。

那也是很多年前的事情了。

空坝的边缘，远远能看见一溜卖红橘的摊点。再远些，是横跨半空的铁路高架桥，虽高，但非高铁，绿皮火车吐着慢吞吞的汽笛，磨蹭而过。

"这趟火车开哪儿呢？"我好奇地问。

曾兄脸上有了少见的茫然，他也不晓得。

不过，晓得不晓得，又有啥子关系呢。我们接着喝茶、晒太阳，直到太阳成为夕阳，整个矮到了楼群的背面。

九眼桥，小江湖

　　我在小说中反复写到过一座九阳桥，它的原型是成都东南角的九眼桥。

　　九眼桥的那边是四川大学。十七岁时，我扛了口箱子，走过九眼桥，成了川大的学生。据说，这桥初建于唐，复建于宋。到了20世纪70年代，还保留着明代万历年间重筑的桥身，弯如弓背，有九个桥洞，夕阳斜射时，九个洞口喷出九股红通通的光，仿佛桥下窝了九颗小太阳。我那时好动，浮躁，不耐烦泡教室，常逃出校园，到九眼桥闲逛。

　　九眼桥自古就是响当当的水码头，到了1979年，桥下还有临水的客栈，门前的石桩，留着一圈圈拴船缆的凹痕。桥南，沿江一条木板老街，挤着饭馆、干杂店、肉铺子、书铺子、星桥电影院和走来走去的人。临街的廊檐，晾着青菜、衣服、小娃娃的尿片。这是烟火旺盛的市井，也是我眼里的小江湖。能把江湖进一步延伸的，是电影。星桥电影院的每部新片，我都不会错过。《少林寺》放映后，川大的好多寝室都挂上了沙包，入夜，还能听到吓不着别人专吓自己的猛禽声："啊——"略似半个神经病。有个冬夜，我约了个北方室友去看朱虹主演的港版《画皮》，恐怖、恶心之极，他长达两月晚上不敢上厕所，被尿憋得拍床大骂编导："什么玩意儿！还让不让人活啊！"十多年后，我在报馆做事，在广州参加一个电影座谈会，身后有位女士发言，声音略老，却还略嗲，嗲得好听，回头一看，吓了一跳，继而就笑了：正是演女鬼的朱虹。这是后话了。

看《生死恋》就不一样了，这部在日本本土毫无影响的电影，却在中国赚足眼泪和票房。那晚我们看了《生死恋》出来，一拨人默默无语，翻过九眼桥的石头拱背时，一片啪、啪的皮鞋声，有如不安的心跳。那年月，时兴在皮鞋底钉满铁钉和铁掌。

星桥电影院相邻的，是望江川剧团。川剧很伟大，市场很冷清，排演厅闲时就放过期老电影，每票一毛钱，我算是常客。剧团图省钱，灯光黯淡，有一晚放《子夜》，观众高声大呼："亮点！"放映员厉声回应："亮了还是子夜吗？！"

实话说，那时的九眼桥，路灯一向屁亮屁不亮，永远像大幕刚启的舞台，等着上演神神叨叨的好戏。我有个门对门的同学，带了女友去桥那边逛夜市，路灯下遇到个卖皮鞋的，亮铮铮，只要十元钱。当然，十元也不少，半个月的生活费。他一乐，当即买下了。送别女友，半夜兴冲冲归来，硬拖我们起床看皮鞋。我们看了，觉得怪怪的，随手揪一揪，竟一块块揪脱了，原是报纸和黑蜡铸就的假货。这位同学受尽百般嘲讽，心一狠，自此闭门苦修。他毕业去一家博物馆任职，如今已是颇有名气的文物鉴定家。我把他写进了小说《鸟镇的光》中，还给他双眉间增添了一颗痣，鉴定时那痣闪闪发光，被古玩家们敬畏地尊为火眼、慧眼、第三只眼，能看穿世间所有的假古董。

我小说中的九眼桥，化为九阳桥，成了一块伤心地。唐代的锦江，清澈、充沛，水里站满了濯锦、浣纱的妇人，臂膀、腿肚子白森森的，李白见了，惊喜得从马上摔下来。至今江边一处露天茶园中，就还有一块"太白坠马碑"。据说，这碑初立于晚唐，毁于明末张献忠起义，重立于清康熙二十年三藩之乱结束后，升平世界嘛，才有本钱去尚风雅。然而，"文革"时又被砸了，前些年再立，用的是水泥，做了假，看起来就像花岗石，虽是假的，来碑前拍照留影的人还不少。李白有知，九泉下也会乐得大喝三杯吧？

他是诗仙，有花心，也有雄心，最后一回喝醉，就在九阳桥的弓背上，飘飘欲仙，迎着风和阳光向上跳了几跳，终于又摔了回去。回到客栈，他写了两行诗："大鹏飞兮振八裔，中天摧兮力不济。"当晚就仙逝了。

隐者仁厚街

看了电影《叶问》，想起一位老人来。不是因为甄子丹，是片尾出现的叶问本人，虽是武学大师，却像个书卷气十足的隐者。我想起的那位老人，晚年居住在成都仁厚街。仁厚街细细长长，地处从前的满城内。满城，清代是满蒙八旗驻军之地，相当于成都的城中城，树荫森森，行人稀少，至20世纪七八十年代，都是颇有古风的。1974年我念初一，班主任黄老师住仁厚街，曾请我们去她家玩。学校在长发街，去仁厚街要经过黄瓦街、桂花巷，听名字就很风雅。而其时，正值"文化大革命"后期，民生凋敝，说是僻静，也是冷清。黄老师家在一个院落的最深处，她借小说给我们读，请我们吃李子，还给我们看她在两扇黑门上写下的板书练习。出入这条小街时，见到些老人坐在藤椅上喝茶，沉思，或打盹，但从无缘跟他们说过话。我想起的那位老人，很可能就这么与我擦身而过了。

多年后我已在报社做记者，才晓得这位叫陈子庄的老人，1974年之于他，生命只剩下两年了。陈子庄曾是杰出的武者，而最终成为国画的大师。从照片上看，他的风骨气质，跟叶问很相似，文武兼备。他身前之名颇不响亮，可谓寂寞。他1913年出生，四川荣昌人，16岁来成都，习武学画。成都武侯祠内有座铁香炉，据说几个有名武师在祠内小聚，每人都能用双手举起香炉来，唯有陈子庄只需一只手就能做得到。后来他却成了画家。优秀的画家，却也清贫至极，"文化大革命"中连画画的纸都买不起，好多画就画在报纸上；或在茶馆喝茶，信手就画在烟盒的背面，有心的人保存到今天，要卖，都能卖出好价钱。他喝最劣质的酒，下酒菜有时就是长了虫眼的生胡豆。据说他给工艺厂画扇面，一张才八分钱。如果他老人家活到了今天，一张不会低于万元吧。可惜他1976年就走了，那是就快苦尽甘来的时候。1988年，中国美术馆举办了陈子庄画展，轰动海内外，他被誉为"中国凡·高"。

再过一些年，陈子庄的名字又少被人提起了。想想也搞笑，如今就连凡·高本人的名气，也不如"凡·高奶奶"大。"凡·高奶奶"何人？一个自娱自乐的农村老太太……仁厚街？老子说，天地不仁。

陈子庄故去二十年之后，有个年轻漂亮的女诗人走进仁厚街，开了家卡夫卡书店。橱窗里供着卡夫卡的素描，书架上搁满先锋、前卫的书籍，还贴了名家照片、手稿或者手稿的复印件。开张日，老板送每人一本罗伯·格里耶的《重现的镜子》做纪念。我请教老板为啥取名卡夫卡？她说，这个名字看起来很对称，而念起来口感很安逸。我听了，呵呵笑，这是我听到的关于卡夫卡最有趣的说法。我有空常去逛逛，在那儿能遇到平时见不到的老朋友。但后来去买书的人日渐少了，终于在冷清中关了门。听说，女老板改行去了西藏拍电视，还获了奖。

前几天我下山进城，路过仁厚街，卡夫卡书店的故址、黄老师的故居，我都辨认不出来了。而陈子庄的身影，却感觉还投映在某一堵老墙上，静静谛听着移动的光阴。

我写了一个中篇小说《岁杪》，发表在《十月》2016年第3期，里边的庄爷爷，就是我心中的陈子庄。

安仁镇

成都一个僻静小区里，住了个青年画家，和人们想象中的画家一样，泡吧喝酒、骂粗话、睡懒觉、蓬头垢面，一身倦怠气，但也有才气。有天，一位古玩老板请他雕刻春宫画，当木屑像女人发丝一样从刀尖下卷起时，木头的芬芳让他惊讶和迷醉。他拍桌感慨真想当一个木匠啊，可惜拜师无门！老板说，那我给你指个高人吧。何以是高人？因为安仁镇上大地主刘文彩庄园的家具，多半都是那老木匠打的。画家道声谢，背了行囊，就去安仁镇投了师……这是我的小说《原木香》的故事。且按下这小说不表，说说安仁镇。

我许多年前在川大念书时，五湖四海的同学来了，头一个打听的就是安仁镇，其次才是都江堰。名气咋会那么大？他们说，政治教科书上写了嘛，地主庄园、收租院、阶级斗争教育。我这才晓得，川西小镇，安仁镇最有名。

安仁镇隶属大邑县，距成都约 50 公里，距县城约 15 公里，弹丸小镇，民国时却强人辈出，三个军长、九个旅长、十八个团长，号称三军九旅十八团，至今在镇上还留有他们豪华的公馆群。其中，又以刘文辉权势最大，俨然西康王。而刘文辉的兄弟刘文彩，则坐镇故乡安仁，日进斗金，可谓安仁王。宣讲忆苦思甜的岁月，传说刘文彩生活穷尽奢侈，下酒菜只吃鸭蹼子，而且只要右掌二指和三指之间的，其余的，统统扔了，挖坑埋掉。这传说相当煽情，人民群众无不恨得牙痒痒。那时候，刘文彩庄园每天都有全国各地的参观者进出。

我去得算是很晚了，1983年的春天，忆苦思甜没搞了，旅游业也还没人提，游客寥寥，镇上一片冷清，巍巍庄园的门楼前，是一块晒场，农民铺了竹席，在晒谷物；晒场那一边，即是青幽幽田野。是表哥和他的老同学陪我去的安仁镇。他们都在县城教中学。那老同学的女友在庄园做解说员，面容姣好，气质清新，还有些矜持。她是县城人，但平日长居安仁，晚上就住在庄园里。她引我们在阴森森的庄园中穿行。刘文彩是逐步发家的，有钱就盖一座院，再有钱，再起一座楼……于是院套院、楼连楼，不啻是巨大的迷宫。如果要把博尔赫斯的《交叉小径的花园》拍成中国版电影，这儿该是最合适的外景地。

我问那位女友，"不会迷路吧？"她说，"不会。"我说，"晚上住在庄园里怕不怕？"她说，"不怕。"我又问，"很冷清？"她说，"也不。晚上我就坐在树下拉二胡。每个院子、每间房子、每个角落，都能听见我的二胡声……"我沉默了一小会儿，想象二胡在苍茫夜色中奏响的情景，庄园中那些不安宁的魂魄，以及那些业已成精的老树，都会引耳倾听，感慨万端吧？

后来，由二胡说到歌唱，表哥和老同学都很喜欢刚以一曲《军港之夜》走红的苏小明，而那位女友对苏小明很不屑，她崇拜刚在国际声乐大赛获奖的胡晓平，因为，一个是歌星，一个是歌唱家。两方争论了起来……多少年过去了，那场在地主庄园的寂静小道上展开的争论，我还记忆犹新，感觉到年轻时候的偏激、梦想、美好。

今年国庆长假，我又去了安仁镇。旅游的人潮，涌动在庄园、公馆和每条街巷中。庄园前边的晒场早没了，田野也没了，成了一片广场和仿古建筑群……从前的影子，宛如我们年轻时的容颜，模糊得难以辨认了。年轻时有过的梦想，要不像《天堂电影院》中的多多出走，就是降落于烟火人间，平凡而结实地活下去。

刘文彩当年创办的安仁中学（原名文彩中学）的门外，花台边，一位80岁老翁正埋头在画画。老翁姓戴，世代居安仁，近年忽然迷上了画画，属于无师自迷，想做就做，十几块钱买来纸张、笔、颜料，画老街、老树，两扇旧公馆的门，画了又画。有游客要买，谈得投机，二十多元就卖了。有人嘲笑他：没见过钱啊！戴老说，"钱算什么？我图一个高兴。"我这天看见他画的，是白中透出红色斑纹的花老虎。他告诉我说，"世上无花虎，我画了就有了，至今也没人把它认作是猪嘛，哈哈。"我问同行的画家永兴兄，他画得好不好？永兴兄笑道，"管他好不好，画得高兴，就是好。"

庄园背后僻静小街上，一棵巨大的皂荚树下，就是《原木香》中老木匠隐居的小院。他传授手艺的方式，是让青年画家反复打一把椅子。椅子很简单，然而也不简单，因为老木匠说了，皇帝打江山，是为坐江山，而坐江山也就是坐一把椅子嘛。他门上贴了副对联：吃饱睡足斧头劈开第一天，少说多做刨花飘香到黄昏。横批：劳动最光荣。青年画家终于顶着打好的椅子，回到成都，开始了木匠生涯，走上了跟齐白石逆向的道路。

　　而我在庄园背后徘徊好久，也没找到那棵皂荚和小院，若有所失。那一刻我忘了，这寻找自然是徒劳的，因为老木匠只是我内心的投影。

江源镇

　　去了一座安静得像个影子的小镇，回来上网查查，居然是东晋大史学家常璩故里。还是北宋农民军首领王小波的战死之地。

　　常璩著有《华阳国志》，是中国第一部地方志。据说他写作的初衷是赞誉巴蜀文化源远流长，让建康士流对蜀人不敢小视。多少年过去了，巴蜀文化依然蓬勃，而常璩故里却鲜被提及，就连常璩本人，知道者也不多了。王小波呢？问周边的人，都说知道、知道，就是那个写《一只特立独行的猪》的作家嘛。我呵呵一笑。

　　这座小镇，坐落于成都西边二三十公里外，一条巨柏夹道的乡村路尽头。它有个让人心生向往的大名，江源镇。然而，虽称"江源"，在这个驴友盛行的年月，依然游客寥寥。比它远百十公里的一些古镇，也比它繁华热闹很多。眼皮底下的风景，也许最容易忽略吧？

　　我们去的那天，正值国庆大假的首日。午后阳光，像薄薄的金箔，洒下来，暖洋洋、懒洋洋，有种难得的闲逸气。唯一一条正街，街口餐厅挂满了彩色气球，正有喜宴要举办。餐厅外，备办宴席的师傅们忙着清洗鸡鸭、砍瓜切菜，红砖搭建的炉子，火焰熊熊，大锅里炖着辣椒、肥肠、青笋、豆腐……香气蒸腾！这种大宴，盛行于川西平原，俗称九斗碗，九为多、斗为大，算得上乡土味的满汉全席了。出席喜宴的客人，在街对面喝茶、搓麻将、摆龙门阵，静等好戏开场。这日子，一看就感觉很滋润。

一条小河切断了正街，一座小桥又将两岸连接了起来。桥有些年头了，两端架了足球门般的铁栏杆，阻止大车通行。铁栏杆生了锈，恍惚是古意斑斓。这个古镇上，古迹如今是少见的，但铁锈、青苔、老树……都处处显出时间的磨蚀。为什么叫"江源"，我至今没弄明白。徐霞客之前，人们普遍认为岷江是长江的正源。但，这儿地属岷江流域，却离岷江还远呢。再说这小河，咋看也不像条江。从老桥上眺望，约一里外的河水中，还矗立着几座桥墩，想必是已经废弃的更老的老桥吧。几只鹅在戏水，肥胖、自足，带着午后的慵倦，完全不担心有被请上席桌的那一天。

我们是为避开大假的喧嚣而去拜访江源镇的，也顺带想买些风格别致的土陶罐。从前买到过，几十元一只，买回去，插素色的花，或者闲搁在墙角，都有种低调的静美。但今天逛了几家店，似乎只有千篇一律的泡菜坛。风格化，正在被雷同化取代。这就像有原木香的木桶，已被塑料桶取代了一样。

不过，有些痕迹还是保留了下来。卖酒的巨大缸子边，就是造酒的灶台和蒸笼。桥头的铺面，还用一块块铺板做门墙，标明编号，开店时卸下来，打烊时拼上去，严丝合缝。我的少年时代，成都临街的人家、店铺，都是用这种铺板的。如今，都已荡然无存了。在这儿看到，有种故人相遇的亲切。我拍摄时，老板娘——一位和善的老太太——问我，拍来做啥子？她的口音，跟几十公里外我外婆家的口音很相似。我就用那种口音回答她，"二天这种铺板消失了，我还可以拿给我的孙儿孙女看嘛。"她说，"哦，这儿是要拆迁啦？"我赶紧说，"不，不，我是说二天，今后，很久之后，可能会消失。"她笑了笑，点点头。

　　江源是个安静之地，但变化也在缓缓地到来。文化站的小广场上，漂亮的小姑娘在玩都市中流行的健身器材。偶尔，有挂粤、沪牌照的轿车，在节日的小镇上悠然地驶过。

秦　腔

　　秦岭如屏风，把中国隔为南北方。从成都自驾去西安，过秦岭有两法，一是翻越，一是穿越，我都体验过。翻越是渐修，看北方一寸寸来临：阔叶变针叶、湿土变石头、米饭变馍馍、靡靡之音变信天游……穿越是顿悟，在黑洞洞的隧道里一直走、一直走，走到心里发怵、感到再也走不出去了，突然钻出终南山，天光大开，让人头晕目眩——北方扑面而来！这种感觉，比盗梦空间还过瘾。

　　然而，这是大印象。欲知细节，还得听秦腔——不是听人唱，而是听人说。我听到了什么？首先是高度。不仅海拔高，十六朝历史层层垫在黄土里，人家一说话，高度自然就上去了。到西安，必吃羊肉泡馍。钟鼓楼附近有家老字号，门面广、店堂深、顾客多。俗话说，客走旺家门，我喜欢。我们进去拣了座，刚坐下，却被女服务员请出去。女服务员一色西装，仪态肃穆，不失礼貌，把我们请出去，但没请出门，而是请在楼道里就座，店堂只招待旅行团。楼道就座的都是江湖的散客。馍先上来了，大伙边掰馍边等汤。这也是渐修，修耐心。汤来了，一碗碗放在另一张条桌上，我对面的小伙子兴冲冲把手伸出去，"汤！"女服务员问，"你几号？"他不解，"什么几号？""按号取汤，我给每个人都说过的。""你没说过。""我说过。"小伙子急了，"你就是没说过。"女服务员退后半步，身姿笔挺，看着他，冷静总结道：

"这只可能有两种情况，第一，我说了，你没听；第二，你听了，但没认真听。"

小伙子傻了，不啻是中了当头棒喝！我不敢笑，只是肃然起敬地望着她，感觉她比人民大会堂的女服务员还有水平。我也没听到我的号码是多少，就趁她转身之机，自己去那桌上端了一碗汤。

后来，出西安向北走，去高陵县看泾渭分明。车子在乡间路上走，尘土飞扬，两边田野植满了玉米林，边走边问路，老乡都挺热情，可说的方向都不同，绕来绕去，仿佛进了盘陀道。后来，终于在小路边、柳树下，望见一个老大爷，光头，留着些雪白的发渣，像个把四乡八镇的故事和地图都装入肚中的智者。我一乐，把车开到他身边，请他指点看泾渭分明怎么去。他把手搭在耳边反问道，"啥分明？""泾渭分明。"

他淡淡一笑，突然提高嗓门："啥分明！莫看头！"

我不死心，他就指了个方向。我朝前开，路越来越烂，底盘擦着运泥沙的重车碾出的车辙，嚓嚓作响，无奈只好倒回来。忽然觉得那老人不简单，他想告诉我们的，大概是：看什么，世上哪有泾渭分明这回事！但柳树下已不见他的身影了。

游完关中、陕北，开车回川，穿过一座小县城，行人多，车速低，但一个骑车的姑娘突然晃了下，靠上汽车，倒了。立刻停车，把她扶起来，连连赔不是。她说没什么，但周围立刻聚了好多人，说，不行不行不行，要去医院检查。我们说好吧，和她一起去了医院，围观者尾随而入。拍了片，医生也做了检查，说等片子出来吧。围观者还站在周围，就像联合国的监督员，气氛很严肃。我们的态度是诚恳的，姑娘脸上也没愠色，相反，她似乎想说什么，但一时无话——忽然，她指着我身边一个小胖墩，很认真问我：

"您的娃呀？"

我没忍住，哈地一下笑开来。那胖墩发型一匹瓦，脸上横着几撇污垢，鼻尖悬着晃悠悠的清鼻涕，嘴大张，眼睛盯着我们滴溜溜打转，可爱得不由我不笑！这一笑，气氛顿时轻松了，我伸手在胖墩脸上轻轻拧一下，诚恳说："额（我）哪有这福气啊！"围观者也笑了，就连铁着脸的人，也咧了咧嘴唇。

片子出来，没问题，医生还是开了些药品，我们付了钱，跟姑娘招手说再见。姑娘眼睛亮亮的，闪着仁义和智慧。

南京看树

看南京，最好的角度是仰视，满街望不到头的梧桐树，用高大茂盛来形容显得平淡了，是巍峨，磅礴，树冠有力地升上去、升上去，再柔软地向内篷拢来，把条条街道篷成墨绿的隧洞。把目光下移点，是梧桐结实的躯干，内部储满了水分，看起却是那么粗壮和结实，沿街伫立着如帝国时代沉默、挺拔的武士，或，披挂待发的军团。而据说，这些梧桐就是帝国时代植下的，帝国消失了，它们还作为记忆的一部分，于今天继续地生长。这样，树就不再是树了，是活生生的文物。难怪，南京修地铁砍梧桐，天下网友都会有意见。去南京，即便是为看梧桐，也是值得的。这些梧桐，称得起伟大。

不过，倘把视线再下移，落到地面上，就不免有点扫兴了，和我所居住的成都一样，是脏，是落叶、纸屑、口痰、狗屎……这是没有办法的事情。

这次去南京小住，距上次去南京，已经十三年。这次去，挑了夫子庙边的一家干净小酒店。没什么目的，就是想闲闲地体会这座古都的气息。夫子庙，算得南京的心脏位置吧，门对秦淮河，桨声灯影，会让人想起精致、颓废的晚明。当然，这儿也有许多人，五湖四海的游客，还有许多梧桐，以及别的树，但，最出风头的，却是另一棵树，很招摇地挺立在夫子庙门外，上边挂满了人们抛上去的金色布条，写着求吉祥、求升学、求发财、求福禄寿……这是一棵吉祥树。绿树浓荫遮蔽的南京，心脏地带的吉祥树，居然就是这样一棵毫无生命的水泥做的树。我有点生气，又觉得有点喜剧，这大概正是南京人的幽默吧？

　　雨后，去了钟山重游朱元璋的孝陵。我曾在《盲春秋》的跋中写到过十三年前初游孝陵的情景，荒凉，冷清，一些残存的碑石、雕栏散在泥土中。内红门的拱顶下，有两个河南人在玩掷豆子游戏骗游人的钱。从内红门到方城明楼的一长段路上，只有我和我的影子在阳光下独行……这次去孝陵，发现变化很大，许多陵园建筑修复了，游人络绎不绝，不变的是满山的苍翠，还有路尽头的宝顶山。宝顶用1000多米长砖石围起来，正面石壁上刻着七个楷书大字，"此山明太祖之墓"，言简意赅，直指核心。核心就是，长眠在坟山下的朱元璋。山上，古树参天，踏着林中湿泥小路走了走，感觉空气是绿色的，面颊、衣衫也被染上了湿乎乎的绿。

　　下山时，我看见一棵巨大的朴树，树身古老得如粗糙的石头或水泥，然而，它的确是有生命的，枝丫铺满了碧玉般透亮的新叶，我在树下盘桓，有许多的欢喜。过来几个北方游客，其中一个妇女外八字，戴墨镜，问导游，"这什么树?"导游说，"朴树。""哪个朴?""也可以读朴的那个朴。""那就叫朴树得了罢！歌星叫朴树，这树也叫朴树，乱不乱?"他们走了后，我给朴树拍了张照片。朴树太大了，我只拍了个局部，是它的躯干和一小枝嫩叶。回到成都，我用这张照片做了电脑桌面。

读 · 陈 · 子 · 庄

隐者仁厚街

前几天我下山进城，路过仁厚街，
卡夫卡书店的故址、黄老师的故居，我都
辨认不出来了。
而陈子庄的身影，却感觉还投映在某一堵
老墙上，
静静谛听着移动的光阴。

第三辑

灯下草虫鸣

灯下草虫鸣

养　啥

　　我养过花，勤浇水，后来都枯萎了。养水仙是没耐心，抓一把种子扔进饭锅里，盛了半锅水，就出远门了。回来后，吓了一大跳：水仙怒放，生机盎然，宛如是在火炉上煮出来的呢！也养过兔、养过鸡，兔子死了，鸡吃了，还有几只被猫叼走了。有只大白母鸡，舍不得吃，越养越肥，大腹便便，像个心宽体胖的贵妇人，却被人偷走了。早些年，偷鸡人一般是兼职的，他们提两只麻袋，一袋装糠，一袋装鸡屎，走街串巷，吆喝着"鸡屎——调糠——"哪家恰好鸡在笼里而人不在屋，他就连鸡带屎一齐裹走了，还把糠也省下了，真像中彩票。后来，我就没再养鸡了。远远听见"鸡屎——调糠——"就心酸、发苦。恨过他吗？这倒没有。多年后，读到汪曾祺的《受戒》，里边写到两个常去庙里打牌的牌客，"一个收鸭毛的，一个打兔子兼偷鸡的，都是正经人。"颇有会心。那正经人用铜蜻蜓做诱饵，鸡婆子上去一口，铜蜻蜓的硬簧绷开，就把鸡嘴夹住了。这比鸡屎调糠更利索，可也更专业，咋算兼职呢？汪先生说俏皮话。

年龄大了，兴味寡淡，怕出差池，不敢乱养东西。有天侄儿说要养金鱼，我就带他去花鸟鱼市逛，看见水缸里鱼翔浅底，十分可爱，问女老板价钱，答五元一对。买了。又看见水面漂着塑料鱼，俗艳、僵硬，顺口问价钱，答：十元一对。我吃了一惊，说，为啥假的还比真的贵？答：假的不会死。我再吃一惊，这话说得真像哲学家。多看了女老板两眼，她心宽体胖，两腮冒油，正伸了幺指头在剔牙缝，咋看也跟哲学不搭界。

说到高人，我想到有篇文章写了位设计师，他心有定力，自甘边缘，别人从众，他另辟蹊径，别人求快，他求慢，别人养宠物，猫猫狗狗，他也养宠物，却是一只慢吞吞的小蜗牛。这实在有意思。前些天，我开车穿过乡镇公路时，看见一排陶瓷店。进去选了半天，在老板期待而后失望的眼神里，最后选了一只土气、廉价的小陶钵。钵身斑驳，布满小黑点，宛如写完毛笔字，不小心甩上去的墨渍。我拿它回家，把玩好久，却不晓得拿它何用。做笔洗吧？我有了，是一只小水桶。养荷花、养鱼？自忖早没胆量了。

但，我还是把它放上了书桌，端端正正。我养了一钵水。清水。关于水，从农夫、牧童到老子、孔子，都赋予了水太多的意义。我就啥也不说了。

江　湖

　　我有个做媒体时期的好友，好记者，眼狠、笔快，而且英俊，属于置身人群会被头一眼盯住的人。他足迹广阔，采访过悉尼奥运会，还跟萨马兰奇做过访谈……后来，他退休了。是人，都会老的吧。动极而静，他迅速就适应了，并搬到了一个海岛上居住，空了就去栈桥上钓鱼。钓鱼是需要耐心的，他无师自通，每甩一竿，必有所获。他曾发给我一张照片：手提两条海鱼，八斤的石斑和三斤的剑曹，其满足自得之态，颇像海明威当年在古巴钓了大鱼满街秀！我好羡慕。他邀我去岛上同钓，我却没敢回应。我缺的，正是耐心。

　　记忆中，我只有两次钓鱼经历，一次是童年住乡下外婆家，大热天，悄悄拿了门后的鱼竿去小沟里瞎钓，满头大汗，只钓起一只小螃蟹。另一次是做了记者后，和一位老记者结伴去小乡镇采访，午饭后他拉了我去堰塘边钓鱼。正是暖秋，阳光好，我把鱼竿往湿地上一插，居然就坐着睡了一大觉。红日西沉，连片鱼鳞都没见到。从此，把钓鱼之心彻底给断了。

　　时间好快，我已到那位老记者的年龄了，为圆一个童年梦，去了儿童班学画画。这学期老师教木刻，让学生们刻自画像。我的同学都只有七八岁，个个聪慧、手快，或刻自己骑海马潜水、或刻自己在太空飘浮，可谓异想天开。我的想象被激活，为自己刻了一幅江湖垂钓图。江湖这个词，自武侠小说盛行后，就已经不是江湖了，是既凶险又精彩、是月黑风高侠盗出没、是涉足一次就欲罢不能、是无处不在而又触摸不到的一个传奇、传说。我的江湖不是这样的，江湖就是江河湖泊，一大片水，水长山高，我可以邻水闲居。不是没耐心钓鱼吗？耐心，是可以打磨的。所谓到什么山唱什么歌，也就有到什么年龄做什么事。我想，我会有些改变的。我已经在变得一天比一天沉静了，是正在接近适合钓鱼的那种静。不过，沉静也最容易让人走神、打盹了。这不利于钓鱼，却有助于白日梦，而梦，正是我所需要的……于是，我的江湖垂钓图，钓起来的，是一条丰肥的美人鱼。

我给这幅图配了四句顺口溜：身居江湖中，垂钓江湖上。人是江湖人，不问江湖事。

没藏啥玄机。大意近似于：住在大街边、听不见汽车喇叭声。

天　赋

茱帕·拉希里在小说《纯属好意》中写到一个叫罗杰·费瑟斯通的男人，年轻时想当画家，在艺术学院学画，但当一位教授坦言他天赋有限后，他立即放弃了画画，转而成为一名艺术史博士、学者，为杂志撰写具有杀伤力的评论，坚持在餐厅坐最好的位子，点的酒不合意就退回去。缺乏天赋，他正视了这一点，并成为他人生的转折点：他成了个态度强硬的人。

然而，天赋有这么重要吗？进而还可以追问，天赋存在吗？我还在《老照片》上读到过一则真人真事：从前有位青年，自小酷爱美术，擅长油画，高考时想报考中央美院油画系，但他母亲，一位从美国留学归来的教授，不赞成，认为艺术对人的天赋要求实在太高了，建议儿子报考美术史系。儿子听从了。后来，这位儿子留学哈佛，获得了美术史与人类学双博士学位，著作很多。我读过他写的研究中国实验艺术的书，的确很棒。不过，这还不是他从小的梦想吧。让他放弃梦想的，又是那烦人的天赋。如果世上确有所谓天赋的存在，那么，凭啥判断一个人有无天赋呢？玄。

聪慧肯定不是标准，热爱、执着也不是。乾隆皇帝够聪慧、风雅，他一生做了四万多首诗，可没一首能口口相诵地流传，即便是像"床前明月光"那样的顺口溜。相反的例子倒很多，曹植七步成诗、骆宾王七岁写了"鹅、鹅、鹅"、张爱玲23岁完成经典《金锁记》……这种天赋，让后人赞叹、也为之气沮。然而，我还是要说，辨认天赋有无，比辨认古董真伪还要难。爱丽丝·门罗，37岁才出版第一本书，她其后三十多年的小说，我读了些，还好，但算不了上乘。直到78八岁，她才拿出了巅峰之作《逃离》，从而摘下诺贝尔文学奖。天赋可能是存在的，它更像是优质煤，张爱玲是露天煤矿，爱丽丝·门罗是深井煤矿，如果你挖了几铲就把铲子给丢了，你可能就丢大了。

常有学生拿篇习作给我看，请我判断有没有写作的天赋。我有时不正面回答，而向他们讲到一个香港人：近视近千度、两腿长度略为不齐、体质先天孱弱、身高仅有172厘米，后来却以功夫扬名了天下。他是谁？学生们面面相觑，猜不到。我报出答案：李小龙。下边一片小喧哗。李小龙当初学武，不过是增强体质，谁说过他有天赋呢。我的结论是，天赋是存在的，天赋之说也可能是害人的。愚钝如老师，还在写。如果写作是你的梦想，不妨写写再说吧，多给自己一点耐心与机会，比天赋更靠得住的，是修炼和修为。

列夫·托尔斯泰谈到他杰出而早逝的大哥尼古拉时，说道：尼古拉因为缺少作家所必须具有的主要瑕疵，而没有成为一个伟大的作家。这瑕疵就是，虚荣。如果把这瑕疵理解为另一种天赋，那么缺乏这种天赋的人，可能就具有更为完美的品格。托尔斯泰正是从他大哥的身上，最早领会到了爱和慈悲。这已是另一个话题了。

虫 鸣

虫鸣总让人想到寂静的秋夜。而其实，虫鸣四季都能听到，如果你恰好在失眠。我买过一本汪曾祺散文集《人间草木》送父亲闲读。他午睡前翻了几页，随后告诉我：忆旧的文章写得很有趣，尤其说到失眠时，听风吹树梢、雨打竹叶……不过，我在老家时，失眠听到的不是风、雨，是蟋蟀叫、青蛙叫、斑鸠在树枝上走动、麻雀在叽叽喳喳，就连蚯蚓爬动都听得到，好热闹，就像小东西个个睡不着。

父亲说得直白，我听来却颇有诗意。他老家在川东北一片群山里，山清水秀，却也十分清贫，他15岁就拔腿出逃了。

祖母央求他留下了，他说，"妈，太穷了，站不住啊。"站不住就是没法活，好形象，脚都站不稳，还能咋个活？享受寂静和虫鸣？要看你能否有余力活得悠闲些。

和尚、道士是悠闲的，邻近的峨眉山、青城山，一个天下秀、一个天下幽，都是修行、听虫鸣的好地方。我去过佛寺，听到的却是木鱼。木鱼把虫鸣盖过了吧。也在道观住过两夜，有一夜太累，倒头就起了鼾声。另一夜失眠，听到沙沙声，密密实实，铺天盖地，有如千军万马衔枚疾行，麻了胆子推门一望：是漫天大雪……这是我头一回听到雪花飘落，竟听得目瞪口呆。很美的记忆。然而，记忆而已。黄卷青灯、青菜馒头的日子，几个在家人熬得住呢？

这些年，不时跟朋友聊到退休后的生活，大多说找个清静地方隐居吧。有个朋友看上远郊一个孤零零村落，大赞清静！盖了房，辛苦装修，搬去住了三天，跑了。太清静。每夜都能听到虫鸣，却找不到个人说话。他事后自嘲：三天不跑，怕是要疯。

古代有两个诗人以隐居著名，一个是陶渊明、一个是王维。不过，他们隐居的地方，人气还是很旺的：陶渊明揭不开锅了，就去邻居家乞食，天不亮听到敲门声，光了脚板冲出去，门口站着送酒的乡民。王维富裕多了，他住别墅，也常去山间小路上走走。遇见守林的老汉，闲谈庄稼收成、儿女婚嫁，竟然就忘记回家了。这才是隐居的乐趣。博尔赫斯说，藏起一片树叶最好的地方，莫过于一棵大树。那，隐居最好的所在，也该在人群广众中吧。

离群索居，未必能听到虫鸣。听到了虫鸣，也未必就是你想听的声音。结庐人境，陶渊明才能写出"抚孤松而盘桓"；与邻话别，掩了柴扉，王维才会有"雨中山果落，灯下草虫鸣"之叹。这样的诗，有清寂，却没有清苦，有的是清赏，也就是玩味。这样看来，隐居的要义，是闲居。闲的时间，闲逸的心。

我刻了幅王维诗意的木刻。一个学生看了，笑道，"亮点是广告。"她指的是那颗被咬了一个缺口的苹果。我说，"那不是苹果，是乔布斯的心。"她说，"啥子心?"我说，"不甘心。"乔布斯是大天才，大富翁，临死说出：早知如此，我何苦追求那么多财富?! 我该去追求艺术，或一个儿时的梦想。然而，他身前行色匆匆，总停不下脚步，这就注定，他的一生只能带着缺憾的梦想而去了。

冬去春来闲涂鸦

闲

我好静，爱闲，而又怕冷。冬天到了，站阳台上望见脉脉山影，偶尔心念一动，会想古代隐者如何御寒。小时候住乡下，冬闲时节，一村老小头缠白帕，围腰下窝了只烘篮，四处串门。外婆在烘篮里放颗花生，久久，一声炸响，焦香。不过，烘篮也就如此，烤得熟花生，烤不热骨头。外婆说穷人啊，夏天好过，冬天难熬。夏天披一块布就行，冬天是裹了被子还打抖。说到古人怕冷，杜甫体会尤深，秋风吹走屋顶的茅草，秋雨淋湿床铺，棉絮冷得似铁，两脚冷得发麻，夜正长、而闲正长，闲愁最苦。何况，那还是在天府成都，季节还不是一月。南方一月，阴冷潮湿。北方有暖气，古时候有热炕，南方人只能缩了脖子，跺脚，硬抗。陶潜隐于江西，所以冬天读他的诗，除了乞食、乞酒，还常见一个冷字。也因此，更多了些佩服。

做隐士，应该在北方，譬如像王维。他是有闲的，闲来每独往。也有些闲钱，别墅南山陲。他散步时偶尔遇见农家老头，也谈笑忘了回家。但宅居，还是他的常态。闲坐，是他经典的姿势，即今天所说的坐禅。有人细读他的诗歌，发现没一首感叹青春易逝、年华如水。因为，岁月闲静，每年、每天都一样。就像石上清泉、松间明月，日相似、夜相似。天造陶潜，是让人敬仰的；地设王维，是让人羡慕的。王维在不愁衣食冷暖的闲坐中，听到，并记录了山果坠落、草虫鸣唱，但他没有道出所悟何在。只有当果子砸在牛顿头上时，他才会让世人分享他的惊天大发现。而这，也就是禅学和科学的区别吧。

闲是最贱的，人习以为常，并不珍惜。闲被珍惜时，它已经很奢侈。史蒂夫·乔布斯在临死前的安闲中感慨，早知如此，我何苦追求那么多财富?! 我该去追求艺术，或一个儿时的梦想。梦想就是一个果子，他其实是尝到了一口，但，也只是一口而已。

写

我7岁还没有读过诗。骆宾王7岁就写了名诗"鹅、鹅、鹅……"。他是天才，可以归入脱口派。说雅，是脱口成诗。说俗，是口水诗、废话诗，我不喜欢。另有一种苦吟派，譬如贾岛、孟郊，一个"推门"、一个"敲门"，推敲、纠结，两字未成，先把胡子捻得没剩几根了。我也不喜欢。小气。

台湾有个著名老作家，主张细读、慢读，他说，"快读等于未读。"我同意。他执教，一学期只讲一个五千字短篇小说，我同意。他写作，每天写字不超过五十字，我不敢同意。但好奇，如果是写对话，咋办？这个人刚问了五十个字，那个人就得等到明天再回答？多年前，两个棋手在报纸上下棋，我今天落一子，他明天回一子，比马拉松还缓慢，这种耐心，敬佩是有的，也觉得未免小搞笑。

海明威一天写过三个短篇，也用数月写过一个中篇，都是名作。凯鲁亚克用多年人生积累，倾半个月之力，疯狂写出《在路上》，不知是否算巨著，但影响了全世界。写作如搏猛虎，莽撞必然有害，但拘谨顶多维持对峙，只有伺机爆发，才能全胜。拘谨，可能是干涸、枯竭的近义词。

塞林格以《麦田里的守望者》获得大名后，活得像个隐士。据他的小情人乔伊斯·梅纳德记叙，他每天都关在屋子里孤独地写，谁也不晓得他在写什么。神经质般的警觉与谨慎。就这么，他写了半个多世纪。他死后，人们都猜测会从保险柜里找出厚沓沓的惊世之作。然而，似乎什么都没有。

空

很多很多年前，看过一部反特片，情节俗套，看完就忘了。记得的，是特务的两句接头暗号："竹径通幽处，禅房花木深。"非常神秘和恐怖，庙子也有了杀伐气。后来，晓得这暗号取自唐代常建的诗，《题破山寺后禅院》。破山寺之名，也让人联想到劫后的景象。不过，读了全诗，印象最深的，却已是"山光悦鸟性，潭影空人心"。我把后一句理解为，潭影就如空人的心。什么是空人？大概跟稻草人差不多，或者还更恍惚、缥缈些，就像一股气。再后来，晓得"空"是动词，是潭影使人心变得空空的。

但，我还是喜欢自己望文生义的解释。如今，流行谈禅，"色即是空，空即是色"，这些话我听得耳朵起茧巴。果如此，那不如两个字省一个算了，何必啰唆。相比，"由色而空"似乎较能接受些。《水浒传》一百单八个英雄，最后得道的，就武松、鲁智深两个人。当初为逃亡而出家，再后历经山河百战、大生死，待万丈红尘落为了青苔，这色一下子抽走了，他们就成了空心人，一个在钱塘潮声中圆寂了，一个在六和寺中终老了。其他英雄，都成了别人的菜。这算不算禅意呢？填满而后抽空，武松、鲁智深之外，还有贾宝玉。说到非虚构，弘一法师也是吧。成都北郊有座好大的昭觉寺，方丈清定法师从前是做过国军将军的。

川北还有两座寺庙，方丈由同一位法师双肩挑。他出家前在川大历史系念书，算我的学长。我一位老同学去寺庙烧香，见过他，跟他叙起校友之谊，他淡淡、缓缓地说，"从前的事，很多都记不清了。"寺中有一口水潭，映出摇曳的人影，那就是我想象中的空人吧？

别

聚散别离，文学、人生中常见。贾宝玉喜聚，有聚才会有温暖。林黛玉不喜聚，聚了还是散，散了更冷清。我不善交朋友，但还是去车站、机场送过客。那是个别离的舞台，情侣相拥泪奔、父母万千叮咛，看多了，虽是真情，却觉得夸张，不免麻木。唯有四目相对无言，会让我心坎一软。啥也不说，就像河堤拦住了夏天的潮水。

读诗、读诗人，李白大概是最夸张的，一说愁，就是"白发三千丈"，好文青！写别离，就更易感情泛滥了。可他偏不，克制到极致，大诗人就是大诗人。我说的是七绝《送孟浩然之广陵》。李白至少为孟浩然写过两首传世的诗，另一首是"吾爱孟夫子，风流天下闻……"抒情到空洞，完全看不到孟浩然的形象。这首送别，孟浩然的形象依然是隐去的，但他本人的形象出现了，这是一个伫立在浩浩江岸的送行者，孤身，渺小，目送孤帆更为渺小地消失，如同一粒从指尖飘飞的尘埃。他咬住牙，没说一个"珍重"，没问一声"何时归来？"他用寥寥数语，指给我们看的，是涌向无尽头的流水。千年的诗，写别离的，我以为数这首最好。

古人词中写别离的，更多了。我印象深的，却是毛泽东早年的《贺新郎》。"挥手从兹去，更那堪凄然相向，苦情重诉，眼角眉梢都是恨……"我以为他要爆发了，却一收笔："热泪欲零还住。"收得多好。人们一般说毛泽东诗词霸气，这一首却极尽缠绵、顿挫。缠绵易，顿挫难。

基耶斯洛夫斯基的电影《蓝》，女主人公遭遇车祸，丈夫、女儿死了，跟她永别了。她伤愈回家，女仆抱住她大哭。她说，"你哭什么？"女仆说，"我哭，是因为你不哭。"如果把她看作诗人、女仆看作读者，这就是对诗艺的最好诠释。

永　别

永别就是死亡。了解一个诗人的人生观，最好的方式是看他如何看死亡。我一直把曹操视为是诗人，而不是权奸。历朝帝王，没哪个的诗有他写得好。诗人好色，不奇怪。他死前丢不下的，也是这些姬妾们：不是让她们殉葬，而是分香卖履，好好活下去。这种体贴、风雅，也只有多情的诗人做得到。

庄子对死亡的态度，被认为是很旷达的，例子是他听说老婆死了，就鼓盆而歌。可，死的是他老婆，不是他本人啊。这做不得数。

美国的苏珊·桑塔格，可归入文坛悍女或悍婆。可她对死亡的态度，据她儿子后来回忆，是万般的恐惧和胆怯……这无损于她的光荣，反而让我看到她坚甲般的面容后，一颗真实、柔弱的女人心。

陶渊明对死亡的态度，我最初是在鲁迅悼念死难者的文章中读到，"亲人或余悲，他人亦已歌。死去何所道，托体同山阿。"不是悲情，也不是漠然，是切实的通透。他是诗人，做过官，因为要一份自由和尊严，就回家当了农民。后人赞赏他，是视他为高人、隐士、饮者，颇为浪漫化。而读他的诗，却时处可见活着的艰辛、饥饿、乞食、嗜酒、讨酒，南方之冬，被子冷而硬。生了一窝儿女，个个没出息，不省心，只窝心，他又能咋样？写首《责子》诗发泄。偶尔采菊，常去种豆，冷霜白露，打湿衣服，为了三顿饭，真是人生如蝼蚁！死了？他说，那就埋了吧，归于山陵、土地、流水，永别就是永远的休息。

　　遗憾，也是有的。他写过《闲情赋》，是对女色的向往。写过《饮酒》，是对酒深切的体味。临上永别之路，他避虚就实、舍色而言酒："但恨在世时，饮酒不得足。"平平两句，是坦率和淡淡的自嘲。

斧头及一些碎屑

一

我画过一幅卡夫卡肖像：他一如平日的西装革履，然而，怀中却抱着一把大斧。这幅画的灵感，源于他自己的一句话：

"所谓书，必须是砍向我们内心冰封的大海的斧头。"

我喜欢那把斧头。或者说，我着迷于斧头所象征的一种身份，木匠。

鲁班是我所知的第一个木匠。他自然是使用斧头的高手，但他最著名的事迹却是上山砍树时，手被草叶边缘的利齿划伤，从而得到启示，发明了锯子。在我看来，这是比较无趣的。

锯子对于斧头，是一个革命，却消减了"坎坎伐檀兮、置之河之干兮"的热烈。锯子缺的是诗意。后来人们还发明了电锯。看到电锯两个字，我就会想起一部恐怖电影的名字：《德州电锯杀人狂》。想吐。

《庄子》中写到过一个木匠，匠石。他的伙伴鼻尖沾了白粉，他就抡起斧头，风一般劈过去，把那鼻尖劈得干干净净的，却毫发不伤。

鲁班是能工巧匠，而匠石是魔术师。比魔术师更胜一筹的，则是魔法师。

开天辟地以来，头一个魔法师，数盘古王。混沌的星体，就是他用巨斧一劈为两半的，上者为天、下者为地，天地万物才有了起始。

当然，这是神话，不是写实。然而放之于文学、艺术，但凡是影响创作的创作，莫不属神话。

卡夫卡的《变形记》劈首就说："一天早晨，格里高尔·萨姆沙从不安的睡梦中醒来，发现自己躺在床上变成了一只巨大的甲虫。"

我在《世界文学》上读到《变形记》时，正在成都24中念高二，16岁多点，像个饥饿的幼鼠，逮到啥都要啃一口。《变形记》让我惊骇，啃了，但是吞不下。我在学校靠近开水房的一棵皂荚树下，把这困惑告知一个同学。他头发长长的，神情倦怠，但趣味比常人都高，对当时风行的伤痕文学嗤之以鼻，常如数家珍地提到陌生的外国作家和作品。估计他的邻居中，恰好有一个地下诗人，或者落魄的艺术家，耳濡目染，近墨则多喝了些墨水。看到我对《变形记》的无知和畏惧，他宽容地笑了笑，说："是的，卡夫卡就是这样。"我听了，印象深刻，却又一片茫然。

多年之后，我在《番石榴飘香》中读到一则逸事：某个人，在17岁的某个晚上，钻在被窝里读到了《变形记》，骂了句："他娘的，我姥姥不也这么讲故事吗？"他似乎听到了斧头正在坎坎劈来，塞在脑子里的那些旧观念、旧框框，全都轰然坍塌了。第二天，他写出了自己的第一篇短篇小说。再后来，他写出了《百年孤独》。他就是加西亚·马尔克斯。

这件事，让我看到了自己的愚钝，天才何以为天才，也看到作家手中的斧头，意味着蛮横和创造：它是神话，而非谨言慎行的写实。

二

我成为作家后，写过几个关于木匠的小说，自己最看重的，是中篇《千只猫》。有个叫范懿的画家，以画猫见长，名闻海内，所有藏家都以得到他一只猫为满足，再高昂的价格也拦不住他们来敲门。到手的，都巴不得他早死；没得到的，祈祷他多活几天或几年。他厌倦透了，隐身不见世人。世间于是传说，他已经死了。溽热的盛夏，一个在报社实习的女大学生，奉了主任之命寻访范懿，几经周折，终于在拆迁一空的老巷子里找到了他。

树荫森森，蝉鸣如雷，他却蛰伏在一间危房中造柜子：不当画家了，拿了斧头做木匠。

范懿在古玩市场上买到一册晚明天启皇帝的遗作。天启是个木匠迷，而且是个非凡的木匠，不理朝政，天天躲在后宫做木活。他的遗作中记载，他用一百零八块木头，拼装了一只巨柜，略似今天的车厢，一个人从前门进去，从后门出来时，就变成了另外一个人。范懿为此迷住了，按照这册遗作所示，拿斧头削了一百零八块木头。柜子拼装出来，却只用得上一百零七块，老有一块多余的木头无处安置。试了又试，总是功败垂成。他身体已虚弱到了极致，然而，那块多余的木头，构成了一种无限的挑逗，让他欲罢不能。

他想变成另一个人的愿望，如此强烈，而又那么遥不可及。

范懿死了。他画的猫被集中起来，举办了一次盛况空前的画展，被媒体誉为中国猫王。他没有能摆脱画家的身份，而他拿斧头做木匠的努力，被忽略不谈，就像从没发生过。

《千只猫》发表于十年前的《十月》。责编晓枫对我说："我喜欢这个小说。但我要告诉你，你注定是一个小众作家。"我点点头。迄今我也认为，她说的是对的。

三

我的日常生活中，也有一个朋友是木匠。这是 1979 年我上川大历史系后，认识的岑同学，他的寝室跟我门对门。他个子不高，样子不俊，眼睛不大，但偶尔一瞪，是炯炯有神的。

我是班上少数应届高中毕业生之一，老岑要比我大七岁。在那个红色年代中，他的家庭出身属于黑五类，没前途、没念想，有念想也等于白想。他没念完初中，就一脚踏入社会了。他不想当知青，又当不了社青，也没家底当赖青，但要活下去，就去拜师学木匠。一斧在握，天干饿不死手艺人。学成之后，挑了担子，在成都北边广阔的平原和丘陵区游窜。运气好，打一套结婚家具，挣两个月饭钱，运气不好，打一张凳子，挣两个干馍馍。苦是苦，但有手艺和气力，吃饭不成问题的。

难的是，饮食男女，重点在男女。

他的父辈、祖辈都是读书人，他担子的铺盖卷中，也插着破损油腻的《红楼梦》《唐诗三百首》。书中自有颜如玉。但，也只算纸上谈谈兵。他给我讲过一件事：

有天听说八十里外小镇的小面馆，新招了个美女服务员。他便邀约了一帮口中淡出鸟来的年轻人，石匠、厨子、火工、引车卖浆者流，带了水壶、干馍馍，打了火把，走了一夜田坎路，去那小镇看美女。

我问老岑：看得咋样嘛？他惬意地叹口气：看得好过瘾哦！我听了，有点叹息，又转觉欣慰。身逢乱世，杜甫的诗充满了苦巴巴的酸，而老岑这样的小木匠，却自有他的苦巴巴的甜。

老岑上了川大后，也吃过一次亏。在九眼桥昏暗的路灯下，花十元钱买了一双铮亮的牛皮鞋。拿回寝室细看，却是报纸和黑蜡做成的。此事传为笑话，老岑倒很潇洒，坦然承认，栽了。他毕业分配到博物院，拿出木匠的慧眼和狠劲，成了鉴定文物的专家。另一个老同学，有个土豪金朋友，花两百万买了两只元代青花瓷瓶，设宴请老岑看一看。老岑距瓶子还有两三米，就说了两个字："假的。"土豪金差点当场就砸了瓶子，还是老岑劝住了，说：如果看得开，看看也是顺眼的。不妨做个纪念嘛。

我曾以老岑为模特，把他放进我的几篇小说中，还给他的眉心添了一颗痣，暗示那是第三只眼：慧眼。他的戏剧性人生，就像木匠的斧刃，游弋在现实和小说的交错地带，比冰封的现实魅惑些，比虚构的小说更真实。

四

我在一所大学任教，讲授创作。没有办公室，上完课就回家。同事间相见，多在教师休息室。有天我在休息室听见一位女老师谈文学，说灵感骤然降临时，作家处于亢奋甚至迷狂的状态，时空两忘，只是不停地写啊、不停地写啊，一首诗或者一部小说，就这么写出来了，但连他自己也不晓得是怎么写出来的。我听笑了。虽然这位女老师不是作家，但她说得比作家还要夸张和搞笑：作家就像个杯具，盛满灵感之泉，只等突如其来的喷发。

写作的真相，不是这样的。作家在书房中的状态，和木匠在作坊中的状态并没有两样。我在作为文学学徒的漫长生涯中，始终像攥着斧头的小木匠，学习、拆解前人的经典，有如庖丁解牛，琢磨它们的材质、结构、语言、节奏、细节……再试着用不同方式，把它们组装回去。写作就是一门手艺。加西亚·马尔克斯在他的巅峰时期，径直把写作称之为："我的木匠活计。"

他在年过70岁后，还对此详加解说："我把这个叫木匠活，也就是讲故事的技巧、写作技巧和电影制作技巧。灵感是一回事，情节是另一回事，如何将情节呈现出来，变成能吸引读者的文学作品，没木匠活，做不了。"

我在讲了十几年创作课之后，选编了一本教学参考书，收了21个短篇故事，起名《20个经典和一篇习作》。第一个故事，是来自古印度的《鹌鹑本生》：

喜马拉雅山区，菩萨转生为象王，带领八万头大象四处寻食，路遇一只鹌鹑母亲和她一窝刚孵出的小鹌鹑。象王保护了这群小生灵，但告诫这位母亲：还有一头单独行动的大象，它不受我制约。小心。

当鹌鹑母亲向独行大象乞求别踩死我的孩子时，大象却抬起脚把小鹌鹑踩得粉身碎骨，还撒了泡尿把残骸冲走。鹌鹑母亲发誓报仇。

问题来了：鹌鹑杀死大象，就和拿鸡蛋砸穿高墙一样难。但是，如果鹌鹑杀不死大象，这故事就是个烂尾楼。而经典，就是要在可能的情节链条上，让人物的命运发生裂变，不可能成为可能。

不可能完成的故事，才是最好的故事。

倘若让鹌鹑学会一种咒语，念念有词就让恶象七窍流血而死，那成玄幻了，没意思。连接不可能和可能的，是逻辑。好比中国的木匠建木塔、造危楼，不用一根钉子，把它们高高撑起的，是精准的榫头和斗拱。这就是木匠的逻辑。

《鹌鹑本生》根子上，是讲因果报应的。而有趣的是，福斯特在他的小说讲稿中，正是把"情节"定义为"因果"。

鹌鹑母亲分别去谦卑地侍奉了乌鸦、苍蝇和青蛙，所得到的回报是：乌鸦啄瞎了恶象的双眼，苍蝇则在象眼中产了两窝蛆。当象痒痛难忍、唇焦口燥时，青蛙在山顶呱呱叫，把象引上来，又跳到悬崖底下叫，象于是走向悬崖，滚下去，摔死了。死得很难看。

这是弱小者复仇的胜利，也是严丝合缝的讲述技巧的成功。很匠，但不是匠气的匠，是艺匠，大匠。

五

我 20 岁前，啃了许多傅雷翻译的巴尔扎克，以及《约翰·克里斯多夫》，今天，几乎全忘了。但我仍敬重傅雷，心中尊他为大师。他的学识、人品、审视艺术的穿透力，都是罕见的。他评张爱玲的那篇长文，还有他的美术评论，都让我时时琢磨和回味。

1944 年，傅雷发表《论张爱玲的小说》，对张的《金锁记》给予高度肯定。傅是骄傲的，张也很骄傲，好话，她自然是照单全收的。而傅对张《连环套》的尖锐批评，张则在《自己的文章》中兜着圈子，说了个不。这也是骄傲使然，不足为怪。多年后，人在异乡，年岁渐老，依然骄傲的张，却好几次承认了《连环套》是个败笔。这就很不容易。

傅雷之于艺术，就像是一把斧头，刀斧手，寒气逼人，看不顺眼的，统统给予怒目。他可能也自觉不妥，所以给自己起了个号，怒安。

他的美术评论，我不是指他的那本《世界美术名作二十讲》。那是他的早期之作，没有特别之处，可以归于优秀的普及性读物。他真正不同凡俗的惊人之语，是致友人刘抗书信中的零星片段。那时他已年过 50 岁，戴了右派的帽子，评的也已不是西洋美术，而是中国传统书画。但掩不住刀斧手的锋芒，偶尔一闪，让人惊诧。

他说：近世的名家，除了齐白石、黄宾虹，其他都是欺世盗名。

他写了这么一段话："吴昌硕全靠'金石学'的功夫，把古篆籀的笔法移到画上来，所以有古朴与素雅之美，但其流弊是干枯。白石老人则是全靠天赋的色彩感与对事物的新鲜感，线条的变化并不多，但比吴昌硕多一种婀娜妩媚的青春之美。至于从未下过真功夫而但凭秃笔横扫，以剑拔弩张为雄浑有力者，直是自欺欺人。"而他自己在信中刀斧横扫，把大师徐、刘、张等都卷入了斧风之中。好不痛快。

备受傅雷推崇的齐白石，也是个木匠。在学会握画笔前，他先学会了挥斧头，因为太穷了，要活。而斧头是一种象征，革命。他学画前，已做了十年的木匠。我以为，他用斧头革了中国文人画的命：把沉积太久而发酵为酸的那种气味，统统砍去了。

曾有人讥笑齐白石的画粗枝大叶、如厨夫抹灶，太无古法。然而，这所谓的讥评，正是我喜欢他的理由：要那么多文绰绰做啥!

齐白石以花鸟画最为著名，我却更喜欢他的山水、人物画。尤其爱他画的一幅"自画像"：满面红光，斜伸手指，怒目画外，边上大写七个字："人骂我，我也骂人。"让人哈哈大笑。打我左脸，把右脸也伸过去？凭什么。这就是木匠的蛮勇，也是木匠的逻辑。

所谓青春之美，全活一口气。齐白石快 80 岁了，还生了个儿子。

傅雷则是个未尽才。他愤然离世时，还不到 60 岁。斧头越锋利，越容易受损毁。"奇迹在中国不算稀奇。可是都没有好收场。"他预言了张爱玲的结局，也包含了一个时代的悲情。

青城山

　　我书房的窗户朝西，雨后天晴，能望见五十公里外的青城山。

　　峨眉、青城，是蜀中两座名山，一个大而秀，一个小而幽。大，是山体的巨大、嵯峨，也是言其盛名远播。但凡到四川的游客，有两处必去，峨眉山、都江堰。青城山就距都江堰一步之遥，但知之者甚少。电视剧《笑傲江湖》播出后，大家因青城派而晓得了青城山。然而，剧中的青城派，不能和少林、武当比，跟五岳剑派也差得远，按今天的说法，小众、非主流。

　　1998年秋，我去登了泰山，夜宿山下宾馆，和一个同行的北方记者闲聊，他说他不喜欢泰山。我问为什么？他说，满山都是石头和政治，一点也不秀。我说你去登过峨眉山没有？他说登过的，美极了……但更喜欢青城山。我小小惊讶，问他为什么？他说，因为小。

　　我头一回听省外朋友这么谈到峨眉和青城。小，也换个今天的说法，或许是：高冷。

青城山在峨眉山的盛名遮蔽下，关注的目光少，就连阳光也少，四季潮气氤氲，绿茵茵的，青而幽，幽而静。青城的前山，是道教圣地，倘若与青城后山、外山等连成一片，在条条蜿蜒的山道上，还能见到散落的尼姑庵、寺院、山民老屋、度假村落……即便是意料中的邂逅，也有小的惊喜，像一首小诗，甚至比五绝还要短小，譬如俳句。

日本作家中，我喜欢的几位，都有俳句的高冷之小：躬耕于一只女人的巴掌，却自有其丰腴的肉质和复杂的纹理。就连被称为国民大作家的夏目漱石，也写下过这样的俳句：

愿如紫地丁，
生为渺小人。

川端康成过世后，加藤周一写过明褒实贬的《永别了，川端康成》一文，称川端康成是伟大的小诗人，"因为他不触及世界、国家大事，不问大自然与社会的构造，经常从以历史为主体的事情中逃避，一味想把世界局限在眼前的这块地方，用眼睛看，用手指抚摸女人的肌体，冷的温的，干的湿的，使人迷惑在稀落的混合色彩里。"

然而，他所谓的川端康成之"小"，却正好是我喜欢川端康成的理由。

诺贝尔文学奖的受奖演说中，大江健三郎谈到了政治和道德，川端康成谈到了风花雪月、禅。前者正义、硬朗，让我敬佩；后者细柔、纤弱，让我着迷。

青城山是青藏高原伸入成都平原的余脉，也即是说，虽小，却是世界屋脊的一部分。33年前的严冬，我曾和几位同学在青城山中住过一夜。后半夜，我被一片沙沙之声惊醒了，仿佛千军万马正在衔枚疾走。我摸黑披衣出门，啥也看不见，但觉沙沙声弥漫天地，更密、更切了，试着走到院中，才发现正在飘雪花，那是雪花落地的声音。

我是在南方城市中长大的，雪花的声音，就像奥雷良诺·布恩迪亚上校第一次触摸到冰块。

今天，青城山也不那么清静了。大势如此，清静在一步步退缩，退入人的记忆。

我试写了一首俳句，那是记忆中的、也是想象中的情景：

天寒一尺雪，

暮叩山门风吹月。

小寺闲做客。

苏东坡的苍茫时分

我从10余岁读到苏东坡，一直就喜欢他。但这喜欢，一度是放在柳永之下的。

读到柳永，已是在高一了。我迷上了杨柳岸、晓风残月，而且是那种在晨光熹微中，带着残醉，从船上醒过来。这意味，是让15岁的少年向往的。那时不懂颓废，而颓废的麻醉力，已在这词句里让人沉溺了。何况，这词句还要由十七八岁的少女，执红牙板，袅袅地唱出……简直就是靡靡之音了。靡，是望风披靡的靡。

相比，苏东坡的大江东去、浪淘尽，气魄好大，雄豪冠绝，让人有点难以亲近。这的确是适合关西大汉，执铜琵琶、铁绰板，放声一吼的。

只是，它太不靡靡之音了。差不多，句句正能量。

《念奴娇·赤壁怀古》，是家国情怀，一抒英雄抱负。倘有惆怅，也化作临空飞沫，汇入浩浩江声。

柳永的《雨霖铃》，也有惆怅，但打动我的，是他的小情怀，迷惘。我那会儿，正值迷惘之年。不为衣食发愁，刚在嘴上长了一抹淡青的胡子，却已在思虑生死，想如何打发一天天减少的光阴。这不是强说愁，是莫名的迷惘。

感觉，苏东坡距我太远了。他是个文豪，还是个豪杰，坚定、潇洒。他在旅途中遇到大雨，没有雨具，同行者狼狈不堪，而独有他凛然不惧，挥舞拐杖、穿林打叶，边走还边傲然长啸，吟诗作词，留下一首传世的《定风波》。

我可就是弱极了，瘦，苍白，淋一场雨都会感冒、发烧的。

还要过些年，我读到苏东坡更多的文字，才发现雄豪、潇洒，不是他的全部。他也有弱极了的时候。就在他写《赤壁怀古》的那个黄州，他还写下了心如死灰的《寒食帖》，冷雨漏屋，寒菜破灶，"也拟哭途穷，死灰吹不起。"

这是真实的苏东坡，他不用潇洒掩饰自己的困窘。我真想和他握握手。

不是说，他和我拉平了，是我更敬仰他了。

但我敬仰的，不是在江岸豪言滔滔的词人，也不是萧瑟中几分自怜的贬官，是在《后赤壁赋》中，那个摄衣登上山岩的迷惘者。秋已深了，夜亦深了，苏东坡携了巨口细鳞的好鱼、藏了多时的好酒，和朋友再游赤壁。山高月小，酒肉乱心，他可能想去摘月亮，也可能是又发了少年狂，反正，他提了衣摆就蹭、蹭、蹭登了上去。山崖险恶，朋友都不敢跟从，他也就越发得意了，他早就在大风雨中吟诵过："竹杖芒鞋轻胜马，谁怕？"后来他就来到了绝顶，划然长啸！这一啸里，除了得

由 · 色 · 而 · 空

空

《水浒》一百单八个英雄，最后得道的，就
武松、鲁智深两个人。

当初为逃亡而出家，再后历经山河百战、大
生死，

待万丈红尘落为了青苔，这色一下子抽走
了，他们就成了空心人，

一个在钱塘潮声中圆寂了，一个在六和寺中
终老了。

其他英雄，都成了别人的菜。

意，还有俯瞰天地、众生的意思。然而，长啸在黑暗中引起的回声，草木震动、风起水涌，让他顷刻间就被吓住了——所谓英雄豪气、雄姿英发，都化为了悄然而悲、肃然而恐……大概，这就是突然间有了畏惧，探见了生命的底。他默默地走下山去。一只孤鹤，横江东来，展开的巨翅上，驮着月亮，一路鸣叫，掠过他们的头顶，往西去了。

这只孤鹤，就是不可知的命。

那个时候，我似乎就在现场，目睹了这一切，见证了在一个苍茫时分的苏东坡，他对人生的迷惘、恍惚，一只眼睁开、一只眼眯着，脸上留着梦的痕迹。这是宋神宗元丰五年的事情，他45岁，正当人生的中途。

他为这次游历，写下了《后赤壁赋》。这是他的文章中，最让我玩味不已的一篇。

逝去的时光

我楼下有一条河沟，绕弯弯的，水浅、略浑，常有老人垂钓。钓的是耐心，运气好，一两天中，能钓上一两条拇指大的小鱼儿。运气不好，就不说了，但垂钓之乐还是有的。水边长了些植物，直直、茂密，我散步时会用掌心去碰一碰。有天清晨，看见几个女清洁工在拔植物，一束束拈在手里，欢欢喜喜。我说拿回家栽啊？她们说，"挂。"我愣了愣，没明白。"端午节到了嘛。"原来是菖蒲，我曾以为是野生的水仙呢。菖蒲的根须还带着湿泥，散出一点青涩、好闻的气味。

菖蒲，我没有认出来，而节气，也忘了。我问她们过节去哪儿耍？她们相视笑笑，其中一个说："回娘屋。"

娘屋，就是娘家，比娘家还要亲切些。她们的口音，我懂的，儿时在外婆的村子过暑假，就已听熟了。成都以西、以南的十几个县，口音还保留着不少宋代之前的入声字，没有被清初湖广填四川的大潮同化掉。用这种口音读古诗，尤其是婉约一点的，真比唱歌还好听。我刚调入大学教书的那两年，身边颇有醉心西方哲学的学者，常把"存在主义"挂嘴边，我感觉挺有趣。外婆村子里的农民也爱说"存在"，但还多了一个字："不存在。"这是他们常用的委婉而又坚决的否定词，每个字都拉长了，抑扬婉转，透着朴素的幽默和优越感，"不——存——在——"

然而，这样的口音渐渐稀少了。日常中，县城的孩子说成都话，成都的孩子被父母逼着说普通话……斑斓的调色板在被自来水稀释后，一切都普普通通了。

寒假前，一月天，我被分派去给一个班做监考。场内安静，又是开卷，我无聊至极，冷得跺脚而又不敢，幸喜口袋中揣了册《日本近代五人俳句选》，就拿出消磨会儿时间。书是1990年人文社出的，小条形，巴掌大，张守义的装帧和插图，虽是印刷品，却颇有手工的情致，和风雅、短小的俳句很相配。信手一翻，跳出来的是夏目漱石的《新年》：

新春已到来，

五斗米做饼吃。

我一下子笑了。回去后，我把它抄在了微博上。有学生留言：老师你为啥要抄它？我答：不为啥，只为五斗米折腰啊。不折腰，连饼都没得吃。学生颇懂幽默，再回：好耍、好耍。

我任教的大学，在成都近郊，住家则在远郊，城里，已经难得一去了。有天进城探望了老母，从八宝街转到骡马市，再走到后子门，两边高楼壁立，恍惚是走在峡谷中。不觉间抬头，发现已走到中学母校的门口。朝里边探了探头，一切都是新的。就连"成都第二十四中学"的校牌，也已经摘了，墙上新镶嵌了某中学分校区的字样。

这让人感慨……却还算不上伤感。这块地，从前叫作皇城坝。皇城，是指明代的蜀藩王府，巍巍王室，有几分紫禁城的气派。入了清，皇城变成了贡院。后来，贡院拆了，建了万岁展览馆……时间改变着历史和琐细的人生。我有个中学同学的家，原在顺城街口，他当年的搁床之处，后来成了万车奔流的大马路，相当有动感。他中学毕业，念的是工科，偶尔从故居的大马路上匆匆走过，笑称：万物皆动，动即永恒。

站在母校的门口，我动念要进去看一看。但这念头转瞬就没了。附近有个报刊亭，我走过去买了本刚到的《十月》，里边有我的短篇小说《小禾》。写的是一个留校任教的女孩，留刘海、双肩包，独来独往，比我年轻二三十岁，却像活在逝去的旧日时光中。她如果有原型，不严格地说，那也许就是我。我借助于她，承载记忆，面向一个个未知。

清水中的影子

纪念苇岸

我不相信文如其人的说法，但苇岸是个例外。虽然我与他没见过一面，从他清澈的文字中，却读出他定是个干干净净的男人。求证于他的朋友，回答说，正是这样。

晓得苇岸，是无意中读到他的朋友怀念他的文章，让我难忘。其时，他对于朋友，已是故人；对我来说，已是逝者。后来，又读到他的一些作品，晓得一点他的事情，我就感慨，天道不公，这么好的人，为什么就不能活得长一些？

苇岸的文字中，毫不掩饰自己是一个理想主义者，充满了对自然的热爱，对爱默生、梭罗的推崇，对利己主义和务实主义的鄙视。正是在这些地方，我不仅感觉他可敬，而且可贵。我基本上是个悲观主义者，但我晓得，在骨子里，我也保存有理想主义的东西，但我很少谈到理想主义，谈到的时候，也感觉有点羞涩，明明应该理直气壮，却觉得不合时宜，少谈为好。对照苇岸，我很惭愧。苇岸的理想主义，是绝对的、彻底的，他在 1997 年 6 月致一平的信中写道，"现在人们喜欢用

'作秀'和'面具'两词，来表现自己矫枉过正式的对历史与现实的怀疑主义。这种绝对的怀疑主义（否认存在过高尚的人，认为圣贤或伟人都是后人美化出来的），不仅带着一种亵渎色彩，也使人们放弃了'内心精神上提高'的自我完善的努力。"话说到这一步，他也就没给自己留后路，他把自己划入了"少数"，这就注定是孤独者。《文学界》今年第4期发表这封信时，加了个标题《少数的意义》。这是十分合适的。

他推崇的中国当代作家很少，这其中一个是张承志。他认为张承志有点像当年的鲁迅，使当代中国文人相形见绌，黯然失色。他赞赏的是张承志的英雄主义和理想主义。张承志有一部作品叫作《清洁的精神》。我以为，这种清洁的精神，也即苇岸的精神。苇岸的影响不及张承志大，但在我眼里，他的名字也成了理想主义者显著而孤独的标志。

在我读过他的文字中，我甚至能感觉到他比张承志还要孤独，还要焦灼和焦虑。

但是，我并不认为，他的孤独完全来自理想主义者对完美的追求。

换句话说，他的苦恼并非都是因为受到了客观世界的误解和挤压。苦恼的源头，在较大程度上，还跟他个人的选择有关系。他在写于人生成熟期的《我的自述》中说：

"这里我想惭愧地说，祖国源远流长的文学，一直未能进入我的视野。"

但是，读下去你就会发现，他的"惭愧"并不真实。他紧接着说，"一个推崇李敖、夸耀曾拧下过一只麻雀脑袋的人，曾多次向我推荐《厚黑学》，但我从未读过一页。而伟大的《红楼梦》，今天对我依然陌生。不是缺少时间，而是缺少动力和心情。"

这已经不是"惭愧"，而是骄傲了。而故意把《厚黑学》《红楼梦》作为中国文学的代表并置在一起，几乎是带着孩子气的恶作剧。当然，那个拧下小鸟脑袋的冷血人，也就是中国文人的代表了。

再紧接着他说，"在中国文学里，人们可以看到一切：聪明、智慧、美景、意境、技艺、个人恩怨、明哲保身等，唯独不见一个作家应有的与万物荣辱与共的灵魂。"话是说得很痛快的，可是，如他所说，既然中国文学从未进入他的视野，这个结论也就武断了。

我可以理解，是中国文学、文化、文人中的脏东西，太让苇岸失望了。他表现的偏激和孤愤，已经超出了一个作家的激情，而更接近一个纯粹的赤子。正是在后一点上，我真诚地敬重他。而作为一个作家，我有遗憾。

我看到，他也就此武断地割断了自己和中国文学的联系。在《我的自述》中，他列出的确立了他的信仰、塑造了他写作面貌的作家、诗人，没一个是中国人。而不能改变的事实是，他是一个用中文写作的作家。

作家是母语之子，他割断的是传统，也是供血的脐带。读他的文字，我会时常觉得它们是飘浮的，有如无法落入大地的、闪闪发光的尘埃。他热爱自然，但读他的《人在路上》，会发现他热爱的自然几乎是抽象的，那些为看风景而必须穿越的小镇、村庄，因为肮脏，而让他厌恶和焦躁。这使他文字中对风景的感受，也就和旅游观光客没有大的区别。他热爱梭罗，但梭罗植根于美国文学的传统中，才使他的《瓦尔登湖》超越孤傲、遁世，而成为反抗之书，也即影响托尔斯泰、甘地、马丁·路德·金的"消极反抗"精神。即便如苇岸赞赏的张承志，虽然他对中国文人的失望不亚于苇岸，但他对从司马迁到鲁迅的汉语文学的吸纳，使他的文字具有很大的张力，在他笔下，无论是河山壮丽，还是雄辩滔滔，都写得舒展自如。应该说，苇岸也是孤傲的，内心也是强大的，他一直在用文字宣示他的毫不妥协的立场。然而，他却几乎处处遭遇到言说的困难。譬如，在不长的《少数的意义》和《我的自述》中，他为了把道理说清楚，不得不大量引用西方名人的名言，至少各有七八处之多吧。在所思和所写之间，也即在心与手之间，他还隔着较大的距离。他割断了跟母语文学传统的联系，这就使他的文字无法获得真正的力量感。他在日记中写道："作家应该是文字的母亲。"所有的作家包括苇岸的成败都证明，事实可能刚好相反。

骄傲与孱弱、雄心与无力，是这无法调解的矛盾，加剧了他无法排遣的孤独。

苇岸过世十年了。我读到的纪念苇岸的文字，都出自他的朋友。我不是他的朋友，但这篇文字是为纪念他而写的。我写得比较客观，写到了赞赏，也写到了遗憾：它们都出自诚意。诚意是对一个理想主义者最高的敬意。

我看苇岸，犹如看水中的影子。这是浊世中一汪清澈的水，一汪滤去了复杂性和丰富性的水，一汪清浅的水。

（苇岸，原名马建国，1960 年 1 月生于北京昌平北小营村，1978 年考入中国人民大学哲学系，1999 年病逝，生前出版有散文集《大地上的事情》等。）

浅山读书记，2012

成都狮子山，一脉浅浅山丘，每天下午5点，我会关了电脑，在浅山上的校园走一走，也顺便去弘文书局翻翻书。弘文书局主售文化艺术类书籍，在成都鼎鼎大名，类似南京的先锋书店，似乎开店时间还更长。二十年前，一位女诗人在仁厚街开了家卡夫卡书店，是为滥觞。后因位置偏僻，生意清淡，她索性就闲云野鹤去了。但她启动了一扇阅读的大门，随后，弘文就在市中心挂牌，早晚顾客盈门。那是个人人喜欢读书的年头，谁买了好书，口口相传，跟着就有人去买，两天读完，还要再谈上三天才尽兴。书店红火，成都接着就开了好几家这样的民营书店。到了网络销售一出，不啻秋风扫落叶，书店一家家歇业。弘文也不例外，中心店、川大店也关了门，只剩下浅山上这家小分店还撑着，傍晚时分，大学生、高中生进进出出，既有几分落寞，又传递出许多暖意。

老板是位颇有书卷气的中年女性，学生们有叫她阿姨的、有叫她姐的，她都满口答应。店面狭窄，翻书的人只能在书架前站站，没处可坐。但即便是站着，大家也还在交流，为某本书叫好，或对某本普遍叫好的书说上两句尖酸话，随后是一片笑声。还有一个持久的话题，聊聊自己从前逛书店买书的记忆。由于他们大多年纪轻轻，这种记忆就显得更奢侈和珍贵。在这种面对面交换阅读记忆的愉悦中，我看到了实体书店卷土重来、收复失地的可能性。

马尔克斯是书写记忆的大师。这一年，我重读了他正式授权的中译本《百年孤独》，但没有读完。《百年孤独》中有一句著名的话，新版译为："万物皆有灵，只需唤起它们的灵性。"旧版则译为："任何东西都有生命，一切在于如何唤起它们的灵性。"新版更精练了，却也更干巴了。这种感觉，在阅读中时时可感。为什么人们总是怀旧，因为旧中蕴含着今天日益稀薄的诗性与绵长的意味。也是在这一年，我从网上获知马尔克斯患上了失忆症。也就是说，这位把记忆书写殆尽的85岁老人，将像初生婴儿一样脑子空空地在世上度过最后时光……这让我联想到海子描述的大地被收割之后的荒凉。

马尔克斯于1982年获得诺贝尔文学奖之后，似乎就为诺奖树立了一个绝高的标准，以致此后的获奖者屡屡让人失望。不过，倘把标准略降点，我对这几位获奖作家的作品还是心存敬佩的：库切的《耻》、奈保尔的印度游记、帕慕克的《雪》。这一年，我不时重读这些书。书中充满了政治，但让我最放不下的，却是人如何去面对他的命运。它们也给热衷于政治文学的人上了一堂课：它们也可以写得或骨感动人，或雄辩滔滔，或优雅忧伤。去年获得诺奖、今年出版的《特朗斯特罗姆诗歌全集》，我放在枕边，常在静夜读一读。他产量奇少，五十年只发表了200首诗，而这200首诗中，我最喜欢的是他的短诗。我以为，他更长于短，而略短于长，短诗，可能也正合乎他对诗的特点的表述："凝练。言简则意繁。"尤其是他的短中之短的俳句，让我十分着迷。一种艺术形式向异域的移植，总让很多人心存悲观、怀疑，哀叹原汁原味这丧失了一点、那又误解了一点。这可能是对的，但只是对平庸者而言。到了天才手上，在丧失和误解的同时，也在增添着新的韵味，甚至催生出新的奇葩。譬如日本的浮世绘，传入欧洲，就对西方绘画产生了奇妙的影响，这才有了传之不朽的印象派。凡·高甚至在给弟弟提奥的信中这样说："我的一切作品都是以日本艺术为根据的。"特朗斯特罗姆的俳句，也具有这样奇妙的意趣：

鸟状的人群。

苹果花纷纷绽开。

这巨大的谜。

他的这首俳句，让我重新回味到了初读《春江花月夜》时的万分惊讶。它本无标题，如果允许我安一个，那就叫：春梦。

遗忘与重现，是这巨大之谜的一部分。我在弘文闲翻书时，出于应该买一本书的理由，买了《马雁诗集》，随后就坐在一棵香樟树下读完了半本。合上书，倍感怅然。马雁是成都的奇女子，只活了三十一年，2010年在上海意外病逝。我一直生活在成都，但直到她死，也从未听说过她。成都是诗歌江湖的大码头，写诗的才子佳人络绎不绝，但马雁似乎也没在其中留下过身影。她的诗以朴素、优雅的语言，表达着对这个世界尖锐的触觉。读了短诗《十二街》之后，我专门挑了个炎热的午后，步行穿过十二街，走入静如梦中的四川音乐学院。"女贞树的白花/腻甜的午睡/她在自行车后座上/攀，空气里起伏的香味……"我想起了许多年前，我用自行车载着儿子，去音乐学院学习视唱练耳的遥远的下午。后来，我又买了《马雁散文集》。她在写于17岁时的《我的故事》中，开笔就是："我是个没有故事的人。这当然是假话。我把故事写下来，但又不希望让人一下子明白。因为不愿让人太了解我的愿望——我的愿望就是我的目的。我是个很特别的人，我听别人这么说过。据说我也很聪明，就算别人不说，我还是这么认为。也有人说我长得不怎么样，这个我自然不接受——因为我是个女生。"泼辣、俏丽，很像个成都的女孩子，但又很不像：很有女孩子气，但绝无小女子气。据她在另一篇散文中说，因为家里没文化，只有几本地理杂志和《鲁迅文集》，所以自识字起就读鲁迅，10岁时就爱上了《野草》。在盛产才女的南方湿漉漉古城里，马雁真是一个异数。作为一个诗人、作家，她几乎无名。寂寞和焦虑中写下的那些诗文，有对自己、对人生、对艺术的探寻，有骄傲，有自嘲，却唯独没有顾影自怜。仅就这一点来说，就见出了一个大。然而她还是寂寞地死了。死了才被人重新发现。马雁身后出版的《马雁诗集》《马雁散文集》都卖得不错，豆瓣上的打分也很高，这可以让死者欣慰，却也让活着的人看见这世界的荒谬和势利。

这一年，我还买到了雅罗斯拉夫·赛弗尔特的回忆录《世界美如斯》。没读完。美，不是我理解的世界的真相。说世界多黑暗，也非我所愿。新的一年，我要用阅读和写作，给世界增添一点光。我的书柜里放着好些儿童文学书，我会仔细研读和学习，并试着写出一篇习作。

第四辑

五味的乡愁

吃肥肠

成都西郊有座小镇叫万春，镇上开满小馆，家家都卖卤菜。从猪头到鸡鸭翅膀，从豆腐干到竹笋，凡能吃的，都卤，在卤水中煮得软软的，捞起、切好，大盘大碗端上桌，酱红、喷香，热气腾腾，顾客们发声喊，筷子一齐伸过去！那种吃相，何等酣畅。我到了周末，口舌发淡，就牙痒痒，要开车几十公里，赶到万春大吃一顿。万春卤菜百八十种，我爱吃的，其实就一个：卤肥肠。那肥肠真是肥实啊，又肥又嫩，夹在筷上，颤悠悠，宛如侍儿扶不起的杨贵妃，入口一嚼，满口流油，油而不腻，舒坦到了骨子里。我上了年纪，常听人说，要活得长久，则少吃油腻，更忌肥肠。但到了万春，我边吸气边想，不吃肥肠，活着还有什么味道？

童年清苦，读《儒林外史》，范进中了秀才后，岳丈胡屠户提了一副肥肠、一瓶酒去贺喜，吃到日西时分，才醉醺醺，横披了衣服，腆肚而去。读得我口水滴滴，差点立下志向，做人就做这样的人。念大四的时候，很多同学都在外边忙，寝室里就剩下我和江兄枯坐读书。饥肠辘辘之时，我们出了川大校门，沿锦江上行两里路，过九眼桥，在肉铺子屠户手里，买回一大袋肥肠。男同学见了，鄙视而笑，女同学见了，掩鼻而逃。我们却很淡定。我把肥肠浸了醋，细细洗了七八遍。江兄点燃他的煤油炉，把肥肠放到油锅里煎炸，再拨进半碗郫县豆瓣酱，随后又砍入十几根青笋块。焖了半个多小时，味道放出来，整个楼道都弥漫了红烧肥肠浓厚的香味，无数同学滴着清口水想来分一杯羹！对不起。我们牢牢关了门，千敲万敲决不开。我们又吃又喝，直到把锅底都吃干了。

成都平原乃膏腴肥沃之地。这肥，我想到的就是白米和肥猪。白米是白如脂玉的；肥猪呢，李劼人在《死水微澜》中写到，这儿出产的黑毛肥猪，矮脚、短嘴、皮薄、架子大，喂养玉米粉、碎白米稀饭，吃了睡，睡了吃，其肉质比别的猪嫩些、香些、脆些。猪肉白煮之后，切成薄片，蘸点白酱油入口细嚼，能吃出一种胡桃仁的滋味来。我头一回读到这儿，就有种豁然开朗的感觉，有肥猪如此，肥肠咋会不好吃。

我认识一位女士，聪明、能干，爱吃卤肥肠、烧肥肠、干煸肥肠，还爱吃肥肠粉，粉里还必加三个冒节子。她吃得心宽体胖，人缘又好，所以周围的朋友，无论年龄大小，都尊称她大姐。大姐的老公也很聪明，吹拉弹唱，样样都得行，就是说话口无遮拦，但全凭大姐在觥筹之间谈笑斡旋，始终能与大伙儿相处得乐乐呵呵。有天聚会，大姐举杯祝酒，大家忽然指着她的手，笑起来。她的手，五指胖短，手指肥嘟嘟的，还有四个小酒窝。这是什么手？旺夫手。

吃猪蹄

　　猪蹄和肥肠，都是肉食者的大爱。然而，如钱钟书所说，有公例，必定有例外。我有位远房亲戚，轻微弱智，但生活基本能够自理，而且诚朴善良，吃肉，也吃素，性格中最大特点，是爱清洁。去了乡下一次，见到圈养的肥猪吃饱喝足，在自家屎尿中踩踏、踱步、徘徊，踌躇满志，嗷嗷乱叫，他不由阵阵恶心，发誓从此不吃猪蹄。他家里吃猪蹄，父母劝他吃一口，说洗得多干净的，吃嘛吃嘛。他就生气，拍桌，甩碗……这个例外很有趣，或许在说明，有点脑子不正常才会讨厌吃猪蹄？

　　我是喜欢吃猪蹄的。而且，我有几年负责星期天采买肉蔬，对买猪蹄的道道，略知一二。猪蹄分为前蹄、后蹄，前蹄比后蹄好吃。如果把四蹄视为四肢，那么，猪前蹄自然又叫作猪手。猪手，又引出另外一个词，咸猪手。我认识一位体面的男士，有回跟漂亮女士谈心，谈到投缘处，他不慎（或说不谨慎）把手伸到了她胸上。她大叫……于是舆论大哗，把他的手惊呼为咸猪手！我是从这件事，才晓得咸猪手和猪的手，完全不是一回事。还为猪抱屈，这种称呼，实在是糟蹋猪蹄这道美味了。

猪蹄的吃法，有炖、烧、烧烤、卤……成都街头，常见一种"胖妈蹄花"，把猪蹄和白豆一起，文火慢炖，出锅时，汤如乳汁，猪蹄如花盛开，而白豆则又沙又面，如果再撒几颗枸杞上去，真是肉感更添三分色眯眯，让你馋涎，又舍不得下筷子。这时候，更见出猪手比猪脚的好处了。猪吃饱了，常以跪姿睡觉，这使它前蹄关节上的韧带，即所谓的筋，异常丰富而有弹性，久炖之后，胶质黏稠，咬一口到嘴里，又滑腻、又缠绵，妙处难与君说。

胖妈蹄花的招牌上，自然是有个胖妈头像的，白胖，干净，使人联想到，她的手，该也是跟猪蹄一样，白胖干净，而且，还有好脾气。成都人说，猪相即福相。为什么？猪憨，和气，和气生财嘛。另有一说，清炖猪蹄因为白嫩，女人多吃可以美容。但美容总跟瘦身连在一起，女人喜欢吃胖妈蹄花，但并不想就变成了胖妈，所以，她们常面对一钵胖猪蹄，伸出的筷子，犹犹豫豫，进退两难。

今年清明节，有老同学自重庆来，我们开车出西门去郊外闲逛。节日车多，条条马路都在堵。我们逢堵即退，知难不进，结果转来转去，到了羊马小镇，路边有家"渣渣面"，我们进去，三条大汉，叫上一大盘凉拌土鸡肉，再一人一两渣渣面、一人一只炖了通夜的大胖猪蹄子，是前蹄，即猪手，大吃大啃，不亦乐乎！吃了推碗上路，沿途万亩苗圃树树新叶，油菜花飞黄，下午慢吞吞把车开到青城外山，过一山涧，过一小桥，进一茶亭，喝茶闲聊。聊到兴致高时，都不自觉用舌头去舔舔自家的嘴角，发一声感慨：这猪蹄的胶质，硬是黏得很。

吃　酒

　　书有灵性，各具其味，但都离不开一个酒：《水浒传》写英雄故事，自然满纸酒气；《红楼梦》才子佳人，却也是酒气氤氲：宴客、唱戏、结诗社都是要吃酒的。所以，才有刘姥姥醉闯怡红院，笑掉大牙。也才有史湘云醉卧芍药花下，风雅之至。女流如此，好大男儿更浸透酒力。武松灌了十八碗好酒，这才有景阳冈双拳打死老虎，树了一世英名。但我年岁大了，重读《水浒传》，发现武松最让我唏嘘的故事，却是大醉之后独行溪岸，被一只黄狗追着吠，他抽刀一砍，头重脚轻，把自己撞落水中，水冷刺骨，可怜打虎英雄，却在一条小溪里爬不起身……真所谓人生如舟，载浮载沉，都是酒啊。

　　老年人告诫说，色伤身，酒乱性。但人年轻时，谁不把这几个字当作耳边风？记得我20岁生日的晚上，寝室里挤满了馋酒的好兄弟，不啻是群贤毕至，蓬荜夜宴，散装啤酒和白酒一瓶瓶喝干了，两个魁梧的家伙慨然道："我们去打酒。"

过了多时，他俩忽在楼下大呼："忘了酒瓶子。"楼上的人回应："接好了。"空瓶齐刷刷飞下去！我的天，三楼啊，只听得一片鬼哭狼嚎和瓶子的破碎声。这就是青春吧？"青春作伴好还乡"，就连仿佛天生就是老头儿的杜甫，偶然写到了"青春"，前提也是"白日放歌须纵酒"，何况我们呢？

参加工作后，我认识一个人，颇有文人气。文人气者，酒气也。每到中午吃饭，他必用茶缸斟满白酒，在办公室边吃酒边摆龙门阵，同事夸他大有"太白遗风"。但也有人说酒损肝，小心哦。他神色严肃地去医院检查，回来满脸是笑，说没得事、没得事，医生说了，我属于酒保肝。意思是，这肝泡在酒精中，保护得好好的。大家都有点疑惑，但也真心替他高兴，酒精杀菌嘛，可能是有点道理的。从此，他吃酒吃得更是潇洒了。后来呢？有些年没见，后来的事我就不晓得了。

2007年夏天，我跟老同学开车经重庆去湘西，再穿越贵州回成都，路上忽然动个念头：去看茅台镇。车下了高速，拐入重重大山。七月骄阳，山重水复，我们都困得打盹了，忽然闪出一座桥，桥头矗立着一只酒瓶子，这是我平生见过的最大的酒瓶，感觉就像科幻电影中巨大的道具，有点小震撼，也有点小搞笑。到了茅台镇，街边有好多卖散装酒的小铺子，价格低廉，舀一勺尝尝，以我粗钝的舌头，品起来感觉还挺不错。后来，我们就到河边找了家馆子，吃酒吃鱼。酒是散装的，散发着浓郁的酱香；鱼是酸汤的，就在这河里撒网捕捞的，杂得很，有鲫鱼、鲤鱼、草鱼、泥鳅、黄鳝……吃着、聊着，我们脑子渐渐有惬意的眩晕，仿佛是做客在《水浒传》的故事中，浔阳楼，或者金沙滩。

吃　鱼

　　鱼是好东西，肉食者喜欢吃，素食者也可以吃。至少，非严格的素食者是吃鱼的，这样就宽泛了素食的定义，给清汤寡水的素食输入了营养和美味。鱼，作为两个极致的美味之一，常被人挂在嘴边，不仅吃个不停，而且说个不休：鱼和熊掌不可兼得。于是，没吃过熊掌的人，譬如我，就可以在咀嚼鱼肉时，想熊掌的口感也不过跟鱼同等罢了。这有点阿Q，但也有点小可爱。凡事这么想，就给自己多留了余地。鱼者，余也，年年有余嘛。

　　啥鱼最好吃？听说过，没吃过的。当然，也可以是吃过的，但没听说过。成都人吃鱼，家常的，一般以草鱼、鲤鱼、鲶鱼为主。有一年，许多饭馆忽然打出鲩鱼庄招牌，名字新鲜，价又不贵，吃客一时趋之若鹜，老板赚得脸都笑烂了。我也随朋友们去吃了一回，彼此吃了几筷子，都不作声，良久，有人用商量的口气喃喃道，"是不是很像草鱼的味道呢？"众人点头，是啊是啊。其中有学问好的，饭后回家翻了词典，连夜给大家打电话：妈的，鲩鱼即草鱼！电话里一片片爆笑。笑什么？自嘲啊。

我钓过几回鱼。小时候在乡下外婆家，盛夏午后，拿鱼竿去小河沟钓了半天，汗水淋漓，只钓起一只懒洋洋的螃蟹来。做记者时，有回下乡采访，借了鱼竿在池塘边钓鱼，是冬日午后，阳光正好，我竟懒洋洋睡着了。真是酣畅一梦啊，倘若鱼跳起来咬我一口，也是浑然不觉的。

不过，说实话，池塘的鱼喂饲料长大，不好吃。江河里的鱼好吃，又太贵。据说前些年重庆丘陵地区雨水多，雨水汇入池塘，池水猛涨，水往低处流，池塘里的鱼顺了水势，成群成群滚落到江河中……再被沿河的饭馆老板成网成网捞起来，全成了野生鱼。那年老板赚的钱，夸张说，不啻牵起口袋接。"巴山夜雨涨秋池"，风雅的诗人咋晓得，如今涨的不是水，涨的是鱼价钱。

陕西汉中有条褒河，乃古代褒国故地，即冷美人褒姒家乡，周幽王为了博她一笑，用烽火戏弄诸侯，把西周王朝都葬送了，这就是所谓的倾国之恋。我曾两次自驾沿褒河而行，去西北旅游。公路边、河湾两头，各开有一家饭馆，两老板是两姐妹，专卖红烧麻辣鱼，吃饭时间，门口停满南来北往的客货车。鱼捕自褒河水库，近似野生鱼，平时蓄养在青石大缸中，条条肥壮，欢蹦乱跳，活像年画娃娃怀里的大鱼。捞起一条来，砍成大块，烧好和冰镇啤酒一起端上桌，我们一行五六人，吃得喜笑颜开。吃完鱼，用鱼汤再煮一锅粉条、魔芋、豆腐就饭，饭毕，个个满头大汗、脑满肠肥，上路时得小心捧着肚子走。车行几十公里后，才有人说话。"忘了问，这是啥子鱼？""还用问，美人鱼。"

北人吃面

北人吃面食，南人吃米饭，天经地义。

我从小生活的机关家属院，有百十户人家，其中有些是来自陕西、山西的老人，他们在成都居住了二三十年，但人在南方，舌头还留在北方。举个例子，"文化大革命"中买肉凭票，一人一月一斤，寡淡滋味。机关偶尔搞回一批排骨，每家分五斤，人人乐到脸笑烂。晚饭前，厨房飘出红烧排骨、清炖排骨、粉蒸排骨、糖醋排骨、酥糟排骨……的味道，那真是世上最激动人心的时刻！然而，有家山西人，也许不止一家吧，他们用小刀细细地把肉从排骨上剔下来，再细细剁成馅，包饺子。排骨呢？扔了！邻居晓得了，感慨这真是人穷志不短，再穷也不啃骨头。何况，对北方人来说，世上还有啥美味胜过吃饺子？

当然，凡事有例外。我念大学时，班上有个山西同学，喜欢吃馍——他坚持把馒头叫作馍，透出感人的乡情和乡愁。南方同学都乐了，纷纷用馒头票去换他的米饭票。那些年，面粉在成都算粗粮。他也乐呵呵接受了。但吃了两个月，他不干了。理由又简单又充足：成都的馍不好吃。

这才晓得，南北面粉，也有橘枳之分。成都温和、潮湿、阳光少，宜女人，不宜小麦。有年盛夏，我们一行六人，驾车翻秦岭去陕西，游了法门寺出来，饥肠辘辘，加之烈日当顶，简直晒得脑壳痛。忽见路边有卖馍的，这是我见过的最大的馍——锅有多大馍就有多大。为了先垫一点饥，我们让老板在馍上切下一小牙，再切为六小份，一人一份，咬一口，又结实，又绵软，嚼出小麦和阳光的香味。而且，嚼到饭馆门前时，我们吃惊地发现，人人的肚子都饱了。难怪古人说，唯关西大汉有气力操铜琵琶、铁绰板、唱大江东去！全靠这大馍给撑的。

后来到西安，去鼓楼北边一家小面馆，各要了二两牛肉面。但见邻窗一张方桌、两条大汉，正边聊天、边剥蒜、边伸手去大盘子里拿炸饼。盘子大如脸盆，炸饼垒成小山，两人咔嚓、咔嚓吃着，说笑声响亮。一会儿，盘子空了，我们正惊讶，跑堂的却又端上两大碗（也是大如脸盆）饺子，一碗至少半斤。碗在桌上一蹾，俩大汉立刻安静了。接下来，只听见呼噜噜饺子进嘴的声音，随后，两声惬意的饱嗝，响若放炮，齐刷刷用手背一揩嘴巴，昂首而去。我那一刻想到了谁？《水浒传》第三回，九纹龙史进延安府初识鲁提辖。好汉子啊，都是吃出来的。吃什么？吃面，吃馍，吃饺子。白米饭？细粮耳，大概更适合联想十八七女郎，执红牙板，歌杨柳岸、晓风残月吧。

吃　素

　　成都是一座肉食之都。肉食者鄙？鄙又何妨。每条街巷，都有酒楼、火锅楼、苍蝇馆子、小吃店，水陆具备，肉山酒海，数不清的吃客吃得挥汗如雨。吃素的？也有，但比例较之各城，可能倒数第一。我从前有个邻居，来自乡村，少时清苦，进了城，自然要放量海吃。每天清早，他家厨房的窗口，就飘出回锅肉、红烧肉、清炖老母鸡味道，大块肉，大碗米饭，一家人吃得肉嘟嘟的，膀大腰圆、体面富态。我对他家的早餐表现了惊奇，但他的惊奇更甚于我：你们就吃些稀饭馒头、牛奶面包？这日子，咋个扛得住！

　　我就此请教一位满头白发而又双目炯炯的素食者，她淡淡一笑：真是少见识。他力气大，还大得过牛、马、骆驼和大象？它们是天生的素食者，论力气，老虎、狮子都是甘拜下风的。我问她，您吃素就是为了增强力量吗？她答，力量岂是吃得出来的？我听了，若有玄机，但又不甚了了，感觉挺深刻，于是就很佩服她。在我看来，吃素真不是件容易的事，首先要深刻，有信念，有意志。孔子说他听了优雅的音乐，就三月不知肉味。也就是说，音乐再好，也只能抵得三个月吃肉，那第四个月，肯定还是要吃的。可见，戒肉吃素有多难。

但唯其难，也就让吃素的人，多了不同凡俗的魅力。20世纪90年代风靡一时的小说《廊桥遗梦》，拍成电影，男主角罗伯特·金凯是由克林特·伊斯特伍德扮演的，后者常在西部片中饰英雄牛仔，而小说中的金凯，也正自称是最后一个牛仔，肌肉发达，却又细腻如猫，他征服弗兰西斯卡的本领，除了漂泊四海的奇遇，还有他素食者的神秘和干净。在弗兰西斯卡生活的小镇上，人们清早起床就开始喝浓浓的肉汤。她不喜欢吃肉，他则完全不吃肉，理由是，"不是什么大不了的事，就是觉得那样更舒服。"轻描淡写，酷到了骨头里。烟熏火燎的家务事，几乎把弗兰西斯卡打磨成一个黄脸婆，然而，她内心还是个当年学比较文学的意大利女孩。一顿素食，就点燃了她湮没的春梦，四天的邂逅，补偿了上天差点亏欠了她一辈子的爱。这时你才晓得，吃素的人，却不是吃素的。至少，不是通常意义上的吃素吧。

获诺贝尔文学奖的当代作家中，库切、奈保尔都是吃素的；苹果手机之父乔布斯也是吃素的。吃素者的强力意志，使他们自身释放出超强的创造力。乔布斯更是传奇，他的吃素，也更为决绝，即便是晚年罹患癌症，也不吃肉以配合治疗。但，即便如此决绝，也有过例外，那是他带女儿丽萨在东京吃寿司的经历。《史蒂夫·乔布斯传》中说，这顿饭，他吃的非常开心，甚至破了一下荤戒。丽萨则回忆道，父亲没那么严肃了，他跟那些肉食、跟我在一起，从神变成了人。也就是说：一，爱能融化原则；二，人的基本特征，还是吃肉。

吃泡菜

　　泡菜的姿态是谦卑的，在肉山酒海的川菜大宴上，它只是一小碟；在四川清贫农家简朴的饭桌上，它也只是一小碟。然而，没了它，川菜就算不得川菜了。盛宴，往往始于泡菜，筷子尖尖夹几颗到嘴里，慢慢嚼，把胃口打开，这是徐徐、款款的开场。农家，泡菜是主菜，几颗泡菜就能下一大碗干饭，或者半锅儿煮红苕，活脱脱四两拨千斤。泡菜自然是咸的，但并非只有咸，滋味多得很。重庆人也很会做川菜，直辖后，有人把川菜改了名，叫新派渝菜，其实一回事，我去了重庆，也是爱吃的。但，有一样我不爱听，就是他们老把泡菜叫咸（hán）菜。"来来来，吃咸菜，这个咸菜好!"一大勺舀到你碗里，顿时觉得一股浓咸直浸到牙床。

　　咸乃百味之首，这是盐；在咸的统领下，让百味婀娜多姿，这才是泡菜。举洗澡泡菜为例，睡觉前把青笋、萝卜、黄瓜、莲白或红海椒洗净、切好，放入泡菜坛中，第二天清晨出坛，摆放在青花瓷盘中，湿亮亮，红绿相映，咬一口在嘴里，脆嘣嘣的，清香，略咸，微酸，回甜……开胃？开胃。下饭？那还消说。稀饭、包子、馒头、油条，撑得小心翼翼出门去上班，同事见了问你咋个捧着肚子呢？你只说泡菜太好吃了。不言其他。

跟洗澡泡菜相对的，是老泡菜，那是用作佐料的，在坛子里泡了上月、上年。顺便补充一句，无论洗澡泡菜、老泡菜，泡菜坛里的水，时间都是越长越好的，就像文火炖鸡汤，老母鸡越老越有味。我从小认识一位阿姨，她家的泡菜远近有名的，我偶尔吃到一回，她都会祥林嫂一样，跟我说一回：我泡菜坛的水，还是你爸妈结婚时起的呢，我去你家分了半坛子，至今都在用。难怪！几十年了，这坛里泡过多少泡菜、添加过多少佐料，百味？千味都有了。几十年，树也成精了，泡菜坛子里当然也有时间的精灵。我去问我妈，我们自家的老泡菜水呢？我妈说，搬过几回家，泡菜坛子打烂过好几回，哪来啥子老泡菜水！唉，她是个向前看的老太太。

泡菜的天敌是生花，即泡菜水上浮起一层白腻腻的沫。所以，从前家家捞泡菜，都备了双专用的筷子，以确保洁净，不沾油荤。但也有例外。我有个学生，她毕业后留在成都，前几年租房住，常迁徙，但随身必带一只小小泡菜坛。她泡菜、取菜，不用筷子，直接手抓，从不生花，味道嘛，一字以蔽之，鲜。泡菜是一门手艺，用手者，高手也。这种手，称为泡菜手，百里挑一。

我高中时，有天父母不在家，留了条鲤鱼，让我自己看着办。我把鱼放入油锅略煎煎，就把厨房里能找到的各种调料，全搁了些到锅里，可谓群贤毕至。最后，再倒入足足一大碗老泡菜，以及半瓶豆腐乳汁水，一锅煮。这是我吃过的最棒的泡菜鱼，我和我妹妹吃得脸都笑烂了。

吃水果

　　我眼中最好看的水果是石榴。红彤彤的石榴，略带点青涩的斑点，因湿帕擦拭、手掌摩挲而光泽莹莹，让人满心爱怜。石榴压弯枝头的情形，更是让诗人动情，埃利蒂斯就歌吟过，"是不是疯狂的石榴树/在阳光里撒着果实累累的笑声？"裂开的石榴，露出饱满晶亮的石榴籽，还象征着多子多福。不过，在我看来，也可能象征着寂寞开无主。我曾在一部写李清照南渡的小说中，描述过女词人抚摸石榴的一幕，石榴已见老了，而裂口处的果瓤娇艳欲滴，带着一丝绝望的风情，她捧着这颗石榴，就像捧着自己的秘密。什么秘密？压抑的情欲。

　　饱满多汁的水果，似乎都容易联想到情欲、身体、女人。譬如鲜桃，像鲜桃一样的少女；譬如菠萝蜜，像菠萝蜜一样硕大的胸脯。坚果呢？坚果也是跟女人有关的。女人是分为两种的，水果的女人和坚果的女人。坚果的女人很坚强，经得老，老而不死，长寿的女人都是属于坚果的。不过呢，坚果的女人经得老，可从来也没有年轻过。水果的女人则是多汁的、新鲜的，当然了，也是难以保鲜的，易烂的。要是老而不烂呢？那可能就变蜜饯了。坚果的女人适合做政客，譬如希拉里；水果的女人适合做明星，譬如奥黛丽·赫本。

水果盛产于热带。前些天我去了趟西双版纳，那儿是热带雨林气候，正是雨季，在领略水果之前，我先领教了雨淋热带，每分钟都在下雨，似乎一天能落25个小时的雨水。在边境小城勐腊，我们冒雨去买菠萝，走完了一条条街道，竟然都没有。一个小贩说，"我们只卖水果，不卖菠萝。"菠萝不算水果，那算什么！没买到菠萝，同行的朋友买了只硕大的菠萝蜜，在餐馆借菜刀切开，里边没有现出肥嫩甜蜜的果肉，如电影、绘画、诗歌中渲染的那样，而是硬硬的、涩涩的。当地人看了看，说，还生得很，放半个月也未必能吃呢。这真比连绵的雨水还扫兴。

不过，杧果还是吃了不少的。杧果有热带水果王之誉，去皮容易，熟透了，吃起来接近流质，有种奇怪的味道，喜欢的，感觉恍如异香，不喜欢的，得捏住鼻子才下得了嘴。"文化大革命"中，杧果曾有过一段传奇。我那时还是个顽童，有个下午，我伙同一群激动的小伙伴，翻越市委大院的围墙，去瞻仰领袖刚从北京派人送来的杧果。一个士兵持枪护卫着一只玻璃盒子，杧果静卧其中，黄黄的，像害病的老妇的皮肤，看起来十分无趣。回家路上，有伙伴说好像是假的哦，蜡做的。大家就骂他好反动！多年后，我们才晓得，那些送往各地的杧果，的确就是蜡做的。谁能想得到呢，作为水果之王的杧果，却做了一回坚硬的政治小道具。后来，我每吃一回杧果，就像重温了一回《百年孤独》的开头，想起翻墙去见识假杧果的那个遥远的下午。

女人掌勺

南方大学门外有条桃花江，下游几十公里有一座乌镇，镇上废弃的老码头边，有家村香老面馆，拿狗肉、猪肠和隔年老蒜炒臊子，汤宽、耐嚼，香臭参半，四乡八镇都是有名的。还卖军屯锅盔，内夹牛肉、葱花、芝麻、椒盐，烤得焦黄，一股焦香。老板叫春香，17岁掌了这店，平日不理朝政，朝政托给憨老公，她趿了拖鞋坐门口跷二郎腿嗑瓜子，懒洋洋的，有种懒洋洋的性感，以及莫名的期盼……这个女人，她的故事，写在我的小说《乌镇的光》中。南方大学的原型，就是川大，桃花江的原型，也就是锦江。至于乌镇么，我且不点破，说实了，没意思。我在这儿想表达的是，掌勺、掌店的女人，自古总是很有故事的。《水浒传》的孙二娘、《新龙门客栈》的金镶玉、《沙家浜》的阿庆嫂……哪个女人是吃素的？

我念大学时，食堂有个小厨娘，苗条、俏丽，皮肤黑黝黝的，丹凤眼，偶尔眼珠一转，露出股骄傲和睥睨；更多时候，则是满不在乎的微笑。有个男生暗恋她，凡打饭，必排她的窗口下。暗恋本是美丽的，但他还是忍不住说给我们听。日子枯燥、清苦，我们乐得替他分析可能性大小：乐观讲，他是大学生，她是小厨娘；悲观看，他个子小，她很高挑。天天分析，乐此不疲，分析结果没出来，小厨娘的人生却已焕然一新了：傍晚散步，我们看见她在林荫道上慢悠悠踱步，背单词。再一打听，她已正式考入某系念大一。那男生叹口气说算了吧。我们安慰他，是啊，你以为她是等人采摘的黑牡丹？她翅膀一动，你才晓得是注定要飞的黑凤凰。

前些天，凤凰卫视播了个台湾开饭馆的女老板，50岁，不晓得被啥靓汤给养的，看起漂亮、年轻，就像是女儿的姐妹、外孙的姨妈，好多顾客都慕名去吃顿饭，看看她。她老公乐呵呵忙不迭地跑堂，她则漾着微笑，潇洒、镇静地数钱。

看到女老板数钱，我想起一件小事来。有年寒假中，我闭门写《盲春秋》，中午冒了雨夹雪去校门外吃饭。到处清风雅静，只有一家饭馆还开着，我要一盘十元快餐，递上一张百元的钞票。女老板是个斯文人，有点学者气，把这张钱看了又看，摸了又摸，用商量的口气对我说，"好像是假的。"我对她说实话，绝对不会假，昨天刚从银行取出的。而且，我今天出来，再没带钱了。她犹豫、思考了良久，又说，"这顿饭就算我请你的吧，不收钱。"我说，我绝对受不起。我明天还来吃饭，如果是假的，我甘愿受罚的。她说，"明天关门了，过了春节再开门。"我说没关系，过了春节我一定来吃的，到时候见分晓。她点点头，有种沉重和无奈。过了春节长假，这饭馆开张第一天我就去了，进门先问女老板，钱是不是假的？她表情有点抱歉，说不是不是。再过些天，我又去，已换老板了。又是一个女老板，干干瘦瘦，不漂亮，没风情，但一点不拘谨，见客就笑，点头哈腰，说的全是恭维话，满口江湖气。菜的味道不咋样，生意却是蒸蒸日上了。

露天茶馆

我是个不很爱成都的成都人，但成都还是有我割舍不下的东西，排在首位的，是茶馆。

这一点，是在我外出旅游时发现的。譬如武汉，好一座锦绣繁华的城池，慕名去了东湖，湖水浩渺，心头一喜，就想坐在湖边喝碗茶，望着湖水发会儿呆。但，哪有茶馆呢？只能喝瓶矿泉水。西安莲湖，不及东湖大，但烟火气更浓，然而请教工作人员，哪儿有茶馆？"茶馆？没听说。"还是矿泉水。喝着矿泉水，不能不怀念成都的茶馆。但凡有块巴掌大池塘，塘边一定会有露天的茶馆，竹椅、矮桌、盖碗茶，坐满闲人，一碗茶，从早喝到黑，龙门阵随便摆；卖瓜子的、掏耳朵的，穿梭其间，各得其乐。我早年在晚报工作，午饭后，出门走几步，在小街边洋槐下，就能找到露天的小茶馆，拖把椅子坐下，要碗茶，打会儿瞌睡，好惬意。如果肯多走一条街，就到了大慈寺，茉莉花茶味道扑面来，让人乐得想跺脚！记得我中学时坐茶馆，珠兰每碗是八分钱，读大学时，涨到一毛钱，再穷的学生，也可以在茶馆泡半天。

我就读的大学，跟望江楼公园一墙之隔，中间有扇小门可以免费钻过去。公园修竹万竿，是为纪念唐代女诗人薛涛而建的，薛涛有诗名与艳名，曾跟元稹有过姐弟恋、几夜情，所以就连这竹林深处的茶馆也有了脂粉气，喝茶的男女学生，或来读书，或来纵议天下，或来以茶结缘，成就了好事。青花瓷的茶盖、茶碗和黄铜茶船子，手感舒适，拈着茶盖撇开水面茉莉花的感觉，十分惬意。读的书，不是教科书、不是课堂笔记本，是闲书，从经典小说到地摊文学，合适到手的，都乐呵呵读一气。从前历史系的蒙文通教授就常在这家茶馆里上课、考试，其潇洒授徒之道，至今被人津津乐道。我就读时，蒙老先生已不在了，所幸我还上过他的公子蒙默老师开授的西南民族史选修课，至今保留着蒙老师批改过的作业。

望江楼下即锦江，其实哪能跟长江、汉江比，百米之河而已。然而，也自有其风雅。那时候江中还有一条带竹篷的小小摆渡船，坐一回两分钱。偶尔，还能看见一行纤夫在岸上走，徐徐而行，场面不壮烈，走累了，可以进茶馆跟学生、教授同桌喝茶、嗑瓜子、乱扔纸屑和烟头。看茶馆，可以见得成都的五湖四海、平民化，也可以看出缓慢、散漫和懒惰。成都是一座缺少青春气息的城市，人从养成坐茶馆习惯的那天起，就开始中年了。我并不喜欢这样的习惯，但习惯已成了依赖了，又有什么办法呢？

去年夏天再次游西安，在鼓楼附近发现一座榜眼府，卖茶，一杯二十元，可以当门票。西安人也爱上喝茶了！兴冲冲买了茶票进去，穿过转弯抹角的青砖小道，找到喝茶的地方，却是一间封闭的茶室，吹着空调，空荡荡，只有三个人在喝茶。我坐下喝了一小口，还没品出滋味来，就听见那三个人在谈笑，全是成都的口音。

代后记

如今，城市化进程将我们拉到了一个特别尴尬的境地，人口大量迁徙和流动，向更发达的地域涌进，中国人几千年来守着一亩三分地过日子的农耕思想崩塌，年轻人纷纷逃离，将自己变成劳动力向外输出，城市的新陈代谢基于此，像一块巨大的磁铁，把各式各样的人吸入机械运转之中。每个人都能各取所需，并且实现自身价值，这自然是理想化的，而现实往往并没有等待你来分食的蛋糕——这就是城市的残酷之处，将人吸引过来，却又让其自生自灭。

城市剥夺了人们的故乡，却又不给人归宿感，安身立命的成本大过了将生养之地遗弃的风险，这是自然的选择和规律，也是人性取舍的结果。然而，大多数向往都意味着幻灭，这是城市的阴暗面，冰冷得令人生畏。居于城市中的人，似乎天生有一种斯文的克制、佯装的正义，整日围绕着生存运转，失去了生活的真正意味。

我不知道成都在纳入一线城市规划以后，是否还能保持原有的慢节奏的状态，我们抱有一种与发展背道而驰的夙愿，仅仅是停留在美好的想象。我相信城市中还是有一批土生土长的原住民，持有相同的态度。在编审何大草的散文集《记忆的尽头》的时候，尤为感受到这种愿望看似平缓，实则深沉的存在着。

何大草是老成都人，也是并不前卫的城市人。他身上有着老派文人的修养与作风，与这个世界的繁华、喧嚣避之不及，或者说他有独到的处理琐屑之事的能力，而不会触及他人的神经。用"大隐隐于市"来形容何大草再贴切不过，他绕过上述城市的种种弊端，抵达他一个人的"边缘"。

写作大概就是何大草处理问题的方式吧。《记忆的尽头》整本书所传达的信息是：他不是一个懦弱的逃逸者，而是一个聪明的游离者。游离在尘世内外，不装不作，又可深入细微。他用阅读来抵抗虚浮，与文学大师纸上深交，他对于现代化速度的反感，致使他总在市井小巷中寻找人情味，或者到郊野吃美食、散心。

不管他出去，还是回来。至始至终都没有离开成都，也离开不了。成都所面临的境况，已经摆在眼前，有一种"大势已去"的丧痛，这么说来可能有点夸张，不过往日的闲淡也许会慢慢变成套在机器上的皮带，发动机一旦启动，谁也阻挡不了。所以，何大草的这本散文集，大多篇幅都在旧时光的浸泡当中，一副深睡中不肯醒来的样子；或是伫立在旁，一副围观的样子。总之，他一直保持独立，看似是参与者，却并非其中一员。在文字中，何大草的情绪少有泄露，总是控制稳当，理性得像表层附了一层膜。我能想象出他那种冷冷的表情，杵在某个角落看着所有的事物。

但是，这一切都随着他的绘画而打破。难以想象，一个沉静少言的人，与颜料、宣纸一起撒野，肆意狂澜……如果在文字中的何大草是节制的，那么他在绘画上却是毫无收敛。他运用的颜色大胆而丰富，图像人物极具传神。他有赤子之心，有中年人少有的想象力，绘画对何大草来说仿佛一次重生，这是情绪传达的另一高度和出口，让人看到惊喜，亦感到兴奋。

文字的静与绘画的动是何大草所呈现出的性格的两面，这种变化都汇聚在散文集《记忆的尽头》之中。从宏观来看，城市的动与个体的静未必能有这么和谐，可能发出的声音会很快被淹没，但都不妨碍一种细微的感动，慢慢滋生，慢慢潜入人心……

余幼幼

2016.11.2